セキュア・エレメント

槙祐治
MAKI YUJI

JN094597

幻冬舎
MC

プロローグ

　大地は受け止めて揺るがず、海は育て包み込み、空は悠然と見守る。そして宇宙に静寂がある。だから技術が進んでも人々の生活にはいつの時代でも変わらないものがあるのだろう。地学の若い講師がちょっとかっこつけて授業で言ったことを覚えている。そのとき高校一年の浅野一郎は変わらないものという意味が理解できなかった。だが、その後もずっとその講師の真剣な眼差しが印象に残っていたので、先頃長く勤めた商社を退職するにあたって何が変わらないものなのかをもう一度考えてみたいと思うようになった。四十年越しの胸のうちにあるもやもやとでもいうか、まだまだある人生の残りの使い道をさがしているような軽い気分だった。

　時代によっても変わらないものとは哲学的な抽象論のようであり、当の本人である講師のそのときの授業では生活の風情や人々の心情を指していたのかもしれない。だが、大学に入ってからこのかた鉱石や化合物の分析を専門に扱ってきたために即物的に考えるようになっている浅野は、これまでに遭遇してきたいろいろな場面や情景の中の目に見える具体的な行動や結果を探していた。それは今さらの話だが、かつて心に残った人たちのそのときどきの行動の理由を自分なりの解釈で見つけ出そうとしているのだということも分かっている。そして自分は正しかったのか、もっとやれることがあったのではないかと多少の後悔を持ちながらも、それでもどこかで誰かに自分を肯定してもらいたかった。

＊

二〇二五年三月金曜日の午前、市ヶ谷の防衛省四階にある教育訓練課。

その技術情報室に初の女性室長として着任した蒼井美紀一等陸尉が正面の大きなモニター画面に向かって話していた。分割された画面には先端知能研究所などの通話相手先が表示され、机には三つのタブレットが置いてある。モニターとは別の特別回線で経済産業省、農林水産省、国土交通省につないで画面越しに質疑応答を続けていた。

彼女は結論が出そうもない官僚たちの話を打ち切り、面着での早急な会議開催を持ち出した。

「今朝の補佐官会議ですが、先ほどモニターで説明した通りの工程にて自律分散型地域構想の調査予算がつきました。そのため皆さんのおっしゃる技術的課題は別にして、まずは実証実験を早急に開始する必要があります。表向きは……、省庁連携の実務研修として施設本部などの協力を受けながら進めることにします」

表向きという言葉を口に出してから蒼井室長は珍しく言い淀んだものの、表とか裏とか言っている場合ではないという焦る胸の内を押し包んで話を続けた。

「従いまして、民間の専門家三名に加えて当方から通信隊員と陸海空の技術官をすぐに召喚しますので、本日十七時に経産省本館九階の西会議室にご集合ください。その場で今後のスケジュールを決定するため、現在タブレット専用回線で聞いていただいている各省の担当課長の方にも出席をお願いします。入省コードは皆さんのＩＤカードに送りますので会議室に直接ご集合ください。いつものような一階での出迎えと受付はありません。以上です」

蒼井室長は会議の招集について口を挟む余地も与えずに通信を終えた。島嶼《しょ》部領海が頻繁に侵犯されている今となっては、やるしかない、それだけだ。画面を切ってピンマイクを外しながら私はやはり焦っているのかもしれないと感じていた。

最近の防衛省内といえば、新型コロナの流行に加えてウクライナ戦争が勃発して以降、ずっと平時なのか有事なのかがわからないほどに人が出払っている。特に金曜日の防衛省は補佐官や課長たちが週末の西部方面警備の応援に飛んでいるため、市ヶ谷の本省は殆ど事務方だけが残っていて閑散としている。人が少ないせいか、通信を切って静かになると考えがネガティブになりやすいものだ。

こんな急拵えの寄せ集めで本当に役に立つ防御システムができるのだろうか。

あるいは、民生カモフラージュのために回り道をして無駄に時間を使ってしまうのではないかと思ってしまう。二ヶ月前に既存の防衛設備費だけでは予算が足りない成瀬教授の地域構想案を担当することになった。それで無理にでも地方創生予算を回してもらうために、朝晩なく財務省を中心とする監督省庁を説得してきた。業務として割り切って使ってきたその地域構想プレゼンをモニターに映し出した。そして民間から参加する候補者の年齢とプロフィールを見返しながら、自分を納得させるようにゆっくりため息をついて、

「それでもやってみないとね」

と、彼女にしては珍しく声を出してつぶやいた。

目次

1　自律分散型地域構想……デュアルユースの準備

五時間後、霞ヶ関にある経産省九階にある西会議室に向かう廊下には、ところどころ開いたドアから射し込む夕陽がオレンジ色に反射している。普段は予算折衝や各種委員会の開催のために職員が行き交っているが、予算の復活折衝もすべて終わった年度末なので、七月の人事異動の準備に向かう職員の足取りにもまだ余裕がある。世の中一般の金曜日の夕方とはこういうものだろうと、ここはここで普段は忙しい官庁の息抜きの時間のように空気がゆったりしている。予定よりかなり早く着いて会議室に向かう蒼井室長もまた、市ヶ谷の緊張感とは違う一般の平穏な空気を感じていた。

「ここが平時なのか、向こうが有事なのか」

市ヶ谷から場所を移してきた蒼井美紀が歩きながら呟く。書類を持って隣を歩いていた室長付秘書官の沢田数馬准尉が聞き返す。

「何ですか、平時、有事って」

「独り言だから気にしないで」

　秘書官になりたての沢田の何気ない言葉に、殆どの自衛官が防衛省の緊張感は平時の忙しさだと考えているのだろうと、やや寂しげに蒼井美紀は微笑んだ。

「さっそく集まっていただき、ありがとうございます。皆さんも自立型エコノミーの概要については、それぞれのIDカードに送ったVR、バーチャルリアリティのデータから既にご理解していただいていると思います。では、原案の提唱者である成瀬教授より、大学の実証実験から関係省庁の実務研修に至る今後の工程を説明していただきます」

　会議室のモニターの前から退いた蒼井室長は成瀬のほうをみてお願いしますと促した。脇では沢田秘書官がパソコンを操作し、成瀬教授のスライドに切り替えた。

「先端知能研究所の成瀬です。皆さんは陸海空の三つのチームに分かれます。それぞれのチームには民間の専門家に指導員として入ってもらい、後から参加する若手の訓練生や設備通信員が実証実験部隊となります。その他に経産省・農水省・国交省から派遣された担当官が随時各チームの活動に参加し、必要になる購買支出の申請や法整備の進め方について各省に連絡することになります」

成瀬は落ち着いた様子で会議室に参集した担当官たちの顔を一人ひとり見回しながら工程の説明を始めた。

「皆さんには三日後に現場となる『島』に先に入っていただき、現地の桜まつりを通して約二百名の島民の方たちとの交流を図っていただきます。観光スポットから地元の人間関係などの島の生活環境に慣れてもらった後、次の三ヶ月間では防衛省施設本部の技術協力により、それぞれ農業・漁業・林業のスマート基盤整備を行います。

民間から来ていただいた各専門家をリーダーとした三つのチームは、小さいながらもそれぞれのチームが現地産業を立ち上げるベンチャー企業であると考えております。ただし、他のチームの活動も理解してもらうことが今回のスマート実証実験の大切なポイントでもありますので、今後もお互いをよく知ってチーム間のコミュニケーションを円滑にするために現地では共同生活をしていただきます。二週間後に島に到着する予定ですが、防衛施設本部に所属する技術特科が持ち込む設備を活用して、各チームが数十名規模の共同作業に移ってもらいます。では、チームごとに作業内容を説明します」

西部方面総監の佐世保に島嶼部防衛のための水陸機動団が設立されてから、陸海空の自衛隊が海上保安庁を始めとする他省庁と交流会をもつことは普通になった。地方の人口が減ってゆく中、ある意味で持続的な自衛力を保持するためには、農林水産業などの一次産業の振興が必要不可欠だったからだ。それは、各地で農林水産業に携わる人たちの現場の情報や機動力がいざというときに大きな力になるからだ。成瀬教授はそのことを実証しようとしていた。

「まずは農業チームと陸自分隊が編成する第一グループ、通称『1G』ですが、現地の農畜産物をベースに土地・水路・温度変化・栄養素の管理データを収集・分析し、作業用ロボットの最適化を行っていただきます。生活圏における自立化の基本要素である土・水・空気・元素の変動を観測し、予測し、安定的な収穫の確保が目的です。農業は漁業・林業チームも含めた島での自立的な生活基盤になります。土地・水路の造成や耕作を含めて、陸自の工兵隊、食料部など、普通科連隊の兵站要員で構成しています。特に海に囲まれた島の生活・耕作は水がすべてですので、必要に応じて雨水濾過から海水の真水転換に至るまで、あらゆる水利システムづくりを実施していただきます。

漁業チームと海自分隊の第二グループ、『2G』は、養殖可能な海産物及び湾内海域の魚類動態経路を確定してもらいます。そのうえで、魚の動きに合わせた無線操縦ベルト地帯と広域の漁網の設置を行います。それだけでなく、漁師さんたちにも積極的に養殖に参加していただくよう説得工作をお願いします。漁師さんたちの協力がなければ海での養殖は難しいと考えてください。海流もあるところでの潜水作業が必要なため、長崎の水陸戦隊に出向している海上自衛官特戦隊や海上保安庁特別救難隊からの出向者も含まれます。

そして林業チームと空自分隊の第三グループ、『3G』は、森林等の伐採に必要な中継拠点を島内六ヶ所に整備し、誘導ドローンの空域調節を行います。山道の整備も含めての通信基盤を設置するので、後から行く防衛施設本部の技官・人員と工作機器を木の伐採や動線の確保に活用してください。この通信基盤整備の開発予算が不足していたのですが、蒼井室長の努力で総務省と国土交通省の地方創生費を投入できることとなりました」

「教授のご説明は以上ですが、質問はありますか」

成瀬教授が挙げた自分の名前を打ち消すように司会の蒼井美紀が会場に向かって聞く。最前列の真ん中に座っていた小太りで坊主頭に日焼けした初老の男が声を上げた。

「で、なんで自衛隊なんだか？」

佐藤均という海洋研究者だ。

「質問ですか、佐藤さん。漁業チーム2Gの技術リーダーをやっていただくことに問題がありますか」

「問題なのかどうなのか、経産省が地方の漁業の活性化には海の現場の知識が必要だって言うんで、若い頃にアメリカに派遣されたときのように嘱託で引き受けたんだぜ。それが急に自衛隊と一緒に働けって言われても意味がわからんけどな。俺は自衛隊に入ったわけでもなければ、国に命令されて養殖をやるわけでもない。ただ、漁業が次の世代につながるようにしたいだけだ。今の俺はあんた方の言葉で言えば理解不能、フリーズってやつだぜ」

「成瀬教授からのブリーフィング通り、また、あなたの意図の通り、本件は地方創生予算枠で地域産業の活性化を推進するためです。ただ、産業を立ち上げようとするとお金だけでなく技術と設備と人手が必要です。それもその場でモノにできて使える技術やノウハウです。できるだけお金を使わず効果的に技術が使える設備と人を持っているのが自衛隊や海上保安庁などの関係各署であり、先端技術教育の研修として協力させていただくことになりました」

蒼井美紀は各省庁の協力を取りつけた室長として、こういった自衛隊が表に出る場面の対話を心得ている。

「だからさあ、あんたがたが目指す技術はよく分からないけど、なんか気に食わないんだよ。経産省から声をかけられたのに、なんで女の自衛隊の下で働くのか、ちゃんと説明してくれ」

喋りながら立ち上がった佐藤は蒼井美紀の目をまっすぐ見たが、その途端『しまった』と顔に出た。すかさず蒼井室長が言い返す。

「自衛隊じゃなく女が不満ですか」

「そうじゃなくて、まあいいや、暇だから様子をみることにはするけどな。とにかく、その島で海洋調査して養殖事業を立ち上げればいいんだよな」

バツが悪くなった佐藤は腰を下ろして足を組んだ。もう立ち上がらないとみた蒼井室長は、

「他にご質問はありませんか」

と、佐藤の両隣に座っている浅野一郎と林孝史の顔を見た。

「私は農家ではありませんし、農業の作物と言っても幅が広いので、土地に適していればなんでもいいんですか」

こちらも日には焼けているがおとなしい風貌の浅野一郎が聞いた。

「地質や地勢、鉱物資源の専門家だと伺っておりますので作物は任せます。島の土壌や形状を分析して栄養があって食べられる作物をお願いします。その検討工程を

マニュアル化して他の地域でも適地作物を短期間で栽培できるようにしていただきたいのです」

蒼井室長は頷いている成瀬教授の顔を見ながら答えた。続けて林が発言する。

「自分も林って名前だけど林業をやっているわけでなく、プログラマーとしてドローンを操縦しながらモノを運ぶベンチャーを立ち上げたことがあるだけですよ。まあ、山で森林組合のお手伝いをした経験はあります。もちろんドローンのエキスパートのいる空自と仕事をすることはＡＩプログラム研究も兼ねることができてありがたいのですが、ただ、どうして私が林業に選ばれたんですか」

「森や山は空から眺めるのが一番だからです。そのうえで今ある材木資源をどう動かして活用するかが大切ですので、空から地勢を見て島全体に管制空域を設定してもらいます。数多くの土地を見てきたベンチャー起業家の林さんが適任だと考えています」

蒼井室長の説明に成瀬教授が横から付け加えた。

「空からのマッピングを通して、最適な伐採地域や切り出し経路の選定ができるからですね。恐らく林さんは今までは空の上から道のあるところやないところを何万ヶ所も見てきたと思いますが、その立体的な空間認識の経験と勘を生かして空から島全体だけでなく周りの海にも道を描いて欲しいということです」

＊

浅野、佐藤、林ともに、初老の民間人である。省庁や自衛隊の幹部に囲まれてもなんら怖じることもないが、やはり『なんで自衛隊なんだろう』と三人の顔に書いたまま、その他の省庁や研究所の派遣者からの質疑応答があってほぼ一時間で会合が終わった。三日後の佐世保集合を受けて解散となったところで、もともと海外で仕事を一緒にしたことのある三人は旧交を温めに飯田橋へ飲みに行くことにした。

そこに蒼井室長が割り込んできた。

「飲みに行くんですね。私も行きますからちょっと待っててください」

返事も聞かずにさっさと部屋を出た蒼井美紀の後ろ姿を、あっけにとられた三人が見ながら佐藤が独り言のようにつぶやいた。

「普通ならいい女なんだがなあ」

「それを言っちゃ、さっきの二の舞ですよ」

浅野は笑いながら、あげ足取りにならない様子で親しみを込めて言った。最初に佐藤が質問したときから彼が昔と変わらず信頼できる率直な人間だと思っていたので、久しぶりに会ったにも拘わらずつい軽口が出たのだ。

「そりゃその通りだ。で、一緒に飲みに行くのかい」

「まあいいじゃないですか、隊長殿を知っておくのも。林さんはどうですか」

「もちろん歓迎ですね。今回のプロジェクトの本当の目的を聞いておきたいですね」

「本当の目的？」

佐藤は怪訝な顔をしたが、浅野がすぐに相槌を打っている様子を見て訳も分からず同調した。

「まあ、そうだな。よく聞いとかないとな。確かにこれからあの隊長さんの言うことが大事そうだからな」

帰ってきた蒼井室長はどこで着替えたのか制服から私服に替えていて、大きなバックパックを抱えていた。三人を見回すと自衛官とは思えない口調で

「じゃあ」

と言いながら、顎でしゃくるような仕草をしてエレベーターに向かった。浅野は会議の最初から感じていたが、蒼井美紀の物腰がやはり一般の自衛官とは違うのだ。単なる変わり種ということでもなさそうだ。

経産省の表に黒塗りのワンボックスカーが用意されていて、乗り込んだところで蒼井美紀の自己紹介が始まった。

「教育訓練課への配属前は中部の企業で物流のソフト開発支援をやっていましたが、もともと情報処理プログラミングが専門の変わり種です。まあ、ブロックチェーンといった相互認証システムですね。機器操作などの現場でモノのロジスティクスを組んでいます」

浅野は蒼井美紀に一度会っていたので今は頷くだけだ。初めての林はなるほどと聞いていたが、やはり佐藤は怪訝な顔をしている。

「情報処理のあんたがなんで離島の農林水産業をやるんだか、わかりやすく話してくれよ」

「それはそうですね。地方では過疎化が進んで農業などの担い手不足ですので、このままではそこに住めなくなってしまいます。地方の里山を保全して、若い人たちも含めて人が住み続けられる地域創生のためには、ヒト・モノ・カネのバランスを取った地域の自立化が必要です。そこで私たちの最初の目的は、ただ地方で若い人が働けて、子どもたちがおなかいっぱい食べて、お年寄りが生き生きと最後まで動ける地域社会の実現です。あまりお金をかけずに実現できなければ他の地域へのシステム展開もできませんから、まあ地域経済の自立化はエコなシステムのうえにしか成り立たないものでしょうね。それでです、いくつかの実証実験をまとめて実行することにしたんです」

「まあ、お題目は分かったような、何がどうなるのか分からないような。で、なんで自衛隊なんかかな」

佐藤がさっきの会合での質問を繰り返したところで、佐藤の行きつけの蕎麦屋に着いた。昔から通っている神田川の釣り堀からほど近い昔風の店だが、二十一世紀に入って何年か経ってからは近くの秋葉原の影響を避けられずにメイド風の若い子を入れている。店の暖簾をくぐった蒼井美紀が一瞬目を見張ったが、特に何も言わない。佐藤は選ぶ店を間違えてしまったと思ったが後の祭りだ。蕎麦が好きなだけでもともと通っていたのだが、後からメイドさんが入ってきて若者も来るようになったと説明したかった。

が、言い訳になるのも悔しいので押し黙っていた。

「アキバは好きですよ」

浅野がひとこと言って、林が笑顔で頷いただけで佐藤に続き、蒼井は聞こえなかったようにさっさとメイド風の店の子に二階の部屋へ案内してもらっていた。

乾杯してから佐藤と林が簡単な自己紹介した後、蒼井美紀が佐藤の質問に答え始めた。

「自衛隊が今回の件に積極的に関与するのは部隊として常に独立して行動できる完結性を目指しているからです」

蒼井美紀の答えは明快だった。生活に必要な物資・エネルギーは自前で何とかすることが自衛隊の根本にある。災害派遣でも有事の際でも、たとえ後方支援の兵站《へいたん》が途切れて孤立してもなお、自衛する行動力を保持することが使命だ。蒼井美紀は教育訓練課に属する情報室長であるため、平時・有事に拘わらず部隊のヒト・モノ・カネに係わる兵站をどのような状況でも維持できるようにシミュレーションしてきた。資源の限られる中では、特に情報の精緻さと素早い連携に基づいて部隊の独立行動を安定的に確保することが重要だと言う。

学校の先生のように話しながらも、同時に彼女はこれからのプロジェクトの隊長としての顔もしていた。

「デュアルユースという言葉がありますが、これからの大規模天災への備えや国境を挟む防衛ラインでの紛争などにおいても、日常で使っている設備装置・物流などをいざという時にも活用できるように準備しておくことが大切だと思っています。これまでは災害が起きても七十二時間以内に国や自治体が助けに来てくれたかもしれませんが、この先はどこまで期待できるか分かりません。国防で言えばアメリカが必ず助けに来てくれるとは限りません。だからできるだけ自己完結性をもって、その場で長く踏ん張れる『現場の自衛力』が必要なのです。そしてそれはまず辺境と言われる地から始めなければなりません」

佐藤が口を挟む。

「難しそうな話だが、その現場の自衛力と水産養殖とかが、どう関係するのかな。養殖の食糧生産は分からんでもないが、自衛力と言われても普通の漁業だぜ」

「まあ、隊長さんの話を最後まで聞きましょうよ」

口を挟んだ佐藤に林が声をかけた。一歩引いているような態度の林にしては珍しい口の利き方だと浅野は思う。『国防』とかの大層な言葉に引っかかったのだろうか。浅野自身は総合商社で三十五年以上勤めて世界中を回ってきたので、彼女の言うデュアルユースの意味がよく分かった。これまでの現場の経験に染み入るような誘惑的な言葉だ。普段からの準備がなければ何かあったときには役に立たない、企業では経営においてもリスクマネジメントでも、ヒト・モノ・カネすべてにおいてその通りだ。何かあったときに普段できていないことができるはずがないことは、浅野だけでなく林も佐藤もよく分かっているはずだろう。

それから一時間近く蒼井美紀は喋り続けた。時折は佐藤が言葉の意味を聞いていたが、海の養殖が平時・有事を通じて領海を守る手段になることから、島の山や高台をドローンの拠点にする話など、離島が独立して生きてゆくために、そしていざという時にどうサバイバルするのかを自分の考え通りに率直に話した。

「本当は国境線に近いもっと南の島で自衛隊として実戦設備を構築したかったのだけれど、地域創生の実証実験ということで予算を取りつけた関係で長崎の西の離島になったのよ。だけどやることの中身は変わらないわ」

ずっと黙って聞いていた三人は口が重くなっていたが、やはり佐藤が最初に口を開いた。

「ずいぶん身勝手な話を今さらやるもんだよな。民間専門員としてリクルートされたときにはそんなデュアルユースなんて話はこれっぽっちもなかったぜ。さっきの経産省での会議もそうだ」

「島に行ってから準備を進めながら具体的な作業を話そうと思っていましたが、あなたたちの様子を見て声をかけました。賛成してくれそうだったから東京を離れるときに知っておいて欲しいということです」

『知っておいて欲しい』という言葉は女の殺し文句だ。六十の男たちは娘のような年齢の女性から言われて悪い気はしない。というより、ややひねくれている佐藤ですら、次の文句を吐き出さずに息を飲み込んだ。要は覚悟を決めろということだろう。林は当初の一歩引いた印象とは違って、自衛隊とのコラボはさもありなんという感じでやる気満々のようだ。浅野にとってはデュアルユースの現実的なすごみが腹に落ちた。そしてこれがどうやら最後のご奉公になるかなと思うとともに、飲み込んだビールの苦みが消えていくようだった。

＊

「おーい、浅野ちゃんよ。待ってくれよ」

島に渡る船を降りてから指定された分校跡に辿り着くまで佐藤はずっと遅れている。

「待ってくれ、俺は陸が苦手なんだから一緒にいこうぜ」

陸が苦手なのと一緒に行くことは関係ない。浅野はそう思ったが口に出さず、

「すぐですよ。林さんは先に来ているのかなあ」

足を緩めてのんびりと海と山と空を見渡す。船が島に近づいたときから景色も空気も申し分ないので、浅野はこれからのことはひとまず忘れて気分爽快だった。佐藤は汗をかきながら追いついてきたが、何も考えていないようだ。長崎から船で二時間程度の距離のある周囲数キロメートルで南北に長い島だが、長崎側の東の湾に港があり周辺は漁業や養殖に適した穏やかさだ。西側は東シナ海の波に洗われて断崖が多いようだが、地質的にはその見た目の通り、東は山と海の両方の堆積物なのに対して、西では花崗《かこう》岩などの岩石系となっており、縦長の島が二つ合わさったような正反対の地質だった。島の北半分と南半分には西側にそれぞれ四百メートルぐらいの山があり、どちらも西に向かって突き出しているため、西側の潮流はところどころ渦を巻くほど離岸流も発達している。後で機器の準備のために島の3Dマップを使って水源や耕作地を特定した際、浅野は不思議とグレートブリテン島を思い出していた。魔女がホウキに乗った形だとも言われるイギリスは大きいものの、やはり島国である。地勢や地質は周りの海の影響を受け、同時に陸地の成分と水質が近海の養分を左右する。大きさの大小はあれ、島の連想がかつてのイギリス駐在時代を思い出させたこともあり、島国日本の縮図のような感触を持ったのかもしれない。

宿舎となる校舎は廃校と言っても外見はそれほど古くはない。地方をボランティアで回っていると廃校をコミュニティセンターや移住用のオフィス兼居住区に利活用するケースが増えている。ここは仮住まいとしては十分だ。佐藤と一緒に校門をくぐると、ちょうど校庭にドローンが降りてきた。ドローンと言っても人が乗っている大きなやつだ。案の定、林が降りてきて浅野たちに声をかけた。

「集合時間ぴったりですね」

「それは自画自賛ってやつか」

佐藤は林を皮肉る。東京で飲んだ時から、以前の林と違ってオタク系の学者然となったところが現場主義の佐藤の癪に障るのだろう。経産省で食いついた蒼井室長に対するときと同様に、林に対して皮肉っぽい言い回しが多いのだ。飲み屋の自己紹介では元海洋学者で今は漁民だと言っていたが、実際は海洋学専攻の後、カリフォルニアからボストンの大学と回って、魚介類の養殖と水中探査機の開発を行っている。飯田橋の釣り堀でリクルートされたと笑っていたが、一流の科学者であることは間違いない。アメリカで三人一緒に仕事をしたときと変わらない様子だが、日本に帰ってきてからなんらかの理由で今は何もやっていないようだった。ひとことだけ『やる仕事ができてありがたい』と付け加えていたことが印象に残っている。

逆に林は積極的に参加してきた。自分の研究や投資に使えるモノは使い倒すという体だから、プロジェクトの内容や工程についてだけでなく普段から何事も口数が多い。彼は最近まで香港を拠点に中国の先端技術都市の深圳に投資オフィスを構えてドローンの最新研究を担ってきた。どうして日本から香港に行ったのかは未だに分からないが、香港でもう四半世紀になっていたようだ。颯爽と校庭に降り立った林はさっさと校舎の中へと入っていった。

校庭の端には自衛隊の様々な工作車両が駐まっていて、まるで陸自の駐屯地か災害派遣の様相だ。陸海空の共同作業とは言いながらも島での作業や生活基盤づくりの主役は陸自なので目の前の光景は当然なのだが、さすがにちょっと目立ち過ぎやしないかと思う。

「これじゃ町の人と親しくなる前に反対運動が起きるんじゃないか」

佐藤の心配も当たり前だ。ここ数年、沖縄から南の島々では住民が賛否両論、二手に分かれて自衛隊の駐屯の是非について争っている。この島は九州の西だから今のところ領海侵犯もなく安全と思われるので町の中では余計に反対する声が大きいはずだ。蒼井室長は住民に何と説明してきたのか、そのための表向きが教育訓練課なのか。現地に来てみて今さらだが急に心配になった。その緩衝剤のための私たち民間人なのかもしれない。

「集まってください。明日からのスケジュールと新型機器の説明を行います」

浅野たちの到着を待っていた沢田秘書官が体育館に散らばって話している三十名ほどの男女の自衛隊員を呼んだ。自衛隊とは思えない緩い感じの呼集だ。各省庁から派遣された人たちも横に集まってきて、顔見知りなのか初めて会ったのかは分からないが、隣の人たちと気楽な感じで喋っている。蒼井室長の隣で忠実に仕事をこなす秘書官として動く沢田は何の疑問も抱かず、浅野たち三人も蒼井室長の隣に間隔を空けて並ぶように指示している。浅野、佐藤、林のそれぞれがその前に整列した自衛隊員たちに向かい合った。

教育訓練とはいえ、通常ではあり得ない光景だろう、私たちは自衛隊の隊長ではないのだから。よくて専門技術の講師といったところだろう。だったら、そこにいる省庁派遣者たちと一緒に横に並んで紹介してくれればいいはずだ。浅野は、

「やっぱり蒼井美紀のペースに巻き込まれてるな」

と、小声で隣にいた林につぶやきながら前に出ると、一斉にこちらを見ている若い男女の自衛隊員たちの顔を一人ひとり眺めた。少しの困惑とともに溢れるような期待の眼もある。浅野から見れば、彼ら彼女らは『若い』のひとことだ。

この場に馴染まない三人のおじさんたちを横目に、蒼井美紀は一人のプロジェクトリーダーとしてこの国を守り抜くと心に誓っていた。そしてその通りに言葉にした。

「本日より私は皆さんと一緒にこの地を守ってゆくことを目標としています。陸海空の各隊から選抜された皆さんは生活実習訓練という枠組みを超えて、平時・有事の区別なくこの地で生活できるように、自然に親しみ、町の人たちに受け入れてもらわなければなりません。ここにいる三名の方の指導のもと、それぞれの分隊を構成して技術を習得するだけでなく、各分隊間の連携のためにお互いに習得した技術

知識を教え合わねばなりません。それは町の人たちに対しても同じです。何があってもここで生きる、この島を守り、この島で生き抜くことが私たちの使命です」

何を大仰なことを話しているんだろう？　浅野はますます違和感を覚えた。守る？　生き抜く？　何か具体的な脅威でもあるのか？　この島はなんなんだろう。

「さすがにもう答えてもらってもいいでしょう。ここまでやって来たんだから、みんなの前ではっきりしましょうよ。過疎の離島で農林水産業の機械化を進めるだけじゃないでしょう。私たちの専門は農林水産業のデジタル化や六次産業化とは微妙にズレているはずだ。私の専門は地質学・鉱物資源探査ですが」

浅野の声がしんと静まりかえった体育館によく通った。そのとき集まった自衛隊員も疑問は同じだろうと感じた。その直感に呼応するように聞いていた隊員の一人が発言する。

「自分も同感です。浅野さんのおっしゃることは我々の質問でもあります。学校に到着して以来、皆で話しておりました」

「今から説明するわ」

急にくだけた言い方で声を上げている隊員たちを制止した蒼井美紀は隣の沢田秘書官のほうを向いた。沢田が手を挙げると彼の後ろのドアが開いて次々に人が入ってきた。いや人ではない。ヒト型のロボットが六台揃って横に整列した。林が口笛を吹く。佐藤は一歩退く。浅野は蒼井美紀を見る。

彼女は横にいる三人のほうを向いて何気なく話し出した。

「皆さんに紹介します。皆さんと生活をともにするヒューマノイドタイプの通信ロボットです。二足歩行の実用化に向けた実証実験は既に終了していますので、日常生活で皆さんにご迷惑をかけることはありません。今後の実技において皆さんの専門知識を習得して補佐し、同時に各分隊の技能習得と教育を担当します。浅野さんたち三名にはそれぞれ一体、いえ一人ずつ。そして陸海空の各分隊にも一人ずつ入ってもらい、知識・技術の相互情報交換を行います」

「どういうこと？　見張られるってことか？」

佐藤が信じられないという顔をして正面から率直に聞いた。

「まあ、そういうことです」

と、まさにそうであって欲しくない答えが即座に返ってきた。

「というか、こんなレベルでロボットが実用化段階にあるなんて、二足歩行がよくここまでに仕上がっていますね」

林孝史はこれまでドローンこそがＡＩロボットの中心になると思っていたが、目の前のヒューマノイドタイプの完成度はヒトとの境界線が失われるかもしれないという意味で恐ろしいぐらいだと感じた。機械であるロボットがヒトに似過ぎると怖いと感じるものだが、彼ら?、そして彼女ら?の表情や歩く動きに違和感がないことこそ、これまでにはない最先端技術の粋であることを示している。

林の賞賛の声で一同の緊張感が溶けたかのように質問の手が次々に上がる。ロボット通信分隊の役割については、作業技術の情報収集・分析・交換・適用を繰り返して、技術レベルを高度化しながらプログラムが現実に有効であることを実証する研究だと説明された。だが、それだけではヒューマノイドタイプのロボットにして人に張り付ける必要性はない。今までの実証実験といえば、カメラ撮影や音声や電波のデータを固定点に設置した設備から計測すればよかった。ヒューマノイド型にした理由は動作交換、即ち、実際の動きのエクスチェンジにあるということだ。技術を持った人間の動きや考えをその都度、ヒューマノイドとして同じ動きをして考えが同じなのかを繰り返し検証することが、先行きの改善作業を効率的にするということだ。単なるデータ交換ではなくヒトの考えや動きと比較したデータをロボット同士が交換することで、違うヒトやロボットがよく似た環境下で同じことを実行することとの再現性に何が影響を与えているのか、つまり多少異なる環境下でも同様の技術成果を再現するための技術要素やキープログラミングそのものを追求することを目的にしている。

人間的ないい言い方をすれば『寄り添う』ということだ。農林水産業の実務から得られたデータを交換することで、例えばその動作技術やプログラムを他の領域へ適用できるかどうかも同時に探っていこうという、ネットワーク交信プログラミングの形成を目指していた。二十年ほど前に出現したＬｉｎｕｘなどのオープンソース・プログラミングの発想だが、ただ今回の実証実験では相互通信の相手はすべて陸海空三分隊の中に限られる。

浅野に付く通信ロボットは浅野と一緒に地盤調査と農作業を行い、得られるデータを分析して新規の技術要素やプログラムを抽出し、他のロボットに展開する。農作業の知識・動作データが林業や水産業に適用できるとは限らない。むしろ使えないデータが多いはずだ。共通して使えるデータやプログラムは一般化して全分隊のサブルーチンプログラムを積み重ねてゆき、その領域ではたとえ初めての事象であっても、いざというときに必要な場面ではその共通項が活用できるはずだ。

「だけど、ロボットが田舎の町の人に馴染むかな」

林は中国の深圳で新規プロジェクトを立ち上げては政府や他企業の反対に潰されてきただけに、旧態依然たる農林水産業に携わる町の人たちに最新技術が受け入れられるとは限らないと考えていた。

「まだまだロボットだとかと言うと、町の人は監視されるとか、怪しいことをやってんじゃないかとかで、かなり嫌がるんじゃないかな」

蒼井美紀は珍しく明るく楽しそうな声で答えた。

「その点はお任せください。自衛隊がやって来ることへの反発を逆に既にロボットを生活に導入してもらうことで解消しています。二百人弱になった町の人の大半はお年寄りですので、介護や医療などの支援のために機能別に特化した、ロボットらしいロボットを昨年から投入しました。そのロボットたちに馴染みを持ってもらい、ロボットの便利さを知ってもらうことで、今回始める農林水産業の大規模実証実験の理解を得ています。町との契約も既に取り交わしていますので、ここにいる最新鋭ヒューマノイド型通信ロボットも隊員が町を歩く場合とそれほど違いはありません。村の人たちにとって違和感はないと思います」

浅野はそんな簡単なものじゃないだろうと思ったが、まあ飛び込んで新しいことをやってみることだと納得した。地質や水の調査はまだしも、農作物そのものの生育はそんな簡単じゃないだろう。ずっとここで農作業をやってきたおじいちゃん、おばあちゃんのほうが頼りになるはずだ。だからロボットだとか何だかは関係なく、だめならだめでいい、またやり直すだけだ。

「一年で確実に成果を上げてください」

蒼井美紀は浅野の考えを読み切ったような顔をして、全員に向かってさらっと指示した。

＊

「まあプロジェクトリーダーの顔は立てないとな」

ロボットの登場ですっかり度肝を抜かれて「陸地は不得手だ」と呟いていた佐藤がまず帽子を脱いだ。三人にそれぞれ付いてバディ（相棒）となる通信ロボットは決まっている。各専門知識に特化したデータバンクのプログラミングとディープラーニングという方式のＡＩ（人工知能）が搭載されているロボットは、それぞれ農業・林業・水産業に適した特化型機能を保有している。


「頭でっかちの割に可愛いな」

水産業担当の佐藤のバディは見た目が女性型の通信ロボットだった。ＡＩと聞いて頭でっかちと言ったものの、ロボットの頭が大きいわけではない。泳げて潜水もできるロボットなので世界ランクの水泳選手並みの筋力のある体型になっていた。佐藤が回遊魚養殖のために開発した水中モーターバイクと使えば４０ノットで水中を自由に移動できる。高速潜水艇並みの能力だ。そんな素敵なバディと今日から共同生活だと、佐藤は南米での生活が長かったせいか年の割には女好きを隠そうともしない。女性隊長だとか自衛隊だとかという愚痴も出なくなった。

三日後の日曜には予定通り校庭で町民と一緒に桜祭りを開催した。各分隊は炊き出しなど当たり前だし、寄せ集めの隊員たちの親睦と息抜きになる。まあ言ってみれば自衛隊員や浅野たちの町民に対するお披露目会だが、大人から子どもまで町の人たちの人気の的は人間そっくりの通信ロボットたちだ。通信ロボットに人だかりができると必然的に浅野たちも町の人たちと話をする。バディのロボットが浅野たちから離れないからだ。変な気持ちだ。病気で退任してから時々ボランティアでもやって静かに暮らそうとしてきたが、人に囲まれるとやはり嬉しい。六十のおじさんと言ってもまだまだ体力もあるので、さらに自分より年配の人が多い町の人たちと話しているとずっと若くなったような錯覚に陥るのだ。

浅野が佐藤と缶ビールを片手にそれぞれの相棒ロボットの名前を決めようと話している。そこに日に焼けた笑顔と無精髭が如何にも若い漁師という風体の安田が佐藤に声をかけてきた。まだ三十才そこそこだろう。

「あんたが養殖をやろうって人かな。漁業組合で説明があったんで、あんたを手伝えってさ。まあ船を出して海を案内しろってことだろうけど、明日から何をするんだい。船とか網とか、エンジン調整だとか、いろいろ準備があるんだから早めに言ってくれよ」

もともと漁師町なので島の青年団を率いる安田は今回の仕事にかなり前向きだ。佐藤が昔からの顔見知りのように気軽に返事する。海に携わる人々は気心が知れているようだ。

「ありがとさん。まずは潮流の方向と速さの確認からだな。魚群の出方も知りたいから、みんなが昔から獲っている穴場も教えてもらえればありがたいんだが。まあ漁師さんたちの家を一軒一軒回ることから始めるのかなあ」

最後の方は独り言のつぶやきになっていたが、楽しそうに見ていた安田が佐藤の言葉を引き継いだ。

「じゃあ飲みに行くのが一番だよな。おごってくれるんだろう」

安田はクラスをまとめる学級委員になったような誇った目をして、

「今日のうちにみんなを誘っておくから、日を決めてくれ」

と、佐藤を急がせた。

「おい、支払いは大丈夫なのか」

浅野が横から口を挟んだが、佐藤のロボットが即座に、

「大丈夫です。経費処理します」

「経費処理って、接待費みたいなものか。いくら飲んでもいいのか。じゃあ、浅野たちも来いよ」

「本件は1Gの目的外のため、浅野さんの費用は2Gの経費支出に該当しません。浅野さんは個人負担でお願いします」

「わかりやすいなあ。お姉さん、もうちょっと融通きかせてよ」

佐藤が楽しそうに言うと、通信ロボットは下を向いて黙った。答える必要のない質問だと判断していたが、その仕草は経費処理すべきかどうか迷っているようにも見えたので、浅野がつい吹き出してしまった。もうロボットに対する馴染みができたのだ。浅野が茶化す。

「お姉さんが困ってますよ」

佐藤は意に介さずネーミングの話に振った。

「じゃあ彼女の呼び名はお姉さんでいいよな。ねえお姉さん」

「あくまで呼び名です。正式名称はPA107―G2エレメントです。横にいる浅野さんのバディは同じくG1エレメント、林さんのバディはG3エレメントです」

「エレメントってなんだ？　通信員の総称か？」

佐藤が怪訝な顔をしていると、林が会話に割り込んできた。

「そのような通信設備に係わる記号ですね。まあ一般的には通信機器の基幹チップの呼び名です」

「余計わからんなあ。じゃあエレメントをもじってエレナにしよう、なんか南米みたいだぜ。おれがゴッドファーザーだ」

佐藤は勝手に名付け親になった。林が入ってきたのでちょうど名前を決めることになり、浅野のバディがエリ、林のバディはリンとなった。

浅野は遠い昔のロンドン時代に彼女だった田中絵里子という名前を思い出してい

たが、気はずかしいので佐藤と同じようにエレメントをもじったと言った。林は名前の音読みでいいということで、G1からG3まで、エリ、エレナ、リンと呼ぶことになった。エレナという名前こそ、以前に一緒に働いたアメリカに辿れる名前だったが、浅野も林もそのことには敢えて触れなかった。

そのまま校庭でロボットたちの通称をお披露目する。当然、各分隊チームに配備された男性型の通信ロボットたちにも名前が必要だが、こちらはもっとシンプルだ。PB108―G1エレメントからG3までそれぞれ、リク、カイ、クウとなった。まあ、わかりやすいのが一番だ。なぜ、ロボットも男女のタイプに分かれているのかについては、恐らく成瀬教授か蒼井室長の趣味だろうということで特に誰も話題にしなかった。

こうして六台のロボットが島の日常の中に入ってゆく。小さな島で一次産業の農林水産業を未来の六次産業に転換するプロジェクトを進めることは、ロボットも含めてみんなが顔見知りになることから始まる。関係づくりでは名前や呼び名が大切だ。蒼井美紀は小隊長として三つの分隊を全体から見ていてひと安心した。作業機械であるロボットもそしてヒトのように喋って働く身近なロボットもたとえ機械であっても、やはり名前をつけてくれることで初めて相互の信頼への一歩が始まることを確信していた。

林はカラオケでテレサ・テンを歌う。人前で歌うようなイメージがないからみんなが驚く。と同時に今までのちょっと距離感のある学者然とした林に親近感がわく。港に面した通りで白熱球の電灯がぽつんと点いている。その向かい、町に一軒だけのカラオケスナックの中は、安田が集めた漁師仲間と浅野たちで満杯だ。佐藤は有頂天でエレナと一緒にデュエット曲を歌っていたが、すぐに安田も参加する。海で鍛えた若者の声はよく通るのでエレナも声を合わせようとして高くなる。ついていけずに息切れした佐藤が浅野たちのボックスに帰ってきて、「二人はお似合いだな」と嬉しそうに周りに声をかける。酔っているせいか、まあ彼氏といる娘を見つめるような遠い目だ。エレナを通して昔懐かしい地球の向こう側のアメリカでも懐かしんでいるのかもしれない。夜のスナックの灯火の風景は最新技術のLED照明の明るさよりも人間的な影を色濃く映し出すものだと、浅野は久しぶりの夜の場末で考え込んだ。どうしてこのおじさんたち三人が最先端技術を使う実証研究に選ばれたのか。蒼井美紀にリクルートされたときのことを何度も思い出すが、先端研究なら若い研究者がいくらでもいるだろうと言った浅野に対して、

「後につなぐことができる人たちを選んでいます」

とだけ言って、答えをはぐらかしたことがまだ引っかかっていた。蒼井美紀は市ヶ谷の本省に帰って、第二段階の準備をすると言っていた。現在の第一段階、つまり農林水産業の目処を三ヶ月でつけたあと、夏からはどうするというのだろう。第二段階からデュアルユースの有事に備えた訓練でもやるのだろうか。

一ヶ月もすると農作業に移る目処がついた。土壌の酸度から地質分析に至るまで化学的に確認することはなくなり、適した耕作地を開墾する準備を進めている。機械化師団並みに準備された耕作機器を1G分隊十二名で駆使すれば、四、五ヘクタールの整備はあっという間だった。手作業では二年かかるような台地も三日もあれば畑になる。要は農作物がちゃんと育つかどうかだ。いつも一緒にいる通信ロボットのエリのおかげで、何一つ報告することも必要ない。それどころか分隊の中

で作業活動しているリクと連携して土地形状に沿った作業スケジュール管理から改善点、そして各工作機器と作業ロボットのメンテまで指示しながら、浅野の『面倒』もみているのだ。身の回りのことは二の次の浅野の食事や洗濯に気配りし、体調管理している。普通ならプライベートに口出しされるのを嫌がる浅野だが、エリという自分のつけた名前のせいか、逆にいろいろと頼るようになっている。一人のときは夜にふと目を覚まして寝られなくなることが多かったが、今は自分でも不思議なことにエリというパートナーがいることで落ち着いて眠ることができるようになった。

佐藤は安田たちに案内されてエレナやカイたちと一緒に島の周囲の潮流を調査し、ほぼ周囲四十キロメートル圏内の状態を把握していた。準備段階での机上の想定通りだったが、西側の断崖の下の離岸流は一旦海底に巻き込む渦潮のようであり、西側の海底が北と南で深くえぐれていることと関係していることが分かった。東側は港を出た北側・南側ともに潮は穏やかであり、海岸沿いは深いところでも二十数メートル程度と、定置網の養殖に適していることが分かった。ただ島を回り込む東シナ海の潮と繋がっているために、水質やプランクトンの量が安定しない傾向がある。従って、近海でさらに大規模にマグロや牡蠣の養殖を行なうためには相当広い範囲にかけて港の東側に海中フェンスを引く必要が出てきた。そのフェンスの内側をさらに遠めの魚区と近場の貝区に分けて管理する。その線引きとフェンスの管理方法のシミュレーションを繰り返し、エレナは水中バイクで潜っては海底の形状などを確認していった。船に上がって来るエレナに安田が手を貸しながら、

「どうだい、網のフェンスは引けそうかい。このあたりの海底は岩場もあってでこぼこが相当あるんじゃないか。大きな伊勢エビもよく採れるからね」

「そうね。海上からのフェンスの長さを調整する必要があるわね。場所によって深さや障害物に合わせて自動的に長さを決められるように可変式にする必要があるわ」

友達だから少しくだけた言葉遣いをして欲しいとエレナにお願いして、安田は毎日がさらに楽しくなった。佐藤にも同様の言葉遣いをするようになったので佐藤自身、ますます娘夫婦を見守る親の気分になっていた。2G分隊との連絡係であるカイは、分隊と地元の漁師たちの間に入って仕事の段取りをつけるだけでなく、エレ

ナがまとめた調査資料の分析結果を漁師たちに分かりやすい言葉で伝えて、分隊の仕事を手伝ってもらうこともあった。また、1Gのリクと3Gのクウにも海の中の状況を伝えており、陸から流れ込む水でつながる海の状況や、空から見た波の変化を一体的に捉えることに協力していた。これは島嶼部における陸海空の共同作戦においては当然だが、佐世保司令部では海を制するものが戦いに勝てるとのクロスドメイン作戦（領域横断的な連携）を前提としていた。そのための調査分析と活動計画の策定、ひいては有事シミュレーションが必要だった。

そして林は、ひたすら空から陸と海を見ている。島の高地における森林の分布状況に沿って、高低差を勘案した道のつけ方や木材を伐採するための工作機械を設置する基地の計画などを作成し、3G分隊が地上で具体的に実行していった。リンはその林のドローンで捉えた画像処理を瞬時で行なうと、分隊側にいるクウに連絡してそれぞれの分析結果と実行結果との突き合わせを行なう。陸地だけでなく、海につながる道を空に拓いてゆくような、三次元立体映像を島の周り三キロメートルに張り巡らせていた。島からの距離は日一日と遠くなっていき、三ヶ月後には島を中心として四十キロメートル四方の立体図を完成させていた。地上ではリクの計画で3G分隊が島の六ヶ所に木材切り出し基地を構築していた。

＊

夏の初め、次の三ヶ月にわたる第二次計画を持って蒼井室長が島にやってきたが、ほぼ同時期に島にリゾート計画が持ち上がっていた。田舎ではここ十年よくある話だが、外国資本系列の不動産業者が空き家になった住宅や持ち主の来ない別荘とその周りの土地を買いあさり、過疎地の観光化の目玉としてリゾートホテル建設計画などを持ちかけて来る。第二次計画の実行に当たっては住民の総意でリゾート計画に反対するよう簡潔に指示して、蒼井美紀はさっさと帰って行った。佐藤や林はリゾート計画については自分たちの第二次計画ほど気にしていない。

「なんだこりゃ？　リゾートホテルったって、こんなところに客が来るはずないぜ。ほっといて二次を進めようぜ」

「まあ外国人観光客が目当てでしょうから、コロナ禍の影響からしてまだまだ先の話ですね」

　だが浅野は心配だ。そうは言っても蒼井室長さまの指示といえば命令なんだし、三つの分隊はリク・カイ・クウの立てる計画に沿ってすぐにリゾート反対運動を始めるだろう。リゾート計画は自分たちの二次計画を進めるうえで邪魔なのだろうか。その疑問にはエリたちが答える。

「リゾート計画は外国勢力による私たちの計画への妨害工作であると認識しています」

「どういうこと？　ボウガイコウサク？」

　佐藤は首をかしげたが、林は頷いた。どこかで見た光景だ。浅野は外国勢力という言葉から昔聞いたＩＲＡやドイツマルクといった言葉を連想したが、ここは中国だろう。東シナ海で向き合っているのだから。だが数年前に成立した土地利用規制法では、国家安全保障に影響する場合は外国系列資本による不動産取得ができないはずだ。

　エリが続ける。

「まず第二次計画を再確認してください。夏以降の活動目的は地質鉱物調査を深度四十キロメートルまで広げ、この島を中心とする半径四十キロメートル圏内は地上も海上もそして地中も結界域とする接近阻止・領域拒否の戦術拠点とすることです。その拠点域に不純物が入って当方の動きが察知されることは統合システムの綻びを生みます。従いましてこの島にはリゾートホテルを入れてはなりません」

まるで蒼井美紀がエリに乗り移ったかのようだ。通信ロボットなので実際はエリを通して市ヶ谷の本省から蒼井室長が話しているのではないかと思ったぐらいだ。何か、やっぱりロボットか、固いなあと、これまでの共同生活がなかったかのようで浅野はちょっと寂しい思いがしたぐらいだ。

「自衛隊や国の建造物の近くは外国人が買えないはずだけど」

浅野が思っていたことを林が言った。

「私たちは自衛隊の建造物を作ったのでもなければ、自衛隊として駐屯をしているわけではありません。学校跡地を借りて農林水産業の実験をやっているだけです。法律的にリゾート計画を止めることはできません」

「まあその通りだな。しかし、だからといって住民が反対するかな？　町の人にとってはリゾートホテルがありがたい投資になるんじゃないか。コロナもおさまったし、中国人が来て大金を落としてくれるほうが、俺らとせっせと農業やるよりいいだろう？　自給自足よりやっぱりおカネじゃないかな」

ペルーで漁業支援をしたことのある佐藤はまっとうに漁業をやっても生活が豊かになるわけではない町の人の生活を身に沁みて理解していた。

「このような場合も想定していますので、また私たちロボットを使ってもらう場面です。まずは町の人に公民館に集合していただき、私たちが説明します」

エリ、エレナ、リンが揃って前のスクリーンの傍らに立っているが、町の人の集まりは悪い。半分の百人を超えたあたりで、これ以上待てないのでリンが説明を始めた。

「私たちはご覧の通りロボットです。皆さんに親しんでいただいたいろいろなタイプのロボットたちも見た目は少し違いますが、皆さんの生活が無事に過ごせるようお手伝いできればという役目で働いています。私たちが今日ご説明したいことは、町の将来に向けた皆さん一人ひとりの選択についてです。ひとことで言えば、ロボットを選ぶか、おカネを選ぶかという選択肢です」

リンと言う名前が中国を想起させることが効果的だと林が言った。落ち着いてゆっくりと話し出したリンは、もはや町長か町議会議長かと見まごうばかりの姿だ。私たちを選ぶか、おカネを選ぶかと、分かりやすい選択を村人たちに提示したのだ。

「先日から話の持ち上がったリゾートホテル建設については、以前なら働く場所ができておカネも落ちるので大変ありがたい計画だったでしょう。でもアフターコロナでアメリカと中国が対立している今は違います。以前なら中国の民間企業はカジノのホテルを建てて中国の観光客を大勢日本に呼んで一杯おカネを使ってもらえたでしょう。でも最近の中国の計画は投資として土地買収をしていて、外国の観光客がこの島にやって来るような計画があるわけではありません。ご存じの通り、コロナ禍によって世界中で観光客そのものが減ってしまい、日本に来るような状況ではないのです」

リンは観光客が当てにならないと言った。そして一呼吸置いてエリが話し出す。

「ではなぜ、外国の人たちがこの島の土地を買うのでしょうか。過疎化で人口が減った町の不動産物件を安く買いたたいてずっと先の将来の値上がりを待つのです。値上がりして売れるようになるまでは、無責任な人に貸したり中国の政府関係者が入り込んだりして、町で仕事が増えることも観光客がおカネを落としてくれることもありません。荒れた家屋に得体の知れない外国人が出入りすることになりかねません。だから私たち、顔の見えるロボットと平穏に暮らすことを選んでください。外国人に島を売ってはいけません」

エリは淀みなく一気に話した。断定的に話す口調が感情的にも見えるそのロボットの姿は、会場の人たちの心を動かした。

「そうだ、今さらのリゾート計画に反対しよう。どうせリゾートじゃないんだ」

多くの人から同じ意見が出て、反対運動をやりながら計画主体の企業との話し合いをもとうということになった。だが、誰がやるのか。町長は自衛隊の研修による技術支援で農林水産業を活性化させようと蒼井室長のプランに賛成した人だ。だから、リゾートに反対することは賛成なのだが、やはり得体の知れない外国企業との折衝には及び腰となっていた。自衛隊も期間限定で実証実験にきているだけなので、説得力はないどころか表立って動けば自衛隊が民間企業の不動産売買に圧力をかけたといわれかねない。さらにエリたちロボットが交渉するわけにもいかないので、結局、住民票を島に移した浅野たち民間人！の三人が住民代表として交渉の矢面に立つことになった。集会に来ていない人たちは外国人にでも土地が売れるならいいじゃないかと思っているので、集会に来た人たちも顔見知りの中で二手に分かれるようなリゾート反対運動の先頭には立ちたくなかったのである。

「結局俺たちは蒼井室長殿のお釈迦様の手のひらで踊っているだけよ。この前に島に来たときの素っ気なさったらないよな」

スナックでまた愚痴り始めた佐藤は日焼けで真っ黒だ。酒焼けもあるかもしれない。だが酔って愚痴っていても、隣のボックスで話しているエレナと安田の姿を肩越しに見ながら相変わらず幸せそうだ。

「島に来たときと同じで、町のリゾート賛成派を順番にここに呼んで飲み倒すか。じいさんばあさんと違って若いやつらにリゾート賛成派が多いんだろう」

「大丈夫ですよ、そのじいさんばあさんたちが若いのを怒ってますから」

佐藤の言葉を聞きつけた安田が気軽に答えた。佐藤は驚いて目を丸くする。

「怒るって、そんな怒りつけるような筋の話だっけ?」

「じいさんばあさんに怒られればいいんですよ。ほんまに島のこと考えとんかって。こんなことがなくっても、たまには怒られたほうがいいんですよ」

「顔見知りの世界は狭いなあ」

と、浅野が感心していると、また林が立ち上がってテレサ・テンを歌っている。聞いているリンの傍らに、台湾から日本に来た陳が腰かけて白酒(パイチュウ)をちびちび飲んでいる。陳は中国福建省出身だが北京大学時代に民主化活動に参加したため台湾に移り、現在の台湾海峡情勢からどちら側からも突き上げられて逃げるように日本にやって来た。五年ほど前までは香港の民主化運動にも参加するベンチャー投資家だった林と話が合った。日本の西の端の小さな島ではたった二人だけ、遠い海外の昔話を共感し合える仲間となった。だいたいはリンが間に入って複雑な歴史年表の事件の話などを挟み込むので、忘れかけていた熱情のようなもので二人はよく盛り上がった。それで盛り上がると、林のテレサ・テンだ。

「陳さん、また一人、東京のやつが故郷に帰るってよ」

いつもは冷静な林も、一人またひとりと日本から香港や台湾、そして中国にそれぞれ帰って行く話を聞くにつけ、心の中の端っこの痛みがうずくのだ。香港でやり切れなかったこと、守り切れなかったことが酔いの回った頭の中をよぎる。そんなときリンは悲しそうな目をして林をみるのだ。そして陳さんは中国に置いてきた娘の姿をリンの目の中に写し込んでいる。帰りたくても帰れない、いつ帰れるかも分からない。日本での島の日々は表向き平穏に過ぎてゆくことが時折たまらなくなる。

「おカネで買われるのは日本だけじゃない。今だけでもない。おカネで頬をはたかれて言いなりになる道もあるさ」

陳は投げやりだ。リンが励ます。

「陳さん、でも譲れないものもあるんでしょう、心意気ってものが。いつも言ってるじゃないですか。故郷の自由は誰にも譲れないって」

リンの慰めを聞いた林は、日本語の心意気って言葉はなんて曖昧な言葉なのだろうと思う。現実にできることとのギャップが大き過ぎる言葉だ。

翌日、浅野は前の晩の安田が言った話があながち的外れではないと知る。町長からリゾート反対派が八割近くになったので正式に買収企業側に文書で申し入れると言ってきた。続いて昼過ぎにはエリを通して蒼井室長から連絡があり、企業側の撤収を確認したとのことだった。そのうえで既に買われていた不動産の契約解消を防衛省側の弁護士が交渉する。結果的には安く買いたたいた業者をさらに安く買いたたくことになるらしいが、警察と国税庁がその企業の調査に入っているそうだ。

同時に蒼井美紀は妙なことを伝えてきた。

「田中絵里子さんって方から連絡があったそうよ。近いうちにオーバルコードを使う時が来るから覚悟しておいてって。意味わかる？」

「オーバルコードっていうものは三十年も昔の話だ。意味が分かるわけない」

「でも安全保障会議を通して連絡して来るって、どういう人？」

「今はどこで何しているかも知らないさ」

「じゃあ、こちらで確認するわね」

「おい、それはプライバシーじゃないのか」

「そんな昔のプライバシーはないでしょ。今でも何かあるの？」

「分かったよ。確認してくれ。今さら連絡があるなんて俺も気になるし、暗号キーだと渡されたオーバルコードっていうものはお守りとしてもっているんだが、どう使うか、中身がどうなっているかも分からない」

「了解、田中絵里子さんの人定、及びオーバルコードの検証を行なうわ。お守りをエリに渡して。渡してもエリはあなたに付いているから心配しないで。確認結果もエリを通して話すわ」

通信からデータの受け渡しまで、エリを使ってまあ便利なものだなと思いつつ、ロンドン時代に絵里子に翻弄された情景が目の前に戻ってきた。デジャブーか、それとも同じような状況なのか。では、俺はまた何か『交渉』するのか。浅野は東京を出てこっちに向かった日のことを思い出した。やはりあのときスコットランドのグレンコーの光景が頭をよぎったのは予兆だった、田中絵里子は今さら俺に何をさせる気だ。

2　西ノ海事変

八月半ば、自律分散型地域構想の第二次計画は予定通り終了した。新たに持ち込まれた各分隊の設備は第一次計画で三分隊により開拓された島内六ヶ所に設置され、各分隊の運用実務演習も完了した。平時と有事のデュアルユースを常とする蒼井室長から計画の進捗を急がされた結果、九月末までの予定を大幅な前倒しで進めたのだ。そして夏の暑い盛りに休みなく働いたので、全員に盆休みが一週間与えられた。休みの初日に校庭で一次プロジェクトの打ち上げキャンプファイアーを始めたが、すぐに町の人たちが聞きつけて夏の日が西に沈む頃には太鼓も鳴り出す盆踊り大会となった。老若男女に自衛隊員・ロボットの僅か二百数十人の歓声が島に響きわたる。今日だけは、との思いで浅野は夕焼けを見つめた。平穏な暮らし以上に何を望むのか、老境に入る年齢では若い世代につなぐことしかできないが、せめて平和が続いて欲しい。

「俺らは島の人たちを騙していることにならないか」

唐突に佐藤が言い出す。

「養殖漁業やりながら、接近阻止・領域拒否の可動式フェンス網をがんがんに設置しているんだぜ。何かあったときに守るためとはいえ、この島にそんなことが起きるわけがないんだから、いくら有事で使えるフェンスだからといって平時からカネかけて実験するもんかね。相当な沖合の海流の中でもエレナは水中バイクでフェンスを自由自在に操ることができるようになったよ。フェンスが動くってことはエレナを起点にして魚の大群も操れるってことだからなあ。通信中継器の水中ドローンなんかも含めて、蒼井隊長さんの考えることはたいしたもんかもしれないなあ。空も一緒だろう?」

佐藤の長いため息のような驚嘆をじっと聞いていた林が答えた。

「必要なんですよ。もうかれこれ十年も前にクリミア半島でロシア軍が戦車戦で使って以来、これからの実戦は陸海空入り乱れた電磁戦になりますからAIドローンによるデュアルユース開発も仕方ないですね。ついこの間もウクライナのサイバー部隊がドローンを使った攻勢をかけたでしょう。ここで寄せ集めだった分隊の人たちも新型のハイブリッド紛争を理解して、国を守るためだと言っていますが、実際に守るために想定される戦闘は通信状態によって敵味方も分からない乱戦や戦争相手も分からないグレーゾーン紛争になるでしょうから、蒼井さんの危機感はもっと深刻でしょうね」

「俺たちは何のためにここにいるんだ？」

浅野はいつも自分の中で繰り返してきた疑問を、二人の前で初めて言葉に出した。

「すぐに分かるわ」

いつものように静かに聞いていた隣のエリが、はっきりと答えた。いや、エリではなく、蒼井美紀だったかもしれない。そして残念ながら、翌日からの夏休みは泡と消えた。

「全島、避難。緊急事態です。島の住民は今すぐ港に集合してください。明後日未明には超大型台風二十号の東側暴風域に入りますので本日中に離島し、長崎に向かいます」

町内放送が大きくこだまする。各地区の防災隊がお年寄りの引揚げに手を貸し、港のフェリーに乗り込んでゆく。普段の防災訓練の手順通りだ。台風は十三世紀後半の元寇《げんこう》のときにやってきた暴風雨のコースと同じく、東シナ海を九州西岸沿いに北上していた。海水温が高いため九州に上陸せずに北上するにつれて台風の強度が急速に増していたので、全島緊急避難となった。

そして、その台風の北上に沿ってさらに西側を船団が北上して来ていた。市ヶ谷の防衛省参謀本部に急ぎ蒼井美紀が呼び出された。

「蒼井一尉、君の説明では北上する船団が九州に上陸する可能性があるということなのか?」

「香港及び台湾経由の情報ではいずれも遼東半島を出た船団が一旦南の尖閣方面に向かうと見せて、夕刻から北上し始めたということです。いわゆる民間武装船団です。情報の発信元は遼東半島ですので、船団の中身と目的を正確に追えていると考えて間違いはありません」

沖縄方面専任将校である加藤海将補が陸自の一尉を呼ぶこと自体、異例だった。

しかし、海自の全神経が軍事的な緊急事態を迎えている台湾方面に注がれていたため、九州西方の情報を補完する必要があった。一ヶ月半前の中央政党創立記念日に台湾の南、フィリピンとの間のビシー海峡が南シナ海から来た数千隻もの不審船団によって封鎖された。フィリピンは表向き激怒したが、また中国から経済支援が得られると思ったのか、軍事的には何も対応しなかった。そのため、米国は横浜から第七艦隊を出動させ、台湾の東に位置したまま、大船団の北上を阻止してにらみ合ったままだ。八月に入ると中国福建省と数キロメートルにある台湾の島に砲撃が散発的に行なわれ、同時に台湾の西海岸沖にミサイルを打ち込んだため、両岸でいつ空中戦になってもおかしくないほどの緊迫した状況となっている。そこに米艦隊のいる台湾の東側を通ったときにはたいしたことは無かった台風が、沖縄を経由してまっすぐ北上するにつれ、九州南西沖であっという間に超大型台風に発達した。その台風に隠れるように、東シナ海を南に向かっていた船団が反転して北上、九州西方に向かっているというのだ。

「九州上陸とはどういうことだ」

加藤海将補が聞く。

「ご存じの通り、台湾侵攻の前哨戦として台湾南のビシー海峡を封鎖した以上、台湾に上陸する可能性が大きくなっております。従いまして、台湾北側の尖閣での陽動作戦を想定して海自を派遣していると聞いておりますが、中国軍による陽動作戦は九州西方地域だと想定できます。一部でも上陸されれば西日本の部隊は九州に釘付けになるだけでなく、沖縄方面展開中の戦力を九州防衛に割かなければなりません。上陸は必ずしも成功する必要はありません。上陸が難しいようなら台風で難破しそうだとして緊急避難を求めてくるでしょう。一部でも上陸されたら混乱します」

「もしそうだとして、どうする」

「接近阻止・領域拒否です。絶対に入れてはなりません。南方の戦力を使わずに陸自の地上部隊と空自で九州は守れますが、このままでは離島は守れません。従いまして、具申しました通り、訓練研修で西の島に駐屯している陸海空の合同三分隊で阻止します」

「数十人と聞いているぞ。何ができるというのか」

「やれるだけやります。ただし長崎の海自フリゲート艦による物資輸送、及び陸自の水陸戦隊ヘリによる援護をお願いします」

「了解した。政府官邸への報告は幕僚会議後になるので、先に行ってくれ」

蒼井美紀が単なる教育訓練課の一尉であることからは、このような有事における抜擢は異例中の異例だった。間違いなく田中絵里子が動いている。調べたプロファイリング資料では英国チューリンゲン先端研究所に所属する新NATO軍AI顧問となっていた。何者かは別として、今は助けてもらっている。

＊

その頃、島では浅野たちが分隊員たちと各所を回って、島内六ヶ所に設営した基地に四、五名ずつ展開してゆく。西海岸を守る北・中・南では数万の微少ドローンが発進準備に入った。

林は中基地から北と南の山頂にある基地をコントロールする。空自隊員とともにリンが北、クウが南という、西の東シナ海に向かって鶴翼の陣形としている。林は台風を心配していた。ドローンが飛べなくなるからだ。西から来る船団もドローンが使えなくなるなら五分五分だ。本来は林たちのドローンの活動範囲が四十キロメートルとてつもなく広範囲であることが有利なはずだが、スウォーム（群体）戦術で何千ものドローンが飛んでくれれば悠長なことも言っていられない。天候さえ許せば大型ドローンに乗って中継器ドローンと攻撃用微少ドローンを指揮する。

佐藤は多少の海の荒れも気にせず、エレナとカイを伴って東の湾を出て行った。水中フェンスを防備用に島の周りに移動させる。そして三人が主導して西側の海に三つの移動フェンスを持込み、水中から船舶を止める準備をする。それに浅野たちとの連携も必要だ。浅野とエリたちは島の東側の北・中・南の基地で林たちが以前から切り出していた丸太の一部を束にして港に運んで2G分隊が操船する船に乗せた。西側に展開する佐藤たちのところへ運ぶためだ。丸太は海上と水中でレーダー反射しない武器になる。世界一の木造掃海艇の技術の応用だ。そして、海自のフリゲート艦が運んできた対空・対艦電磁兵器を三つの基地に据え付ける。高密度電離層バリアの指向性を特定し、数キロメートル先まで中継器ドローンを使って反射角度を変えながら空中または水中から船団に到達する。電磁波を遠くのある位置に焦点を合わせて照射することで高密度電離層の膜を作り出し、一瞬にして電気系統を落として機器を使用不能にすることができる。しかし、射程が数キロなので遠くの相手から攻撃されて破壊されないよう、四十キロメートル先からドローン攻撃などで相手を撹乱しなければならない。それ以上近づいてこなければいいが、突破してきたときの沿岸最後の防備が指向性のある電磁線兵器となる。海と空で使う電磁線兵器は他にない試作品だが、相手の数が多いと対応しきれない。このために浅野は、林のドローンが取得した周囲四十キロメートル四方の地形・地質を分析し、電磁線が通りやすく、反射する地域を確認してきた。岩盤鉱物・鉱石の成分が精密に測定できなければ電磁パルス防御が失敗する可能性もある。

こうして九州の西にある小さな島は今や周囲四十キロメートルを守る要塞と化し、三十数名が攻撃防御一体型で展開したうえで、正体不明の船団を待つことになった。どこまでやれるのか、未知数の実証実験段階で本格的な戦闘に突入する。

「正面、四十キロメートル、先頭艦艇の艦橋が映りました」

リクが全部隊に連絡する。風雨は強くなったが作戦遂行の邪魔にはならない。ということは先方もやって来るということだ。偵察ドローンは足が長いので十分に船団を確認できた。早めに仕掛けようと言う、エリではない蒼井美紀の声が響く。浅野も同感だ。すぐに林のドローン先遣隊に出撃してもらう。遠いので数百という数にしておき、五十隻程度の相手船団の司令艦を集中的に狙うことにした。先方の艦砲の射程は二十数キロメートルと想定して、そこで迎え撃つための第二陣として微少ドローンを数千機出す。ここまでで、先方はやられっぱなしということではあるが、航行状況を見ると二十パーセント、十隻程度の停艦による戦力ダウンでしかない。

「いよいよ撃って来るな」

と言うが早いか、島の西海岸に着弾あり。先方の偵察ドローンは撃墜しているので、GPSかレーダーを使っての闇雲な砲撃だろう。二十キロ地点で船団は横に広がった。撃って来る砲弾の量が数倍になったので、本格的な第三次ドローン攻撃に移ると同時に、丸太を使った無人の水上攻撃を佐藤に頼む。競艇用のモーターボートを無人操作しながら、丸太を艦艇に近づけて爆破する。木材だとほぼレーダーに映らずに攻撃できる。一部は船団の進路に筏を組んでフェンスにスクリューを引っかけるという古来の戦法も効果があるものだ。空と水上からのドローン攻撃により航行している船舶は残り二十隻程度になったが、その殆どは千五百トン以上の大型船だ。丸太やドローンではびくともしないという勢いで接近して来る。撃ち方も激しくなってきた。絨毯爆撃のように島の端から端へとなめ尽くすような勢いだ。基地でも負傷者が出始めた。撤収用の海自フリゲート艦は援護用の水陸戦隊ヘリを乗せたまま港で静かにしていた。敵の目を引きつけた島の西側は集中砲火を浴びていたが、東側は穏やかだった。西側の中基地で指揮していた林が砲弾の中で叫ぶ。

「よし、西側の基地は東側まで引け。俺は乗って海へ行くぞ」

「待ってください。それは私の役目です」

リンがすかさず林を止めて自分が北基地から出撃する。それを聞いたクウも南基地から崖を飛び降りるように水上バイク型ドローンで西ノ海に向かう。十キロメートル以内まで近づいてきた艦船への攻撃は、中継器に乗って視認しながら艦橋にできるだけ多くの微少ドローンを突っ込ませることだ。先方のドローンも飛び立って来たが数は少ない。まだ出航前に用意ができていなかったのだろう。こちらのドローンの数にも驚いているはずだ。電磁線兵器の指向が確保できる三キロメートル圏内まであと少しだが、それまでに十隻程度に減らしておかなければならない。

船団がさらにばらけたと思ったら、各船から上陸用舟艇が次々に出て来る。

「出番だな。エレナ、カイ、行くぞ」

佐藤が水上バイクに乗ってフルスロットルで西へ向かう。丸太を誘導している。その両翼でエレナとカイが水中フェンスを前へ前へと移動させる。そして空気を一部に投入してフェンスを海上に浮かせたので、上陸用舟艇は網に引っかかって止まってゆく。そこに空中から佐藤たちの誘導する微少ドローンが当たってゆく。

少し押し合いが続いたが、大型船が三キロメートル圏内に入ったところで全員撤収して電磁線兵器を使用した。焦点に入った船は電源が落ちて浮遊する。しかし、手動で砲撃して来るので、浅野が被弾した。

「全員撤収、速やかにフリゲート艦に乗船」

エリこと、蒼井美紀が指示を出すが、浅野の被弾を聞いたエリが助けに中基地に入る。水陸戦隊のヘリが爆音を立てて援護射撃をする。

「早く行け、俺がもう一度電磁線を集中させて撃沈してやるぜ」

佐藤のような言い方をして浅野が立ち上がろうとしたとき、別の砲弾の音がしてヘリが横に吹き飛んでいった。エリはとっさに浅野に覆い被さり、一緒に吹き飛ばされた。浅野が抱きかかえるとエリの胸にかけられたオーバルコードの十字キーが浅野の胸に当たった。浅野から受け取ったオーバルコードを蒼井室長に転送して解析するために、エリは自分のプログラムの中にオーバルコードを取り込んでいた。その結果、エリは田中絵里子と直接交信できるようになっていた。そして今、浅野に気づいてもらったオーバルコードを電磁線兵器に入れ込めばチューリンゲン先端研究所で想定されていた遥かに高性能の高密度電離層を形成することができるとエリは伝えた。エリとオーバルコード・キーが通信電波・電磁・電離の段階を繋ぎ、強度を格段に上げるセキュア・エレメントとして機能した。絵里子もちゃんと教えろよ。それともプログラムとしての使い方が分からなかったのか。ただ、俺が同じ状況で同じように何かすると思っただけかもしれない。

浅野はエリの胸の中で育った通信エレメントと過去から引き継いだオーバルコー

ドの組み合わせによって解明されたプログラムを、電磁線兵器に入れ込むように傷ついたエリに声をかけた。それはエリと一体化していて、エリから離れるとエリはエリでなくなるだろう。過去から続くネットワークの本当の鍵がここにあった。指向性焦点を向けているだけで艦船の砲撃は空中で砕けていった。そしてその電離層の発生メカニズムは防衛技術として接近阻止の最大の盾となってゆくことになる。

台風で領海侵入した民間の船団ということで、政府は報道管制のうえで穏便な処理をした。防衛活動ということでは自衛隊は出動していない。手も貸さず政治的に見捨てた。武力衝突という報道をした場合、両岸でにらみ合っている台湾海峡も完全な武力衝突となって日米ともに全面戦争に巻き込まれる恐れがある。従って、米国も日本政府も中国が何も言わない限り黙っていることを選択した。では台湾も見捨てるのか。浅野を助けようとして撃墜された水陸戦隊ヘリの駒場一曹は二階級特進したが、訓練中に発生した海難事故による不慮の事故死ということになった。

「俺たち年寄りが死ぬべきだった。それにエリよりも自分が消えるべきだった。あの島そのものが国際政治の中で守るべきものを守るセキュア・エレメントのような位置づけになっていたと思えるんだ」

島の西岸、丘の上で浅野がつぶやく。佐藤が強がる。

「これから戦争があるとして、もし徴兵するなら六十才以上だな。手足にＡＩの筋力装備でもつければ、そしてエレナやリンのような通信エレメントとしてのバディがいれば、じいさんだっていくらでも戦えるさ。次の大戦は若者を戦場に行かせちゃだめだよ」

浅野は佐藤と林と一緒に駒場二尉の碑に花を手向けながら、自分をかばって傷つき、そして島を守るために消えていったエリの胸のかけらをオーバルコード・キーのホルダーに入れて首から提げた。今日も青い空と蒼い海が広がっていた。

3　シティクラブ・ハボック……ロンドンの混沌

浅野一郎は北関東の田舎にある小さな家で育った。父は農家の次男坊で県庁に勤め、母は山持ちの娘で生活に不自由はなかった。小さい頃の世間というものは、近所の畑や山を走り回るだけの家の周辺の世界だけだった。しかし中学のとき、よくあるちょっとしたクラスの諍いを止めただけで仲間外れとなっただけでなく、放課後には校庭の端のサッカーゴールに縛り付けられて放って置かれることもあるような、後にいじめと言われる行為のはしりに遭った。普通の生活を真面目にやっている親には言えず、担任の先生に相談すると今度は教室の前に立たされて授業を受けるようになった。学校への行きも帰りも一人だったが、後から付けて来ては回りに人がいなくなると石を投げて来る同級生たちに、横の用水にいた蛇を投げつけてからは誰からも何もされなくなった。近くの山の田んぼを走り抜けるときに石垣から飛び出して来るカラス蛇を木の棒でたたき落として遊んでいた一郎にとっては、石も蛇も変わりはなかった。

そんな一郎だが、いつも家の庭で下を向いて土だけを見ているようになると、友達がいないことが気にならなくなった。高校に入って当たり前のように地学に興味を持ち、竹内均という大学教授による大陸移動説の解説本を読んで、夏休みにまとめて研究文を提出したら地学の講師に褒められ、しかも年末には知事賞をもらった。この足もとの土や石が動いていると考えただけで、どんなときも気持ちが大きく、軽くなった。

そのまま大学に進学してからも一人で研究を続けていた五月の連休明けのこと、大学の裏門の先にある上野のガード下で夕食に立ち寄った。コップのビールをあおって焼き飯を飲み込んでいたら細長い食堂の奥の一角で大きな声がした。若い女性が男三人に絡まれていた。諍いを止めるつもりで女性との間に入ったのだが、喋る間もなくその場で三人に殴られて喧嘩になった。中学三年から護身のために始めた合気道を大学の部活でも続けていたが、相手の拳を避けようとして関節が嵌まって一人の腕を折り、もう一人は投げ飛ばした拍子に顎を割ったようだ。しかし、三人がかりに勝てるわけもなく、警察が来たときに男たちは逃げていたが、一郎は左の肋骨を折り、顔面血だらけで床に這いつくばっていた。そのまま隣の大学病院に担ぎ込まれたが、翌日からチンピラたちが一郎を探して病院に押しかけてきた。その時、大学のクラス教官だった黒田と一郎の治療を担当した研修医の中村が身体を張って一郎を出さないようにかばった。病院は警察を呼んだが、黒田たちは学生の身分で傷がつかないように何事もなかったことにした。結果的に大学病院に入院していないことになった一郎は外科病棟から外来者の入れない内科の隔離病棟に移され、そのあと二ヶ月ほど入院した。戦前からある隔離病棟の二階は標本などの倉庫になっていて、そこを通り抜けて屋上に上がると農学部の菜園の向こうに上野の街が見えた。回診のない日には屋上で煙草を吸って夏の夕暮れをぼんやりと過ごした。

　助けてくれる人がいる、ありがたいことだ。こんなにも懐かしい気持ちになったのはいつ以来だろう。親には感謝している。だけどそれまで関わりのなかった人が自分を助けてくれる。その有り難さを感じることができる今は幸せだ。あの時に助けに入った女性はどうしたろう。中学のときにクラスで諍いをしていた子はどうしたろう。自分が助けられていると感じて初めて身の置き所がなく、隔離病棟の屋上で隠れて煙草を吸っているのだ、自分は身勝手だったと、特に何かを具体的に思い浮かべてでもなく、今さらにこれまでもっとできることがあったのではないかと悔やみ、涙をこぼした。

あれから四十年近く、飯田橋で蒼井美紀を交えて佐藤たちと飲んでから二日後、浅野は集合場所の佐世保に向かう前に顔を見に寄っていた娘の家を出た。

「じいちゃん、行ってらっしゃい、またねー。まったねー」

娘と一緒に手を振ってくれる小さな孫の声が近所に響いた。そしていつかどこかで聞いた声を久しぶりに思い出していた。そうだ、三十年以上も前の夕暮れ、イギリス北部のスコットランド、グレンコーの谷間に染み入るように響いていた女性の声だ。若い頃に病院の屋上から見た夕陽と同じに、地上に影を落としながら闇が迫って来る。

＊

一九八九年、昭和から平成に遷りゆく年、当時はロンドンに行く国際便にはお見合いシートと呼ばれる席があった。航空機のドアのある左側の最前列は離着陸のときにキャビンアテンダント、CAと向かい合わせに着席するシートがあった。今では考えられないことだが、女性のCAをスチュワーデスと言っていた時代のビジネスクラスが、ロンドン直行便にファーストクラスのない時代のある意味で特別席だった。

「今日の夕食はどうするんですか。決まってなければみんなで食べませんか」

臆することもなく隣のやや年上の青年が正面の二人の女性CAに声をかける。着陸態勢に入っていることなどお構いなしだ。『みんなで』に窓際の自分も入っているのか気になるが、目を閉じたまま素知らぬふりをしていた浅野に目の前に座っていたCAが声をかけた。

「あなたの予定は如何ですか」

あまりに親しげな声がけに返事ができずにいると、隣の青年が勝手に答えてくれた。助け船というよりはここぞとばかりだ。

「夕方に着くんだから仕事はないですよ。今日の参加は当たり前です、この席に座っているんだから。何時にしましょうか。皆さんのお宿のモントホテルまで二人で迎えに行きますよ」

何も喋らないうちに今晩の四人の夕食が決まっている。だが逆にあっさりしていて浅野は悪い気がしなかった。自分に声をかけたCAは田中絵里子と言った。

浅野はロンドンシティの一角にオフィスを構える総合商社の技術員兼営業として赴任した。専門は地質と鉱物材料だったが、商社ではそんなことお構いなしの営業が入る。当時のロンドンはEUの市場統合前であり、欧州十八ヶ国との貿易取引はすべて円またはポンドとの為替取引も発生する。結局、営業で資源や設備の売買を行なえば為替で利益も決まるために通貨為替の変化も読まなくてはならず、シドニーから一日が始まる世界中の市場ニュースをフォローすることになる。目の回るような忙しさだが仕事は充実しており、時々ロンドン便でやって来る絵里子と過ごす英国の街並みは、まさに本に書かれた日の名残りというにふさわしいほのかな厳かさが溢れていた。

十二月に入って曇天が続き、冷え込みも厳しくなった金曜日、クリスマスセールのコベントガーデンを絵里子と二人で歩いてショッピングと食事した後、浅野はシティのオフィスに戻った。昨日からの緊急の案件で会社がポーランドから引き取った金塊を調べていた。気持ちは街の喧騒に後ろ髪を引かれながらも、古いビルの七階にあるオフィスで仕事を再開した。その金塊の刻印はニコライ二世治下のフォーナイン（純度99・99%）ということだったが、質量検査では実際の純度は相当落ちるのではないかと考えられたので、成分を詳しく分析しなくてはならない。そうは言っても純度より歴史的価値が高いかもしれないので浅野は夜の十時を回っても気持ちが緩むことはなかった。

どこをどうやってこの金塊はこのロンドンに辿り着いたのだろう。

その時、窓の外でサイレンが鳴った。浅野は窓に近寄る間もなく次には地響きであっという間に床に転ばされたが運良く机の下に投げ込まれ、倒れて来る置物の破片から逃れることができた。

「何だ？　高木、大丈夫か？」

もう一人、今日は夕方からずっと居残って手伝ってくれていた後輩の高木は資料棚のない側の机だったので、割れた花瓶をつかんだ左手の切り傷だけだった。

「すぐ逃げましょう、浅野さん。このサイレンはＩＲＡ（アイルランド共和国軍）の爆破テロですよ。次があるかもしれないし、古いビルは崩れるかもしれないから危ない」

高木は左手を脇で押さえながら床に転んでいる浅野の手を引っ張って立たせると、七階から階段で一気に駈け降りる。浅野も後を追って、イングランド銀行前の噴水広場まで二人して走った。数分だったかもしれないが、広場に着く前に再び大きな音が何度もして、今までいたオフィスの入るビルが崩れ落ちた。

「どうしたんだ？　爆破されたわけじゃないだろう？」

そう呻くのが精いっぱいだったが、後から聞くと最初の爆破の振動によりオフィスビルのレンガがずれたようだった。さらに二回目の爆破が大きく、オフィスから離れたドイツアーゲー銀行ビルの前に置かれたクルマが爆破された。その爆風がシティに並ぶビル群に跳ね返りながら大きなうねりとなって、既に一回目で土台のずれていたうちのオフィスを倒壊させたということらしい。普通ならＩＲＡは爆破するときに事前にロンドンの警視庁であるスコットランドヤードに連絡する。しかし、今回は連絡が十数分前であり、しかもクリスマスシーズン金曜日の夜の十時以降に金融街であるシティのオフィスに人が残っているとは思わなかったという、お粗末な言い訳だった。

そして現場検証などが終わり、シティの封鎖が解かれてオフィス跡地をブルドーザーで掘っても、ニコライ二世の金塊を入れた会社の金庫は出てこなかった。それから一ヶ月の掘削でも忽然と消えたままとなった。

「いくらなんでもおかしいだろう。業者が持ち出した訳でもないのに大型金庫がまるごと消えるなんて」

浅野はオフィス跡の大きな穴を前にして、ニコライ二世の金塊の中身を確認する前にはしごを外されたような憤懣《ふんまん》を後輩の高木にぶつけた。だが、いくら言っても現実的な意味のないことは分かっていた。

「まあ、保険もあることだし、会社としては逆に純度のことが分からないままのほうがいいんじゃないですか」

「とにかく探すぞ」

割と意地を張るほうの部類に入る浅野は何の気もなく宝探しをする学生のような言い方をしたが、なんとなく目の前に掘られた穴に足下から引きずり込まれるような感覚だった。

シティの東側で開発中のドックランド地区にある真新しい仮ビルに移った支店の整理は総務の人たちに任せて、浅野と高木はロンドン現地採用のマネージャーであるアンソニーを加えた三人で金塊の行方に係わる情報収集を始めた。なんと言っても時価数百億円にもなる金塊が『はいっ、消えました』では、本社どころか、保険会社も警察も信じない。それなりの調査が必要だ。というよりは、浅野自身が納得できなかった。

高木は日本の損害保険会社から商社への研修出向者であり、浅野の勤める商社のロンドン支店に来て欧州大陸の物流リスクを勉強していた。今回の事件については保険会社の本社から調査指示が出ていたので、浅野のチームに入ることは渡りに船だった。その高木によると、金塊保険の元請けである英国ロイド保険が別に独自の調査に入るということだった。通常、リスクの高い損害保険は各国の損保会社が保険商品の販売仲介だけ行って、実際の損害リスクは世界の保険元請けであるロイド社やスイスロー社が引き受ける。地震や津波などの天災被害から人工衛星の打ち上げ失敗まで一般の保険では引き受けない免責条項になるようなリスクに対する保険を受けるのが、世界最古と言われる英国ロイド保険や永世中立国スイスの保険会社だ。ロンドンシティの真ん中にあるロイド保険オフィスの入り口には一冊の本がケース箱に飾られていて、世界で最初に海難保険を引き受けた署名とされる。そのロイドが英国屈指のメイスロー法律事務所に消えた金塊についての調査報告書作成を依頼していたので、高木の属する日本の損保会社も仲介した以上は放っておけない問題だった。

現地採用のアンソニーはバーン地方の貴族の次男だが、兄が現在英国政府から派遣されて米国の国務省報道官付となっているなど、代々が英国外交官を務める名門の出だ。しかしアンソニーは理知的でおとなしい性格だからロンドンでも質素な生活を好んでいた。夏のバカンスでも他の貴族が地中海のリゾートなどに一ヶ月以上出向くのとは異なり、奥さんと一緒にイングランド西のランズエンドなどの何もない海岸にカローラで一週間ほどドライブに行く程度だ。日本の商社のロンドンオフィスで働くのだから日本に興味を持っているのだろうが、自ら語ることはあまりなかった。イギリス人に日本を紹介するジャパンフェスティバルの立食パーティでビターという温い黒っぽい英国特有のビールを飲んだ時には、彼にしては珍しく白い顔を赤くしてアーサー王の剣と日本の刀の精神性について語ったことがあった。当人にとっては至極真面目な話だったが、お酒を呑みながら話していると時間が経つのを忘れた。もうあと少しで終わりという時間になって長髪の小柄なイギリス人が二人の大男を従えてフェスティバル会場のビクトリアホールに入ってきた。

「ジャパンフェスティバルって聞いたんで、スシはあるかい？」

その男は痩せた身体にジーンズをはいて少し口ごもる気さくな英語で入り口周辺の人に声をかけてきた。フェスティバル招待の案内状は持っていなかった。ある意味、会場の簡単な警護も兼ねていた浅野は様子を見てすぐに、日本の老舗デパートの出したスシ職人の屋台に案内した。彼らがスシを食べている間、ニコニコしながら美味しいですかなんて聞いていた浅野は、内心では会場で騒がれても困るなあと思っていた。だが、その男は食べ終わった後、素晴らしいと言いながら浅野を柔らかくハグした。ビックリはしたものの何か優しく包み込まれたようで、じっとしていた。そしてアイ・サンク・ユーと感謝の言葉を連発する彼をビクトリアホールの出口まで見送り、ようやくほっとして帰って来た。するとアンソニーが満面の笑みをたたえて、隣にいた彼の奥さんと目配せし合いながら、

「やったね、ミスターアサノ。彼はフレッドだよ。素晴らしい対応だった」

と言いながら拍手した。周りの人たちも拍手している。なぜだ？　近寄ってきた高木が教えてくれた。

「知らないんですか。フレッドは有名なロックバンドのボーカルで、あっち系でエイズですよ」

ミスターアサノの素晴らしい対応はアンソニーが言いふらしたせいで、後で英国賞を受賞した有名な作家からも褒められた。当のフレッドは残念だがその後一年ほどで亡くなったと聞いた。そう聞いた日から、浅野はクルマの中でフレッドの楽曲

を時折思い出しては何度も何度も繰り返し聞くことがあった。

ビクトリアホールでアンソニーが浅野にかけた褒め言葉は、フレッドに対する尊敬も含まれていた。そのときのアンソニー夫妻の凜とした佇まいも忘れられなかった。彼らのまっとうな正義感やコモンセンス（常識）のようなものを感じていて、今回の金塊捜索チームに加わってもらった。というより、アンソニーの方から希望して調査チームに入ってきた。

三人が三人とも背景も考え方も違うので、捜索の初日から意見がばらばらだ。浅野にとっては金塊の行方が最も大事だから、金塊を運ぶのに使ったはずのトラックを探すところから始めると言った。高木もアンソニーもそんな証拠を残すはずがない、トラックが見つかるぐらいなら警察で十分だと反対した。かといって二人の意見が同じ訳でもなく、高木は必ず港に隠してあるはずだと主張し、アンソニーは金塊がもう溶かされて別の形になって分けて運ばれているから情報の早い古物商を追うのがよいと独り言のように言う。とりあえずスコットランドヤードの捜査情報から、当日シティに出入りした運送業者を順番に洗うことになり、いくつかの古物業者の売買履歴も調べた。

そしてすぐに怪しい中古家具の買い取り業者に行き当たったので、高木とその店に張り込んだ。荷物を積んだトラックが店の前に止まって荷下ろししたかと思うと、店の裏を見張っていた高木が戻ってきて諦め顔に言った。

「今着いた家具をそのまま裏から運び出していますよ。まあ闇に流しているんでしょうけど、普段通りの仕事ぶりだから金塊は関係ないでしょう」

当時、ロンドンの物の流れの半分は闇取引と言ってもいいかもしれない。最たるものが国際的な武器取引だ。世界の中古武器市場の半分はロンドンのポンド建て決済だと聞く。商社にいればなんとなくそんな噂を耳にするが、ビジネスマンというよりサラリーマンというほうがふさわしい日本の会社員は当たり前だが闇には手を出さない。仮オフィスに帰るとアンソニーがそんな古物商はもっと調べたほうがいいと主張したが、浅野はちょっと扱うもののスケールが違うような気がした。

＊

調べが進まないうちにメイスロー法律事務所から電話があり、調査員を派遣したとのことだった。浅野が電話を置く間もなく、田中絵里子が仮オフィスに入ってきた。

「絵里子、どうしたんだ？　連絡くれれば迎えに行くのに、昼間から急に来るのは何かあったのかい」

浅野が驚いて話かけていると、絵里子はさっさと来客用ソファに腰かけて浅野の話を遮った。

「調査員よ、メイスローの」

「えっ？　どういうこと？」

「今は国際線ＣＡだけど、日英の公聴活動をバイトでやっているので、私が指名されたのよ。政府間で金塊の情報収集については暗に共同協定を結んだってこと。だから三人の仲間ってことかな」

浅野は絵里子のいう言葉が理解できなかった。

「コウチョウ？　活動？」

横からアンソニーが楽しそうに口笛を吹いて、

「大歓迎ですよ、ミス？」

「田中よ、エリコ・タナカよ、よろしく」

唖然としている浅野を尻目に、

「ケンブリッジのチューリンゲン先端研究所に行きましょう。陸軍から連絡があったようよ」

浅野と高木は訳も分からず着いてゆくだけだが、その日にアンソニーを加えた四人はオックスブリッジ駅から北行きの列車に乗った。ちょっと前に検事局のお偉方貴族が夜の女性に声をかけてタブロイド新聞で騒がれたが、駅舎は十九世紀の汽車の時代から何も変わらない風情で、夜の闇に紛れて怪しいこともできそうな気分になる。出発した列車から見える景色はロンドンを離れて北に行くほど雲に覆われて殺伐としている。だが、イギリスの冬は湿気が多く牧草は緑のままなのがまだ救いだ。列車の中で浅野は絵里子から今まで考えもしなかったことを聞いていた。公聴活動というのは絵里子が時折やっていて、在ロンドン日本領事館にロンドンの街角情報や国際線搭乗の際に見聞きすることを報告することのようだ。領事館がイギリスの市井を知りたいということだが、様々な情報を分析して価値のある報告ができればボーナスがもらえると絵里子は軽く言った。浅野や高木から見ればそんな軽いことではないと思えたが、アンソニーはその話を聞いてますます喜んだ。

「ミス絵里子は強力な助っ人ですよ。法律事務所のネットワークと国のお墨付きですから、これは面白くなってきた」

外交官一家で育ったアンソニーが『公聴活動』を普通のことと受け入れていたので、高木はまあそんなもんかとあまり深くは考えなかった。だがやはり浅野は、このところのでき事が夢のようで落ち着かない。胸騒ぎのようでもあった。

ケンブリッジのチューリンゲン先端研究所には完成したばかりの大規模集積回路のデータ分析型ＡＩ（人工知能）が設置され、各地から集められた情報分析が行なわれていた。第二次大戦中にドイツ軍の暗号を解読してＵボートの輸送船攻撃を回避した話は有名だが、今やそのコンピュータ発祥の地として国や軍の情報管理の一部を担っていた。大学構内の石橋を渡ると小川を学生たちの乗ったボートが行き来していて美しい遊園地のような佇まいだ。

研究室に入ると絵里子が挨拶して何人か出てきたが、一人は白衣を着て残りは軍服だ。昔の映画のシーンもさもありなんと思わせる雰囲気が英国特有なのだろう。

「陸軍特殊部隊がリバプール郊外の港でマン島に向かう船を止めて、周辺に展開しています。街なかを通るトラックの比重測定では金塊を積んでいたと考えられますので、そのトラックは陽動かもしれませんが、いずれにしても部隊を派遣して昨日から監視しているのです」

　軍人の一人がテキパキと説明してくれる。

「皆様にお願いしたいことは、今回の事態を国際的に穏便におさめるために先方と交渉してもらいたいということです」

　やっぱりあんな金塊が消えること自体、もとからきな臭い話なんだと浅野は思った。

「交渉と言っても、代わりに何も渡すものもない状況で交渉できるわけがない。人質をとられているわけでもないんだから、さっさと突入して窃盗団を逮捕すればいいじゃないですか」

「それはできません」

「なんで？」

「金融市場の破壊を行なう恐れがあります」

「何が金融市場の破壊なんですか」

浅野は興奮し、話にならない、民間の出番ではないだろうと心の中で叫びながら外に出ようとしたが、絵里子もアンソニーも着いてこない。浅野は金塊を探し出そうというそれまでの知的好奇心や冷静さをすっかり忘れて頭にきていた。高木はじっと考えていたが、「浅野さん、リバプールに行きましょう」と言って急に用心深い保険会社の人間の顔になった。

三対一の多数決?でケンブリッジからリバプールへと、英国中部を西に陸軍のランドローバーに乗って横断することになった。途中は林も何もない一面の平原だ。その昔、産業革命でロビンフッドの森だと言われるブラックバルトの森以外は木という木が切られてしまっていた。曇天の中、どこまで行ってもまっすぐ続く道、夢の中のような、頭がぼんやりした世界が永遠に続くようにも思えた。こりゃ英国病じゃないかと自分の精神状態を疑ったりもしたが、絵里子を含めて三人とも冒険に船出する宝島みたいな元気さで、しょっちゅう軽口を叩いていた。チューリンゲン先端研究所で渡されたオーバルコードという暗号キーチップが交渉材料だと言う。今回のＩＲＡ爆破テロでも人が死んでいないように、彼ら？は直接人を傷つけるような輩ではないと言われたが、本当に信じていいのか？『やだな』と思いながらもついてゆく自分は、イギリスまで来て何をやっているんだろうか、一体どういう世界に巻き込まれようとしているんだろうか、誰かが助けてくれるんだろうか。だが結局、そのまっすぐ続く道を行くべきなのだろうと自問自答を繰り返していた。

二日後にリバプール郊外の港で交渉を始めた。金塊の持ち主である日本の商社の代表者が来たから話を聞かせてくれと言うところから始めて、金塊持ち出しの目的から返してもらう条件まで粘り強く聞きながら、そして何もなかったことにするように当局と相談するからという日本人らしい穏便な取り繕い方も持ち出す。自分は交渉人でも警察官でもないのに、こうやって強盗の話に耳を傾けるのか？　そのまままひたすら話を聞きながら二日半が過ぎ、電話での短いやりとりは優に六百回を超えた。電話を切られればすぐにかけ直して声をかけてみる。こちらからは電話を切ることはない。まるで人質をとった立て籠もり犯を説得する母親みたいだ。ニコライ二世の刻印の話も持ち出して歴史的にも大事なんじゃないかとか、ニコライ二世の娘はイギリスで生きているんじゃないかとか、ついには彼らが持っているはずの金塊はフォーナインの純度に疑いがあるという話までぶちまけた。

「純金ではないのか？」

その時はさすがに声が大きくなって聞いてきたが、その話し方にはカネ目的のそこら辺の火事場泥棒とは思えない冷静さがあった。金塊の由来を承知していないことも明らかだった。金塊は手段であり別の目的があるのか。だがなぜこの金塊なのか？　ＩＲＡ爆破の後でたまたまなんらかの形で金庫を手に入れたのか。単なる窃盗事件にしても軍が包囲している中で民間の私たちに犯人の説得を任せておくこと自体がやはりおかしい。チューリンゲンの研究室では金融市場の崩壊とか何とか言っていたはずだし、絵里子が金塊捜索に参加して来たことも変だろう。変だと思っていても流されてリバプールまでやって来ているのだから、俺はお人好しかバカなのかもしれないと、ある意味、うまく立ち回ってきた最近にない不思議な感情がわいて来る。軽い気持ちで反射的に人助けに口を出して大変な目に遭ってきたのが自分じゃないのか。為すべきだという声とやってていいのかという懐疑心のない交ぜになる感情は、学生のときに入院していた病院の屋上で吸った煙草の味だ。

「相手の信頼を得るためには一人ですべて対応したほうがいいのよ」

と絵里子が言う。彼女の勝手な指名で最初からずっと電話で容疑者と対応しているのは浅野だ。絵里子が隣でくっついて一緒に聞きながら、前の席では高木がメモを取り、アンソニーがこれまでのやりとりの要点をボードに書き出している。直接相手と話しをする浅野にとっては、みんなが横にいてくれるだけで心強いものだが、そうは言ってもさすがに三日目の朝には体力に自信のある浅野も疲れてきて、左目の上のまぶたが腫れた。電話に応対する浅野の言葉が詰まったときに、心配した絵里子が横から電話に割って入った。

「もうそろそろ金塊を返してもらう条件を話してくれないかしら」

電話の向こうでは女性の声に驚いた様子だったが、絵里子が気にせず自己紹介ついでに、東ベルリンからドレスデンに回ったときの春の景色が美しかったことについて話していると、男は唐突に金塊の話を持ち出してきた。

「東側を通してロシアからニコライ二世の金塊がロンドンに流れ込んできたと言うのかな?」

「えっ、まあ東側の経済状況から言えば金取引を扱うドレスナイデン銀行も関係がなかったとは言えないわね。あなたは金塊のもとを知りたいのかしら」

絵里子が何のてらいもなく聞いた。浅野は俺の二日間の努力を無駄にするんじゃないかとはらはらした。どうして東ドイツの話をしたのか、しかもドレスナイデン銀行なのか。なぜか絵里子は犯人の目星をつけているのではないか。少し間をおいて男が静かに答えた。

「そうだ。持ち主に返すべきだ」

その返答で今回の目的も犯人の状況も鮮明になった。よく分からない大陸の金塊の持ち主に頼まれたのだろう。そのうえで英国陸軍からも追われる事件まで起こしている。

「なら、話し合えるでしょ」

固唾をのんで聞いていたアンソニーと高木が解決すると思ったのか、声を出さずにハイタッチをしている。どういうことだ、最初から金塊を取り返す？目的でＩＲＡの爆破テロを起こしたのか。目的がはっきりしたところで逆に浅野の頭の中は混乱している。

「アルスター党首に伝えてくれ。我々には和解の道があると」

それきり電話が切れて、かけ直しても応答しなくなった。ロンドンの電話は中継局から無線で電波を飛ばしているので、音声が安定しない。雨が降ると電話中でも途切れ途切れになり、雨音のようになるのが名物だ。窓の外をしとしと降る雨を見て、リバプールも同じかと思いたかったが、回線が向こうから切断されたのは明白だ。

高木が「アルスターってなんですか」と軽い調子でアンソニーに聞いているが、聞かれているアンソニーも絵里子も珍しく難しい顔をしたまま何も言わなかった。

交渉決裂なのかどうかも分からないままに連絡が途絶した以上、直ちに軍が囲んでいる船に警察隊が突入した。だが、金塊とはぜんぜん関係ないマン島のオートレース賭博が摘発されただけで、包囲事件はあっけなく終わった。無線中継器として違法賭博の船の中の無線機器が使われていただけで、船から先は衛星無線のため窃盗犯たちがどこから電話していたのかもわからなかった。もちろん別の賭博用の密輸金貨が大量に押収されて、軍の質量検査はその金貨に反応したことが分かった。

浅野が預かっていた暗号のオーバルコード・キーをチューリンゲン先端研究所に返そうとしたら、研究所からいつ必要になるか分からないので持っているようにと言われた。金塊と交換できるような価値のあるものを持てないと一旦は断ったが、研究室の博士に、

「一般的にはそんな価値はないのでお守りとして持っていて欲しい。あなたは信頼できる仲間だから」

と、押しつけられた。そして続けて不思議なことを言った。

「これまで二千年間、ユダヤは国を失ってさまよってきたが、次の二千年間は日本になるかもしれない。日本人にその覚悟はないようだが、もし国を失うことを避け

られるとしたら、そのときのオーバルコードが持つ先端技術も人的ネットワークも君たちの役に立つだろう」

＊

　ロンドンに帰ってから何日かして、仮オフィス近くにあるインドカレー屋で四人の打ち上げ会をやった。夜間照明に照らされたロンドン塔とタワーブリッジが一望でき、テムズ川沿いの小さなヨットハーバーの情景も美しい。

「うちからの保険金は三分の二が出るそうです。元受けのロイド社は三分の二を払っても国際移転価格課税交渉で日本当局からの補填があり、実際はその半分の負担で済むようです。日本側も怪しいルートから怪しい金塊を買っていたのが不問に付されるなら商社も三分の二の金額の受け取りで納得したようですね。結果、保険元受けのロイド、日本の税務当局とそれに本社の三者で三分の一ずつの負担ということです。もちろん、うちの損保は間に入っていたので仲介手数料を受け取っていましたが、商社との付き合いでチャラにしたそうですよ」

　損保から出向してきている高木が得意そうに説明している。シャンペンが回っているのでよく喋る。実際にはバーン家のアンソニーがロイド保険と話しをつけてくれた。浅野は日本領事館の横にある海軍士官クラブに連れて行かれ、アンソニーの紹介で何人にも挨拶したが、それだけでワイングラスを片手に若いのに葉巻を吸っていたアンソニーは「ジ・エンド」と言った。英国海軍とロイド保険の関係は数百年に及ぶそうだ。二人で海軍士官クラブに行っている間、クラブに入れない絵里子は日本領事館で公聴報告していたはずだ。だが同時にCAを辞めて就職先も決めてきたので、また驚かされている浅野を尻目に高木がしきりに感心している。

「就職祝いですね。スコット協同年金とはすごいですよ。まさに海で亡くなった船員の未亡人のために海難保険をつくった組合協同保険の草分けですよ。日本人が入れるなんて、本当におめでとうございます」

「保険調査の仕事というよりは日本向け投資枠のファンドマネージャーで採用されたのよ。まあこれからいろいろありそうだから面白そうよ」

田中絵里子は何事もなくさらさらと進める。周りはついて行けない場合も多いが、結果的には間違っていないのかもしれない。

「あの時どうして君はドレスナイデン銀行の話をしたのかな。まるで窃盗犯が誰か知っているようだった。捜索に途中から割り込んできたり話を東側に振ったり、なかでも銀行の固有名詞を出すのは変だろう」

ここ数日の落ち着かない気持ちを抑えきれずに浅野が詰め寄った。

「あら、ニコライ二世の金塊の噂はコンチネンタルの人なら誰でも知っているわ」

楽しそうに絵里子が返す。

「ヨーロッパが中国の元帝国に席巻されたときから始まって、そのときにロシアに奪われた金塊をナポレオン・ボナパルトが取り返そうと進軍したという説や、その後ではエカテリーナに伝えられた金塊を鋳造してニコライ二世が刻印を打ったとか。最近はナチがポーランドで奪って絵画と一緒にスイスに保管されていたという話もあるわ」

「来歴はいいから肝心のドレスナイデン銀行は?」

「簡単よ、ドレスナイデンの本店の地下に金の鋳造所があるからよ。ロシアと東側の国との貿易の裏付けはすべてドレスナイデンの金よ。ロシアは石油を物々交換のバーターにして東側の食糧を輸入しているけれど、どっちも生産不足のインフレでそろそろ限界ね。そうなると銀行の金塊を持っているドレスデン市が力を付けてきたのは明らかよ。東側のスパイと言われる有名な女性市長がいきなり国政に出てきて東ベルリンでも力を持っているのよ。ニコライ二世の刻印がある金の延べ棒の出所はそこじゃないの」

ワルシャワ条約機構である東側の最前線、東ベルリンも出て来ると浅野の頭の中はますますこんがらがった。

「あなた商社マンでしょ、自分の会社の取引の背景ぐらい知らないの？」

完全に小馬鹿にされた浅野は、絵里子に振り回された数日を悪夢だと心底から思った。こうなると最初からすべてが仕組まれたように見えて来る。イギリスの北アイルランド領有を巡る独立派のＩＲＡと保守派のアルスター軍の戦いは二十年以上も続いていて、金塊窃盗犯の最後の言葉は両派の和解の可能性を示していた。そのための金塊なのか？　ロシアの金がポーランドやドイツを経由してロンドンでなんらかの取引に使われたとしたら？　北アイルランドの独立を支援している資金には米国のアイルランド系移民もいるはずだ。最近の米ソの雪解けムードは北アイルランドの治安にも影響するのだろうか。

いくら思い巡らしても想像にしか過ぎない。だが、その後の欧州の地政学的な変動は、浅野の想像を裏付けるようにも見えた。オーストリアやチェコで東側からの越境者が増えてきたと思ったら、あっという間にベルリンの壁が崩壊して、壁のかけらがロンドンでも結構な値段で出回った。この段階では東側の市場が西側に開放されたぐらいの認識しかなく、イギリスでも貿易が活発化すると期待されていたが、そんな単純なものではなかった。浅野が欧州のうねりに巻き込まれたのは貿易決済案件が主だった。

最初はギリシャで輸入したクルマが十台単位で次々に消えた。ギリシャの北にあるマケドニア地方にクルマが横流しされたという連絡で、高木と一緒に現地に飛んだ。そこで日本との付き合いが長いギリシャの代理店社長の紹介を受けたマケドニアトラバース解放戦線という武装グループに護衛されて、ユーゴスラビア領域を北へ北へと盗まれたクルマの行方を追って行った。

「まだ追うんですか。足が速いからこれ以上は無駄ですよ」

高木はとっくに音《ね》を上げていた。

「まだだよ。どこへ行くのか突き止めなくちゃ。絶対にどこかで行き来が自由になるドナウ川に出るはずだ。国際河川のドナウ川に消えたらどこの国に行くのか皆目見当がつかなくなるんだ」

浅野はやる気満々でそう言ってみたものの、やはり三日後には橋のある街という、ドナウ川沿いの古い町並みが遠くに見える丘の上まで辿り着いた。だが、向こう岸の川沿いから銃弾が飛んできて、それ以上の追跡を諦めた。橋を次々に渡って国境を越えてゆくクルマの写真を撮影し、保険請求に添付するだけの仕事になった。ＧＰＳなどなかったから何とか盗まれたという証拠写真だけでも必要な時代だった。

同じような話が壁の崩れたベルリンでも起きて、西ベルリンの盗難車がまとめて東ベルリンへ流れ込んでゆく写真を撮った。このときは米軍の車両も含めたクルマ数台で逃げてゆく盗難車を追っかけたが、もはやベルリンの壁がもともと存在しなかったかのように東ドイツの草原の中に盗難車が次々と走り込んでいった。東ドイツは国として存在していたので、ロシアの軍事顧問が引揚げていない限り、当時はまだＮＡＴＯ（北大西洋条約機構）ではない隣?・の国まで追って行くことは危険だった。

＊

商社勤めなのにベルリンの壁が崩壊してからは損害保険調査の仕事ばっかりだなあと思っていると、東西ドイツ統合への期待や欧州市場統合に通貨統合など、統合（ユニファイ）という言葉で持ちきりになった。すると徐々に為替市場がざわつき始めた。最初は欧州でもあまり目立たないギリシャドラクマが下落した。通貨価値の下落はすぐに輸入物価の上昇によってインフレを起こす。トルコと同様に七十年代後半には米国がディスインテグレーションという高金利政策を取ってからハイパーインフレを経験していたギリシャでは、人々は財産を金細工にして身につけている。浅野が訪問したときのギリシャ代理店の奥さんたちは首から両手の指先まで純金の装飾品で塞がっていた。外国から見れば身につけているほうが強盗などで危ないようにも思えるが、インフレと強盗とのリスク衡量ではインフレのほうが生活を破壊するんだと代理店の担当者は大きな声で言っていた。政府の経済政策への不信は陽気な国民をも保守的にする。

さらに続いて、デンマーククローネなどの北欧通貨が一日ごとに下落してゆく。表向きは東西統合でドイツマルクが強くなるだろうとの市場の読みだが、中立国スイスを中心に欧州金融市場の裁定取引で相場を荒らす『チューリッヒの小鬼たち』とよばれる投機家集団が動いていた。それは普通の銀行や企業などが取引していない時間帯や取引量が少なくて相場を動かしやすい周辺市場で金利や為替が大きく動くようになってきたことで推測できた。すべては東西ドイツ統合に向けてドイツマルクを強くしようという意図のようにも感じられた。

「送金ができない。これは何なんだ」

高木はアイルランドの損害保険金の支払いを行おうとして、銀行間送金処理そのものができないと騒いだ。為替市場でアイリッシュポンドの価値が下落し、アイルランド政府は売るべき外貨準備がないために、国内の為替取引を禁止して国内金利の大幅な引き上げで対抗した。ところが今度は、その金利上昇が止まらない。数日のうちに日歩四万パーセントなどとインフレとも関係のない訳の分からない金利になった。一日で元本と同じ額の金利がついて、代金決済が倍になる勘定だ。高木は電気器具の取引のユーザンス計算をしていたが、決済日を間違って一日でも遅れると支払い代金合計が金利で倍になってしまうため、みんなで手伝って深夜まで翌日決済の帳簿合わせをした。会社に入ったばかりの時によく債権回収に行かされたものだが、そんなときに一緒になる日本の強面の金融業者でさえ、このときの国際金融の闇から見ると可愛く思えたものだ。

そして九月のある日、突如としてポンドが暴落した。その年の前半は大陸の混乱のおかげで、外国為替市場では逆にドーバー海峡を隔てるイギリスのポンドは買われていた。ポンド高の状況では、ポンドを持っていれば海外のものが安く買えるようになる。浅野のロンドン支店も調子づいてバンバン欧州大陸の物品を買いまくっていたが、ポンドの暴落で一転してイギリスの物品を輸出するようになる。その日はシティから西に移ったリージェントストリートの新オフィスにいて、朝から欧州各国の取引先との為替決済をやっていた。結局、ドイツマルクやフレンチフラン建てで売買したものはポンドに換えて初めて利益がはっきりする。モノの売買に次いでカネの売買をしないといくら儲かったかも分からない。確かに欧州で十八通貨もあると換算が不便でしょうがない。通貨統合の案も出て来るはずだ。ただし、武器などの軍用物資だけは当初からポンド建てで海外取引されるため、ポンドの為替動向に左右されずに損益が確定できていた。

「為替がおかしいぞ。マルク・ポンドの為替レートが取引開始から動かないんだ」

浅野が決済伝票担当のアンソニーに声をかけると、アンソニーは唇を噛みしめて為替レートを刻々映し出すロイターモニターをにらみ付けていた。

「まずいぞ、ポンドを売るべきか、国に尽くすか」

「アンソニー、何を大げさなことを言ってんの。レートが動かないんだからモニターが壊れているだけじゃないか?」

浅野が気軽に声をかけるが、アンソニーはモニターから顔を上げて面と向かって答えた。

「違う、イングランド銀行がポンドを買い支えているんだ、ずーっと」

「中央銀行が買い支えるって何だ。マーケットに介入してるのか？」

お昼休みになっても動かないアンソニーの分もサンドイッチを買って帰り、電話をしまくっている高木の代わりに伝票の整理をして午後を過ごした。高木はアンソニーがポンド売りを実行しないので、分かる範囲で勝手にポンド売り取引をできる限りの銀行に持ちかけていた。

「我々は負けた。ポンドの下落を容認する」

午後五時になってレイモント大蔵大臣がダウニング十一番地の公邸前で涙ながらに会見し、ポンドは大暴落した。それまで一日の間全く動かなかった為替レートの表示はロイター画面から忽然と消え、どこまで落ちるか分からない通貨価値の下落が一気に起きていた。夜には国営放送のＢＢＣが、英国はドイツ連合に再び攻め込まれたのだと第一次大戦になぞらえた。当時のドイツの撃墜王ライトフォーヘンと英国の撃墜王レイモントの空中戦はドイツのライトフォーヘンが勝った。今回、奇しくもそれぞれの孫がそれぞれの国の経済担当大臣を勤めていたことから、ＢＢＣ

の女性アナウンサーがドーバー海峡を巡る因縁だと静かな声で伝えていた。アンソニーも静かに唇をかみながらそのテレビ放送を見ていたが、突然立ち上がったかと思うとオフィスの冷蔵庫からシャンパンを出してきて、

「乾杯しよう。これから第二次大戦のときのように長い、長い戦いの始まりだ」

と言って、オフィスに残っていた全員のグラスにシャンパンをついで回った。浅野も高木も意味が分からなかったものの、あまり気に留めずに乾杯した。そのときは「まあ英国貴族の落日の気持ちの持ちようなのだろう」と思った。その後、ロンドン日本人クラブの集まりでポンド暴落の話題になったとき、英国第一のブッカー賞を受賞した「日の名残り」という本を紹介された。それを読んで英国人気質が少し分かるような気がしたものだ。

結局、英ポンドの下落は世界の英連邦コモンウエルス国に影響し、南アのランドも弱くなると、翌年には大陸のフレンチフランも対ドイツマルクと対ドルで下落し、フランに連動していた西アフリカの共通通貨セーファーフランも半分に切り下げられた。このときから中国による西アフリカ諸国への投融資と移民が始まる。金

融の歴史から見れば、十九世紀後半の銀本位制の終焉、二十世紀前半の金本位制の崩壊に近いような経済変動が起きていた。

＊

田中絵里子がスコットランドに行ってからは忙しくて殆ど会っていなかった。浅野は、久しぶりに彼女の話を聞きたくなった。ロンドンに赴任してすぐにＩＲＡテロの金塊事件から始まった一連の変動は偶然のようには思えなかったからだ。金融の闇のようなものの現場に遭遇し、空中戦のような為替通貨戦争も見て、今になって絵里子と会ったことすら、自分にとっては彼女の手のひらの上に乗っていたのかと思われる。同時に今さらに懐かしさがこみ上げる。

ロンドン駐在も終わりが近い夏に、浅野は観光がてらスコットランドの絵里子を訪ねた。エジンバラ城の衛兵行進やスコットランドがイングランドに攻め込まれたヘースティングス戦いの絵巻を一緒に観劇し、翌日は絵里子が投資して役員にもなっているスコッチウイスキーの醸造所を見学した。スコット協同年金で国際分散投資を担当していた絵里子は、ポンド暴落で大幅な収益を上げていた。あのポンド暴落の日、豪州の銀行の為替ディーラーは投機的なポンド売りを仕掛けて大儲けをしたとタブロイド紙に吹聴してその銀行を首になったが、歩合制のボーナスは受け取ったそうだ。だが、長期投資を前提とする生損保などの機関投資家はその場での利を追っているわけではない。長期的な結果を求めるので表立って短期的な収益や報酬の話も出てこない。そうは言っても投資成績は正直な数字だ。絵里子は個人的にも一財産となった資金を英国の地場産業投資に回していた。他には湖水地方の社会資本主義が発祥となったナショナルトラストの自然保護運動にも参加していると言った。英国が英国であるために、地道な地方の自然と生活を保護してゆくことが今で言うSDGsのような考えなのだろう。ウイスキーの醸造所に残る絵里子は、かなり離れた駐車場までグレンコーの谷間を歩いて行く浅野の後ろから声をかけた。

「まったねー。いつか、またねー」

子どものように声を張ると意外に高い絵里子の声が、僅かな黄緑色に映えるグレンコーの大きなU字型の谷に岩にと跳ね返っていった。イギリスを離れるかと思うと少しはロマンティックな気分に浸っていたが、絵里子の声を聞いて浅野の頭の中には一気にシティの爆破事件が蘇った。そのまま振り返りもできず、足早にクルマに乗り込むと一緒によく聞いていたフレッドのカセットテープを押し込む。壊れたカセットはガチャガチャと音を立てて外に戻ろうとするがそのままテープが出てこなくなった。なんだ、やっぱりイギリスの家電は壊れやすいじゃないかと心で叫んでいたが、南へとモーターウエーを走らせるクルマの中で一時のロンドンの恋の終わりをスコットランドの冷たい風とともに実感した。

いつかまたという声を後にして、一九九四年に日本に帰国した浅野はさっそくロンドンで経験したような金融危機に日本でも巻き込まれた。浅野がロンドンで欧州通貨危機への対応に追われる間、一九九〇年には株式バブルが崩壊していた日本でも、銀行の不良債権処理が水面下で始まっていた。

一九九三年二月に大手の一角の三相銀行が住宅専門金融会社への資金繰り融資を停止すると財務省会議で発言して、当時の大蔵大臣に目玉をくらった。だが翌年には多くの銀行の取引先であった二つの信用組合が破綻したことを引き金に債務の連鎖が表面化、日本はその後の長きにわたるデフレと『失われた二十年』に向き合うことになった。金融機関が破綻処理に追われ、日銀が景気維持のための金利引き下げを次々に打ち出してゼロ金利へと向かう金融不況だった。

浅野はそんなデフレの中でも価格の上がる鉱物資源などの取引に精を出した。貴金属・地質調査の本業から化学物質の調合、鉱山探しの山歩きまで日本中を回って売買を増やしていった。その出張途中ではそれぞれの地域の土地や水・気候に合った山里の農業支援などもボランティアでやるようになった。そのボランティアで知り合った子と普通に結婚して日本で普通のサラリーマンを続けるのだと思った途端、香港・中国出張で忙しくなった。結婚したり家を建てたりすると転勤があって仕事が忙しくなるのが当時の商社勤務の常だったが、浅野の場合は香港の子会社から稀少金属のわかる浅野一郎を指名してきていた。

4　オーバルコード……自由の鍵を求めて

一九九六年の正月早々、浅野は香港経由で中国の成都市に向かった。チェンドゥと呼ばれるかつての三国志に出て来る蜀の都だが、そこから三蔵法師のように西へ西へと中央アジアに向かう回廊には、数多くの稀少金属資源が埋蔵されているとみられた。当時はまだそれほどの需要がない半導体や、情報通信基盤の高密度化に必要な固体化合物をつくるための稀少金属を探索すること、そしてもし貴金属が見つかればその土地一帯を購入するための本契約を行なうことを目的にした長期派遣だった。

だが成都から数十キロメートルの道なき道をランドクルーザーに乗ってようやく辿り着いてみれば、そこは広大な葦の沼地だった。既に成都事業所で仮契約をした土地なのでその扱いをどうするか、違約金を払って契約を解除するか、それとも本契約を交わして何かに土地を利用するかどうか、浅野が判断を迫られた。現地事務所で二年勤務する木村所長は最初から採掘に否定的だ。

「本社の人に来てもらう前から何度も言っていますが、さすがにあの沼地はやめときましょう。事前調査ではコバルトなんかが出る可能性もあるそうですが、政府系の調査会社ですのでどんな話なのかわかりませんよ。彼らの提示するデータもあやふやなもんです。それにあの土地の土壌や形状ではどのみち開発そのものが大変です。工場などの事業をやるのなら市内にいくらでも払い下げの安い土地がありますから」

浅野は派遣されたときからの疑問を木村にぶつけた。

「それならなぜ、仮契約をされたのですか。解除するにしても違約金が必要です」

「ここまで来てもらったので本音で話しますが、地元でうまくやっていくための必要経費です。違約金の支払いをしなくても結局は年末の十二月になれば追徴でそれ以上の税金を納めろと言ってきますから」

木村所長が言い訳に終始したので、浅野は仕事としての判断を切り出した。

「まあ、葦の沼地なのでコバルトが出ないわけではないでしょうが、問題は埋蔵量ですよね。ここの泥炭は日本でも使い道がありますので、土地を買って本格的にボーリングしてもいいでしょう」

本社には泥炭利用の事業を起こすことにして、本契約の交渉を行なう許可を取った。実際のところ、表面上の泥炭は栄養価が高いので農業飼料として十分に活用できることは間違いないが、問題は土地の購入価格だ。違約金受払が本来の目的だとすると、買った場合でもその分は間違いなく土地代に上乗せされているだろう。発展途上の今の中国には必要のないコバルトが出なければ高過ぎる価格だ。もともと土地購入と言っても、中国で土地の私有は認められていないから、何十年かの土地払い下げ契約、つまりロンドンのサブリース物件のようなもので、いつかは土地を国に返さなくてはならない。だが、ロンドンの英国国教会が所有する物件のようにサブリースすることによって土地価格が安くなっているわけではなく、逆に異様に高いのだ。ということは国から市への払い下げ価格が安い割に地下資源とかの話を上乗せして価格をつり上げたと考えるべきだろう。

成都に帰った浅野はさっそく市の担当者と話を始めた。

「率直にお伺いしますが、国から市への払い下げ価格はいくらでしょうか。新規払い下げ条例では価格ガイドラインが決まっているのではないですか。公表されていないようですが」

中国がWTO、つまり世界貿易機関に加入するので日本の商社から事業を行なうために浅野が来たという触れ込みだった。そのため市も大仰に構えて、交渉には六人も出てきた。全員がスモーカーなので茶を飲んでいるとき以外はずっと煙草を吸っている。逐次通訳なので会議は倍の時間がかかるため、朝から夕方までぶっ通しの契約項目の確認だ。契約書の題名からして成都と商社名のどちらを先に書くかから始まり、一言一句すべてがああだこうだの議論となる。暇ではなく至極真面目に取り組んでいるのだが、浅野にはどうにもついていけない。それで肝心の払い下げ価格の話を出した。新条例では国から市に払い下げ、それを市が外国の民間企業に払い下げる。

「それは言えない、国家の極秘事項だ。それを喋ると大変なことになるよ」

真ん中の市の担当者が真面目な顔で紋切り型に答える。困っているようでもある。

突然ドアが開いて、かなり年配の老人が入ってきて立ったまま会議机に置いてある煙草を手に取って火をつけた。前に並んだ六人が一斉に起立し、吸っていた煙草を消した。

「これは委員殿、こちらにいらしておられたのですか」

さっき浅野に答えた市の担当者がやや俯き加減に発声した。それは感情のない萎縮した声だ。老人が穏やかに笑顔で答える。

「いや気になさらないで。こっちの方に来て時間があったので寄らせていただいた。そのまま続けてください。まあお座りください」

座ったままだった浅野たち日側は老人の顔を見るばかりだったが、中側の六人は立ったときと同様に一斉に着席した。会議はそのまま休憩に入り、中側はその老人のアテンドで出て行った。事務所長なのに隣の席で何も喋らなかった木村に聞いたところでは、当地の党委員のようだった。いわゆるすべてを決める党員の有力者だということだ。それよりも国の払い下げ価格の話はしないでくれと、おどおどしている木村から釘を刺された。

「難なく成都から香港に出たければその話はやめてください」

「香港に帰りたければばって、払い下げ価格がそんなに問題なのですか」

日本から来た若造に仕組みの説明が必要なのかと、うんざりした様子を隠そうともせずに所長の木村が話し出した。

「部外者にはわからんかもしれんけど、国の払い下げ価格を知るということは公表される市の価格との差額によってどれだけの金額が動いたかわかるわけだ。こちらでは普通のことだが差額が市の懐に単純に入るわけではなく、関係者全員にばらまかれるというわけだ。それも有力者への傾斜配分というわけさ。国の払い下げ価格が分かれば懐に入ったカネも分かるというわけさ。誰でも懐は探られたくないさ、特に委員殿の偉いさんたちはね」

突然入ってきて言葉をかけた老人はこの市の最有力者ということかと、さっきの市の担当者たちの硬直した態度が変に納得できた。違和感と感じたのは、そのような前時代的な地場の利権というものを抱えたまま、共産主義の下に世界に乗り出していこうとする国家の不思議を目の当たりにしたからだ。古いものを壊して発展するのではないようだ。学生の頃から漠然と考えていた広大な中国のイメージとその現在進行形の姿が何か違って見えた。

中日双方の交渉担当者はマーお婆さんの店で豆腐飯を一緒にしたが、普段の宴会と違って最初は盛り上がらなかった。酒杯を机に置かない乾杯（カンペー）を粛々と続けるうちに、昼間に党委員が来た緊張も忘れてみんな楽しく酔っ払ってきた。成都の人たちは当時あまり豊かではなかったが、心根の優しい人たちだ。カンペーしながらパイチュウを飲めばアテンドの女性たちと一・二・三（イーガ・リャンガ・サンガ）の数字を手で競って合わせる他愛ないゲームに興じて、お互いに笑い合える。頭にネクタイを巻いて酔っ払った浅野がトイレに立ったとき、中側の交渉団で北京から地方出向で成都に来ている若い男が一緒について来た。だが後ろから流ちょうな英語で話しかけられたので驚いて廊下の途中で立ち止まった。

「昼間挨拶した黄（ファン）です。アメリカに留学していたので英語で話します」

聡明そうな玉子顔をした青年が浅野のほうを真っすぐに見て話を続ける。

「ユニットプライスは紙に書いてお渡ししますが、あなた以外は通訳も含めて決して誰にも見せないでください。その払い下げ価格に合わせた適切な価格を提示していただければ交渉が進みます。契約書の草案を持って北京の知財局に承認をお願いに行きましょう。すぐに手伝いを行かせますから、今晩あなたの考えた価格として明日の会議で提示してください」

一気に喋った黄は、紙切れを浅野の手に握らせるとそのまま店を出て帰って行った。あっけにとられた浅野はどうしていいか分からないまま黄の後姿を追うようにホテルの部屋に帰ろうと表に出た。奥地の成都では、遠く離れた中国東北部の瀋陽で生産された小さな赤い夏利（シャーリー）がタクシーの定番だ。小回りがきく。反対車線からクルッと回って浅野の前に来たタクシーが声をかけてきた。右前のドアを自分で開けて運転手の横に乗り込むと、運転主は「紅大飯店ですね」と言うなり返事を待たずにまっすぐ浅野の滞在するホテルに向かった。そのときはスーツを着た外国人が泊まるところは大概決まっているのだろうと思った。だがホテルの部屋の階に着いてエレベーターを降りると、正面のガラスの壁の隙間から紅い中国服の女性が音も立てずに出てきた。ホテルの最上階にあるカラオケで見かけた女性か

など思ったが、その女性は小声で、

「黄先生との関係をお部屋で説明します。本名は令佳と申します」

と流ちょうな日本語で言うなり、鍵も渡していないのにさっさと浅野の部屋の鍵を開けて入る。部屋のドアを開けたまま躊躇する浅野を招き入れた。

観念するしかないと思った。用意周到だ。名乗っただけまだましだ。

「どういうことかな、こういう状況は驚くよりも公安のほうが怖いんだけど」

その頃に中国を訪れた外国人はホテルで女性と一緒にいたのがばれてマル恥マークをパスポートに押されることがあった。取り調べのために警察である公安が部屋に踏み込むのだ。

「ここは大丈夫です。まあ私があなたの言う公安の一員でもありますから。それよりも中央政府ではかなりの費用を支払ってでも新技術に係わる知財権の導入を進めていることはご存じでしょう。そのために工場用地などの土地の払い下げ価格は新条例の下で低く抑えられています。黄先生があなたにお渡しした通りの価格です」

令佳は部屋の冷蔵庫から外国人用に用意されたバドワイザーの小瓶を取り出して

ベッドの端に腰掛けると、瓶のまま上を向いて軽くあおった。喉の渇きが見えるようで、部屋の隅で突っ立ったままの浅野は腹が据わらない。欧州でもかなりの経験を積んだつもりだったが、今は少年のように声を絞り出す。

「確かに考えていたよりも遥かに安いけど、国から市に払い下げた価格との差額は地元であっちこっちに分配されるって、木村所長に聞いたばかりだよ」

「もちろん分配されますが、それぞれの個人が受け取ったお金の大部分を地方の対外工作費として使います」

「工作費って?」

「私のような活動です。情報をもって北京にも香港にも行き、技術に係わる海外のお客へのつなぎをすることが殆どですね」

まだまだ飲み込めない浅野は質問するしかない。

「国がやるのにどうしてカネを隠して工作費を使うんだ。堂々とやればいいじゃないか」

当たり前の質問だが意外とポイントを突いたのかもしれなかった。令佳はバドワ

イザーを飲み干して、

「中央にも大きく二通りあるのよ。八九年からはね、特に北と南では人も仕組みも違うものよ」

とだけ言った後、黙って床の絨毯に目を落とした。その後は浅野が全体のおカネの流れを確認して、商社が合弁で出す資本金の必要額から市の中での分配金を逆算することで土地の買い取り価格、つまり市からの新規払い下げ価格を算出した。

殆どの参加者が二日酔いの状態で始まった翌朝の会議では、前の晩に令佳に確認した価格を提示した。そして中方だけの会議を挟んであっさりと市からの新規払い下げは決定し、午後は開発技術支援における知財権の共同保有の条項を詰めていった。黄と令佳のシナリオ通りだ。

一週間後には浅野と黄に成都市の担当者を入れた申請チームに、さらに通訳となった令佳を加えて北京に向かった。聞いてはいなかったが、通訳として出てきた令佳にも浅野はもう驚かなかった。当時は合弁契約書及び知財権に係わる契約はすべて一言一句にいたるまで中文・日文ともに北京発展開発局の認可が必要だった。

浅野たちは認可局の前にテントを張って、朝出勤して来る担当役人に直接手渡すために何日も野宿する。手渡しできなければ担当者に申請が届くまで数ヶ月はかかる。それどころか担当者まで届くかどうかもわからないという状況だ。その後に導入されたネット申請・ネット認可に比べれば悠長な時代であったが、同じ釜の飯を食べて認可取得という同じ目的に向かって苦労した四人は、まさに同志というにふさわしい繋がりを持つことができた。申請受理が確認できた日には、火鍋を囲んでその辛さに白酒（パイチュウ）を流し込んだ。北京は寒かったが、浅野にとっては苦労の報われる温かい思い出となった。もちろん、二ヶ月後に返ってきた合弁契約書は、四川省や成都市の役人たちとあれだけ言葉遣いに注意したにもかかわらず、四十ページの文章が半分以下の十七ページになっていた。国の認可が出たことが重要であって、地方のプロジェクトはここにいる人たちが進めるのだから契約書でどうという話ではないだろうと、黄が嬉しそうに言ったのが印象的だった。

その後、この葦の沼地は日中合弁会社で開発され、日本の環境熱の高まりで泥炭は植物や作物を育てる直接の飼料としても、また化学肥料の原料としても日本での需要が途切れることはなかった。しかし、その泥炭地の地下から本当に大量のコバルト埋蔵量が発見されるに至って、中国中央政府は泥炭地の植物・生物の環境保護を理由にその地を接収した。そのため合弁契約に記した日本向けの半導体原材料工場となることはなかったが、立ち入り禁止にした中国は二〇〇〇年代に入って通信機器の発達とともに大規模な化合物半導体工場を建てていた。皮肉なことに環境保護を標榜して日中合弁民間資本から接収したにも拘わらず、その後一時期はその中国国営資本の工場が地下水を大量にくみ上げては周辺地域に金属研磨廃棄物を大量に捨てるという環境破壊の元凶となってしまった。黄はアメリカに留学したＩＱ一八〇という天才として環境擁護派であり、その後の成都の西域における急速な電子精密工業化には忸怩《じくじ》たる思いがあったようだ。中央アジアのウイグル自治区ではさらに大規模な鉱山開発が進められ、政府による統制は厳しくなっていった。一緒にテントで生活してから十年以上経った二〇〇八年頃だったか、突然黄から日本にいる浅野に連絡があった。

「資源開発に環境保護が勝てず、自分のやっている情報技術の躍進が人間の生活基盤を奪ってゆくように思える」

と簡単な英文メールを香港サーバ経由で送ってきた。香港で世話になったことを書いて返信したが、宛先不明の自動配信が返ってきただけだった。

＊

数ヶ月の交渉を終えて成都から香港に戻った浅野には、当たり前だが次の仕事が待っていた。これもご指名のようだった。その頃の香港は一九九七年の返還に向けてイギリスと中国の間で様々な交渉が進められていた。土地保有の私権問題から始まり、歴史的建造物からパワープラントなどのインフラ構造物まで、帰属を巡る大変な交渉であった。最後はすべて、五十年間の一国二制度方式の導入に沿った交渉となる。アジアの金融と貿易の中心として長く香港で活動してきた商社にとっては、資産も含めた所有権などの帰属交渉は頭の痛い問題だ。一国二制度だから当面は何も変わらないという触れ込みだが、実務はそうはいかない。オフィスの家主すら帰属問題に巻き込まれている状況において、九龍再開発地区で開発中のタワーマンションやパワープラントなどを今後どうするか、誰と事業を継続してゆくのかという細々とした難問に晒された。

中英交渉では今回の返還対象ではない香港の地域も中国に返還されることになった。その地域は中国本土側に設置されたパワープラントに電源を依存していたため、電気を止めると言われれば英国の九十九年間租借地を超える範囲を一度に中国に還さざるを得なかった。だが余分に返還するのであれば英国は通常なら二十年間と言われた一国二制度を五十年間にまで延長することを主張した。そのときは成功したと英国交渉団は胸を張った。香港の都市電源を中国に人質に取られた英国は、その契約の詳細を一括で決着しようとすれば不利になると考えて、中国との個別交渉をそれぞれの建物所有者や地権者に投げたのである。そのことによって結局、開発プロジェクトを一括して請け負ってきた浅野たち日本の商社が中国との交渉に巻き込まれた。矢面に立たされたうえに交渉できる期間は一年、返還前に土地建物の国有化と知財権の移管を求める中国側と細かな権利の帰属を巡って交渉することになった。

結局、中英交渉の最後の段階で席に呼ばれた浅野たち各国の企業代表はその膨大な作業に圧倒された。まともに交渉すれば数万項目になる。従って企業の中には中国政府側が作成した簡単な完全権利移転書を読みもせずに署名するところもあった。しかし、英国系を含めた香港地場の資本の企業が徹底抗戦する構えを見せていたので、彼らとの共同プロジェクトが多い日本と台湾の企業も一緒に個別交渉に加わることになった。

浅野たちは各プロジェクト案件を土地・建物・技術プラントの三つに分けて対応することにした。その技術プラントのチームに広東で技術知財権を扱ってきた林孝史が専門領域アドバイザーとして参加した。このとき浅野は林に初めて会ったが、その情報処理技術の知識の広さには舌を巻いた。パワープラントなどはすべてコンピュータ制御であり、その制御回路をどう創り上げるかがそのプラントの成否を決する。林はどのようなプラントでもコントロールパネルを一目見ただけで制御方法と弱点を見抜いた。二次元パネルを見ると頭の中にプログラミングが立体的に浮かぶと言った。恐らく後に開発される三次元パネルの考え方を先取りしたものだろう。

林孝史は四国徳島の山間地で生まれた。まだIT（情報通信）という言葉もない時代に父親がダム工事の設計の仕事で長期赴任していた。川辺に転がる大きな青石が山の緑を映して輝き、水流豊かな那賀川の町だ。おかげで美しい自然の中で少年時代を過ごすことができた。父が赴任先で結婚した母の里はさらにずっと上流にある高知県との境の村だったが、杉材の切り出しで富をなした祖父が当時は村会議長をやっていた。孝史は毎年の夏をその山奥の里で過ごし、地元の村に住む年上のいとこたちにかわいがられた。河原の岩場で黍（きび、トウモロコシ）や鮎の石焼きを食べることが日課だった。小学二年生のときの夕方だったか、吊り橋の見える祖父の家の縁側に座って味噌をつけたジャガイモを食べていた。庭先の池のたもとに大きなショッカン（かえる）が背中に子ガエルを乗せて這ってきた。落ち着いた、そして人がいるのに動じない佇まいに孝史が息を呑んで見ていると、夏休みで帰っていた高校生のいとこが団扇と蚊取り線香を持って夕涼みに縁側に出てきた。

「あれはゴトサブローって言うんやわ。夕方涼しくなってきたら上のため池から降りて来るんやな」

「ゴトサブロー？」

「そうや、後藤三郎っていう遠い遠い昔のお侍やそうやわ」

かえるに人の名前がついていることが不思議だった。

「生まれ変わり？」

と、孝史は独り言のようにつぶやいた。

「わからんけど、立派な人やったんやろ。この村では今までずーっとそう呼ばれてきたんやから」

そのいとこの言い方にゴトサブローへの敬意のようなものがあったので、かえるを大切にしながら何かずっと昔から伝えられてきた想いのあることが感じられた。大きくなってから考えると、人の想いが時代を超えて名前に残るということをそのとき初めて理解したように思う。それは次の日のでき事があまりにも印象的だったので、今でもまざまざとゴトサブローの佇まいも思い出すことができるのだ。

ゴトサブローのやって来る上の方のため池の傍らに普通は人工池の周りではあまりないことだが、古い一軒家があった。翌日、ゴトサブロー捜索だと意気込んでため池まで登って行った孝史は、その家の開いた襖の奥の暗がりにいる少女を見つけて立ち止まった。

「何しとんじょ?」

孝史の呼びかけにも答えない少女はゆっくりと襖の前まで出て来たが、子どもながらに息を呑むほど美しかった。少し年上だが長い黒髪に真っ白な肌、粗末だが洗い立ての白のワンピースのような服をか細い身体に着ていた。

「遊ばんの?」

動けなかった割に勇気を出してもう一度声をかけて、それから自分がやって来た理由を説明しようとした。

「ゴトサブロー探しに来よんけん、またここ来てええか?」

「いいんじゃないの」

少女の言葉は村の言葉ではなかったが、孝史には都会というより異国から来た人のように感じられた。

少女はこの家の娘でリイコと言った。実際には李子だった。李氏王朝の末裔としてこれまでは町の親戚に預けられて大阪や徳島を転々としていたらしい。

孝史の祖父はこの里の山を三十ほど抱えて林業で財をなしたが、第二次大戦前から戦後にかけて杉の切り出し作業のために満州や朝鮮から来た人たちを百人ぐらい雇っていた。戦前、大陸や半島からの出稼ぎで大阪の繊維工場に来た人たちが身体を悪くしたときにそこの工場の口利きで祖父が徳島に呼び寄せることが続いた。やがて口伝てに百人にもなったということだが、だいぶ年数が経ってから聞いたので百人の話も怪しい。だが、リイコの家はそういう働き手とその家族のまとめ役として、仕事や内職の面倒を見ていたことは本当のようだ。祖父との関係で言えば、村の人たちの家は祖父の家から川に向かってすべて下にあるのだが、リイコの家だけは上にあった。しかも村の生命線とも言える用水の管理を任されていたのだから、それなりの信頼と地位にあったはずだ。当時の孝史にとってはそんなことはどうでもよかった。子供心にも自分で気づくほどリイコに魅入られた。

それから毎日、ゴトサブローを見に行くと言ってはため池の家に行って、リイコを遊びに連れ出した。その横にある急勾配の登り道をさらに上がっていくと源蔵の窪という平原に出た。春に草刈りをして野焼きもしているので、どこまで走っても平原だった。それからの孝史の夏休みは川に降りていかず、山に登る日々となった。リイコは日に焼けないように大きな幅広の帽子をかぶっていたが、常に美しかった。登るとき、駆けるとき、座っているとき、リイコと手をつなぐことが孝史の幸せだった。彼にとっての山の神だった。

夏が終わっても孝史は「家に帰らない、じいちゃんの家にいる」とだだをこねたものだが、また来るからと言われて仕方なく学校生活に戻った。雪と寒さに閉ざされる山合の冬が終わるのが待ち遠しかった。自分一人でも春休みに行くんだと親に宣言していた。

しかし、翌年の春にはリイコたちは居なくなっていた。祖父の家もリイコの家も含めて、村全体がダムに沈むということだった。祖父はさらに上流の村の上に新しい家を建てたが、リイコの家は大阪にある家を残したまま韓国に帰って行ったと聞いた。韓国からさらに北へ向かうだろうとも叔父やいとこが話していた。

なすすべもなく、幼い孝史の初恋は消えた。

それから部屋に籠もってプラモデルづくりに熱中した林孝史は、中学ではラジオの制作という月刊誌に沿って高周波一段・中周波二段の無線機からトランジスタのラジオを組み立てた。そして那賀川の河口にある工業専門学校で五年間電気や数学の勉強に熱中した後、その技術を生かせる自衛隊に入った。しかし、当時の自衛隊では航空機や戦車以外の機器が古く、孝史の触りたい電気通信機器とはほど遠い装備だった。結局、三年ほどして訓練で足を捻挫した機会に大阪の電気メーカーに転職した。この時代、一気に家電の半導体化が進み、あっという間に電気工学の内容も様変わりした。大阪では半導体回路の開発を行うことでファウンダリ（委託工場）である台湾の技術者たちとの信頼関係もできた。出張先の台湾での生産工程をプログラミングし、具体的な半導体生産設備を作り出す。さらに生産された半導体の回路組み替えにより、半導体を新たな家電でつかえるようにアプリケーションを考案した。三年も経つと新たな回路設計を一から行い、家電自動化プログラミングを開発した。開発部門で家電プログラミングから製品の生産工程設計まで行う体験は貴重だった。

「今度、広州に行ってくれないか」

割とあっさりと開発部長に切り出されて、林孝史はプログラミングで自分が何か失敗したのかと勘違いした。だが少なくとも仕事上の失敗ではなく「他に人材がいないから」と、分かったような、やはり理系の頭には分からないような選抜理由だった。そうは言っても、当時の会社員はまだまだサラリーマンと言われて会社に逆らえず、発展途上の中国に行けるのは独身の林だけだと社内で噂された通りの人事になっただけだ。

当時は英国領だった香港から中国の広州に入るためには査証（ビザ）が必要だった。香港支社でビザの発給を待つ間、支社の先輩である鈴木課長と九龍城地域に飲茶に回った。まだ治安は良くないが美味しい食事とお酒には替えられない。二軒、三軒とはしごしていると混沌とした街がなんとなく身体に馴染んで来る、そんな魅惑のある街だった。鈴木の説明では九龍で取引されない物はないそうだ。

一九八七年、日本ではバブル経済真っ盛りだ。二年前に日米プラザ合意による急激な円高によってどうなるかと先行きが危ぶまれたが、大蔵大臣による思い切った金融緩和策により、逆に一気に市場におカネが溢れて不動産や株が買われた。その動きに目をつけた香港の投資家たちも日本の不動産を買いに走った。日本の好景気のおかげで香港支社の家電取引量も大幅に伸びた。そのため仕事を持って来る支社への出張者たちにも気前がよく、接待費も大盤振る舞いだ。国際的な世情に敏感な香港駐在の鈴木たちは、日本の好景気が続くわけがないと思っていたのでまさに宵越しの金は持たぬ主義だった。いわゆるメーカーとして地道に良い品をつくってできるだけお客様に安く提供するという理念が揺らぎかねないほど、財テクでカネがカネを生むという状況になった。そんなバブルはいつかは終わると分かっていても付いていかなければ取り残されるだけという理だ。実際、それから二年もバブル景気が続くことで当初は疑問に思っていた人たちも結局はカネの渦に巻き込まれるのだが、林孝史もその一人だった。

彼が香港返還に関わる浅野たちの対中交渉に参加する十年前、八七年の中国は沿岸部での産業育成が功を奏し始めたものの、大部分の地方ではまだまだ発展途上国であり、特に農村戸籍の人民は貧困に喘いでいた。都会の知識人、特にブルジョアジーのレッテルを貼られた官僚たちが地方に飛ばされ、農村は文化大革命で混乱したままだった。政治的に多党制を標榜していても一党が都会を支配した結果、殆ど地方の現実を知らない党員が中央から派遣された。そのために貧困に晒された人民は逆に村を離れて都会の工場で働くようになる。離農と離村の人民が都会で戸籍を持たずに働いて都市の工業化を支えることになった。

「おーい、林。やっとビザが下りたよ」

遠くの窓際の席で電話を取っていた鈴木課長が明るい声で叫んだ。二ヶ月たって香港支社での生活に慣れた頃にようやく労働許可を伴う入国ビザが下りた。

「食の広州で勤務できるんだから幸せだぞ」

「もうここで工程設計なんかの仕事は殆ど済んじゃってますけどね」

笑いながら林が返すと、オフィスにいた通訳の令佳が林のデスクに来て、

「おめでとうございます。林さんの技術を中国中央政府が認めたんですよ」

と、握手を求めてきた。令佳は中国本土からやって来て日本の家電メーカー香港支社に就職していた。日本語・北京語の通訳だが英語も流ちょうに話し、そして何

より香港言葉と北京語の通訳にもなる。その頃の中国語はまだ地方で方言が激しく、香港ともなれば北京語との通訳がいても不思議でなかった。中国語に似て非なる言語が香港言葉だった。もちろん香港では英語も共通語なのだが、複雑な話は香港言葉になる。

翌日から早速、林は令佳とともに広州市に入った。大きな河と湾に面した広州市は文字通り真っ平らな街並みをしているので、新しくできた電波塔を目印にしないとなかなかホテルへも辿り着けない。成都のように初対面でも気の知れたようなタクシー運転手はいない。しかも米国製の大型車を操る運転が荒いのでどこをどう回り道されても文句のいいようもない。だが、令佳が北京語で指示するとそれまでの態度を変えて静かに運転し始めた。そのときの林は北京語がもつ威力なのかなと思っただけで、香港支社で働いていた若い令佳を疑いもしなかった。

広州事業は主力家電の合弁工場を立ち上げること、広州市側からは特にテレビ生産工場を要望されていた。合弁相手先の工場に入ると古いレンガが瓦礫のように山積みとなっていて、まるでどこかの戦場の陣地のようだった。工場周辺が沼地のために、雨が降ると工場の一部が水につかっているようだった。もともともらっていた新工場のレイアウトに沿ってテレビ製造工程を設計していたが、この廃屋のような建屋では湿気が多くて受像機向けの半導体は扱えない。仕方がないから明日から工場敷地の選定からやり直すかと諦めた。令佳が林の落胆を察したのか、

「広州の工場は海軍などの軍事基地以外はすべて沼地だと言っても差し支えありません。欧州から導入したネクタイブランドなどの繊維産業であれば問題ないと思いますが、半導体を使う先端の家電の工場用地としてはどうでしょうか」

林は驚いた。香港の通訳というよりは広州市の役人のようなものの言い方だったからだ。

「令佳さんは中国人ですよね。もとは広州の生まれなのですか？」

「いえ、もっと内陸の武漢です。武漢も大きな河のほとりで沼地が多かったので、雨が多くて湿気のある広州も似ていますね。だから半導体には向いていないのではないかと思っています。まあ、武漢でも人民軍の基地周辺だけは台地になっていて水はけもよかったので、広州を本拠地にする海軍基地の山側が工場には適している

かもしれません」

「そうだね。他の土地も当たってみるか」

そこからの仕事は殆ど令佳がやったようなものだ。林は令佳にうまく誘導されたと言ってもいいぐらいだった。合弁相手との交渉も林が判断らしいことだけを言えば令佳が中国語で交渉相手を説得してくれるといった具合で進んだ。工場の立地に必要な要件を協定し、林が書き直した工場レイアウトのうえに協議で製造設備を決めていった。その後は鈴木課長を中心に、香港支社の人たちが本社の法務部の協力を得ながら合弁契約の締結と政府への認可申請に動くことになる。広州プロジェクトにおける林の役割は半年ほどで終わった。その間の仕事を通して、広州市の食文化の奥行きだけでなく、海軍の高級幹部を中心とする豊富な資金の流れにも触れた。そして林孝史にとって最も印象に残ったことは、広州市に雇われた若い技術者たちが抱く最新技術に対する渇望のようなものだ。自分はこのまま大阪に戻ってサラリーマンのエンジニアとして過ごすのか、そのほうが社会での収まりはいいはずだ。しかし、この伸びやかな広東省で技術者としての新たな地平に挑戦できるのではないか、迷っていた。令佳と広州市内のホテルで食事を取っていた彼は、レストランの高い天井に吊り下げられたシャンデリアの輝きを見上げ、ナイフとフォークを置いた。

「私はここに残るよ」

「そうですか」

仕事を半分以上こなしてくれた令佳に思い切って打ち明けたつもりが、あっさりした相槌で肩すかしされたような気分になった。

「食事のほうが忙しいようだね」

一大決心をスルーされた林は皮肉っぽく令佳を見た。彼女は下を向いて食事しているようでもあり、笑っているようでもあった。

「あなたの人生はあなたが決めるものだけど、人を巻き込むことになるのよ。責任を取ってもらうわよ」

この半年間のホテル暮らしでお互い親しくはなったが、これまで林に対して一応は敬語を使っていた。その令佳が突然タメ口で諭すように言ったので驚いた。きつい言葉ではなく言い聞かせるような優しさも含まれていたが、その目を見て何となく彼女が歓迎してくれているように感じられた。

遅れてきた課長の鈴木が自分の食事ついでに二人をホテル内にあるカラオケに誘った。外国人の泊まるホテルのカラオケはほぼ現地の公安（警察）が運営しているので、仕事の話をすると合弁相手側の広州市には筒抜けだ。そういう話も香港でビザを待っている間に聞いていたので、カラオケに行くとひたすら飲んで騒いで歌うだけだった。海外駐在員のストレス発散には向いていたので、広東省全域に点在する日本人駐在員たちも広州市内のホテルのカラオケに集った。外でカラオケに行くと法外な値段をふっかけられたりするものだが、ホテルだと公安の運営なので適正価格であり、何よりも安全だ。

令佳が流ちょうな日本語でその年に日本で流行ったテレサ・テンを歌う。台湾の歌手だがこちらでも人気だ。歌い終わって席に帰ってきた彼女は少し酔っているのか、珍しく「時の流れに身をまかせ」と歌ったときの想いを台湾と日本、台湾と中国の関係に例えるように話し出した。テレサが歌うことで台湾は日本に寄り添いたいと訴えているけれど、だけど本当は中国に台湾の想いを伝えたいのでしょうと、令佳が独り言のように話す。

「あんまり台湾の話はしないほうがいいんじゃないか」

鈴木は今の中国政府の台湾政策を香港から眺めているので、恐らく難しい関係だと言いたかったのだろう。令佳の話を止めて急に「兎追いしかの山」と故郷を歌い出した。鈴木のようにいつも国や故郷を思い出すのが海外の駐在員の常なのだろうとは林は思ったが、一方で令佳はどうなんだと考える。さっきのレストランでの夕メ口と一緒でどういう心境なのか、ますます分からなくなった。

香港に一旦戻った林と令佳はすぐに会社に辞表を出した。鈴木は驚いて椅子から立ち上がると当然ながら慰留した。

「何が不満なんだ、好景気が続くとは思えないし、こんな安定したいい会社は他にないぞ」

林の耳には鈴木の言葉が普通に聞こえる。自衛官を辞めるときの上官と同じだ。

「やりたいことがあるんです。広州で見つけました」

とだけ答える林に、とりつくしまもないと鈴木は諦めた。

「なんで令佳も一緒に辞めるのかな」

と、小声でつぶやくのが精一杯だった。それで二人ができていると考えたのだろう。勝手に「おめでとう」と言って椅子に座り込んだ。

残った仕事を片付けると林は広州市中心部の古い雑居ビルに電話一本引いたオフィスを借りた。秘書兼事務員が令佳だ。レストランで責任を取れと令佳がタメ口で言った結果がこれだった。小さな事務所だが、二人の半年間の仕事仲間が集まってすぐに一杯になった。会社を立ち上げた訳でもなく、プログラミング技術で様々な半導体合弁企業の回路設計を請け負った。その手伝いにアルバイトで若いエンジニアが集まってきてくれたのだ。もちろん令佳がいなければこんなにスムーズに仕事があるわけがない。広東省は北京政府の中央工作指示に従って、広州と香港の間の深圳に大規模な経済特区を設けていたので、林たちが回路設計会社をその深圳特区に設立しようとしたときだった。まさに彼らに追い風が吹いた。

その年の秋から国際的なビジネス環境は一変した。一九八七年十月、アメリカで株価が大暴落、ブラックマンデーと呼ばれて香港の米国関連株式も一気に売られてキャッシュ化された。そして間もなくその香港の手元資金が大きく二つに分かれて、日本の不動産投資と広東省の工場投資に向かう。林が、いや正確には令佳が他人の名前を借りて深圳に設立した公司（会社）は翌年からあっという間に回路設計の請負仕事が大幅に増えて、広州と香港の両側から認められるベンチャー企業となった。

そんな忙しい毎日を過ごした中でも衝撃的な事件があった。一九八七年の十一月末に大韓航空機がアブダビからソウルへ向かう途中で爆破された。日本人になりすました北朝鮮の女性工作員がヨルダンのアンマンで乗り込んで時限爆弾を置いてアブダビ空港で降りていた。林はそのニュースを聞いてすぐに、朝鮮半島に帰っていったという四国の山奥にいたリイコを思い出した。だが、シリアやアフガンに米ソ冷戦が飛び火していた当時は朝鮮情勢も緊迫化していたので、当たり前だがリイコの消息に結びつけられるような北の話は何も入ってこない。しかし林からリイコの思い出話を聞いた令佳が珍しく興味を示した。静かな声でラップトップのコンピュータ画面を見ながら切り出した。

「故郷に帰るってことは覚悟がいるのよね。ほんとは故郷から出て働いているほうが自分も回りの人間も楽なことがあるんじゃないの」

林孝史はこの時になってようやく、令佳が武漢に帰りたくても帰れないのではないかと彼女の心情を思った。自分も四国を離れて久しい。「故郷は遠きにありて思うもの、よしやうらぶれて……帰るところにあるまじや」というような日本の詩歌に込められた複雑な想いは、やはりどこの国でも同じなのかもしれない。

「それより、君は何者なのかな。このあいだ広州市庁舎に一緒に出かけた時にも何人かに声をかけられていたよね。みんなお偉方だろう」

「私は誰の通訳でもやってきたのよ。確かに顔は広くなったかも。でも追われることもあるのよ」

「追われる？　ストーカーか」

令佳は笑って答えない。そのえくぼを見てこの魅力ある人に抗える者がいるだろうかと思う以上に、なぜ自分なのかと考えるのが林だった。

単なる巡り合わせなのか、それとも意図されたものなのかは分からない。だが、林孝史という人間は令佳の助けで時代を先取りしたプログラミング代行の仕事を深圳で企業化した。こういうプログラマー事業は半導体集積回路の進化した後にシステム・エンジニアリングとして世界中で当たり前の仕事となり、プログラマーは引っ張りだこになる。深圳に来た翌年には工場の工程設計だけでなく、コンピュータはもちろん、半導体を使った家電製品そのもののプログラミングを次々に開発していった。自分のやりたいことはこういうことだったのかと思うと、令佳への感謝の気持ちが大きくなっていった。集まってきた広東省の若者たちが数十人になり、会社をプログラミング事業と製品開発事業の二つに分けることにしたとき、北京で天安門事件が起きた。令佳が突然、「もう仕事のつなぎや通訳もいらないでしょ。私は通訳に戻るから辞める」と言って出て行った。連絡が取れなくなったわけではなく、時々は香港の英国系ホテルで食事をしながらお互いの仕事の話をするのだが、それだけの関係になった。仕事が忙しいせいか、不思議とあれだけ一緒に過ごした令佳に未練はなかったが、やはり林は香港のカラオケでテレサ・テンを歌った。令佳は天安門事件を契機になんらかの理由で通訳に戻ったのだと思った。追われているのだろうか。それとも何か新しいミッションでも背負ったのか。日本のバブル資金が香港経由で北京の街角にも巡っていく中、若者たちは経済的自由だけでなく政治的自由をも求め始めたということだったかもしれない。彼女は広東省でそういう活動を担っているのかもしれない。だが欧米も日本も、そして恐らく彼女も北京の若者たちの先走る気持ちを回りから支えることはできなかった。中央の中でただ一人若者たちを応援した執行部役員の失脚により、中国全土で盛り上がった若者の民主化運動はすぐに火が消えた。同時に令佳からの連絡が途絶えた。

翌年、日本のバブルが崩壊したと聞いて久しぶりに家電メーカーの香港支社を訪れた。課長だった鈴木が副支社長になっていて、快く出迎えてくれた。

「噂は聞いているよ。会社も調子が良さそうじゃないか」

「忙しいのは忙しいんですけど、儲けはそこそこです。回路設計の下請けではまあこんなものでしょう」

鈴木の大きなデスクに小さなヘリコプターのおもちゃが置いてあったので聞いて

みると、「日本に戻った子どもへのお土産だよ。プラモデルのヘリを無線で飛ばすんだ」と言う。日本の中高一貫校に入るために母親と一緒に日本に帰国したそうだ。林はその場で「これだ」とつぶやいていた。深圳に帰ってすぐに製品開発に取りかかった。半導体が小型化されれば無線コントローラで飛ばすヘリの市場は必ず広がる。商品として子どもよりも産業用に開発すべきだ。彼は夢中になった。リイコと離れた後の小学校時代にプラモデルづくりに熱中したときと同じ気持ちだった。令佳の抜けた穴を埋める何かが欲しかったのだろう。

試作品を作っては、会社の中だけでなく展示会や技術の情報交換会に持って行った。いろんな意見を寄せ集めてその場でモノにしてゆくのが深圳のやり方だ。天気のいい日は街角でもヘリを飛ばしてみせて、声がけしてくれる人とどう改良するか話し合った。「ヘリの形では安定しないから円盤にすればいい」、「ブレード（回転翼）は三つ以上あったほうが進む方向を決めやすい」など、徐々に形になっていった。その後にドローンと呼ばれるようになるものの原型ができた。だがその段階では産業用に長時間の飛行をさせることもできず、何よりバッテリーもモーターも重過ぎた。小さくすれば玩具に逆戻りだ。だから、バッテリーやモーターを軽くするための化学的な要素技術の研究に没頭して九〇年代前半が過ぎた。

いくつかのドローンが完成したとき、数年ぶりに令佳から連絡があった。事務処理プログラミングの仕事を頼みたい、とにかく受けて欲しいということだった。そして一つのデータベースを渡されたが、プログラミング言語が不明だったので解析用の電子回路を設計した。これが林のオーバルコードとの出会いだった。解析したことを伝えると、令佳は「仕事は日本の商社のお手伝いよ」と言った。

＊

一九九六年、英国政府からそれぞれの民間企業に投げられた香港返還の条件交渉が始まった。パワープラント関係ではすべてに中国の国営企業が参加し、一括資本移転を言い出してきていた。成都の知財権案件が片付いた後に日本に一時帰国していた浅野一郎は再び香港に来ていたのだが、中国交渉団を見て驚いた。浅野たちの商社が交渉する相手側メンバーに成都で世話になった若い黄（ファン）がいたのだ。休憩時間で一人になった黄に浅野が声をかけた。

「ファンさん、この前はありがとう。ほんとに助かりました」

「それはどういたしまして。またすぐに浅野さんに会えて嬉しいです。令佳も来ていますよ」

「令佳さんが、そうですか。また通訳ですか」

「今夜、三人で食事はいかがですか」

浅野の質問には答えず、黄は前と変わりなくさらっと提案した。そして浅野の返事を聞くまでもなくその場を離れていった。

そのときになって浅野は初めて成都の契約案件は手慣らしだったのではなかったかと気づいた。中央のある勢力が動いているが、それは英国や日本などの外国勢力に対して敵対するものではなく、中国国内の対立が先鋭化しない限り、表立たない工作活動でなんらかのつなぎを将来に向けて構築しているのだろうと考えられた。

浅野たちは中国本土で人気のある日本製のチョコレートをおみやげに持ってきて礼儀の範囲内としてあちこちに配ることもあったのだが、そんな何も知らない素人とはまるでスケールが違う組織だった行動なのだろう。今回のような歴史的場面での中国も、そしてロンドン駐在で少しは触れることができたが金融の奥底を巡って先へ先へと動く英国も日本とは体制が違う。ちょっと使い道がおかしいと言われて外交機密費そのものをなくした日本などとは比較しようのない、国際プレーヤーとしての葛藤の中のすごみのようなものがあった。浅野はわざわざ今回の仕事、もしかすると成都の案件も含めて自分を指名したのは誰だろうといぶかしがった。全体が構想されていたとしたら、香港返還交渉を前提にイギリスにいたときから一つの駒として動かされていたのだろうか。食事に行っていいものかどうか、黄は交渉相手だ。隠れて会っていてもまずいだろう。だが、彼らの話も聞いてみたい。というより正直なところ、令佳にもう一度会ってちゃんと礼を言いたかった。

「いよいよ現実味が帯びてきましたね。香港返還の姿が見られるとは思ってなかった。李鴻章が契約した九十九年って意味があったんですね」

東京から応援に来た後輩の高木はロンドン時代と同じように気楽にものごとを面白がっている。そんな性格が幸いして、東京本社に戻った高木は損保会社からの出向が長くなるにつれ、社の後輩たちにも慕われていた。香港出張での応援を頼んだ際にも、彼の上司や後輩からできるだけ早く返してくれと言われて、会社の出張でそれはないだろうと苦笑した。だが、明るい中でも事実の中身を真っすぐに見る目はたいしたものだ。今の九十九年租借契約の意味を持ち出したことも要点を突いている。

「なぜ九十九年間の租借契約としたのかは説が分かれていることは知っているだろう。当時のイギリス側の解釈では九十九年は無期限という意味だったとされているから、まあ中国とイギリスの両方から圧力をかけられた李鴻章がそれぞれに都合のいいように二重の意味で説明したと考えるのが普通だな」

「でもそんなことはすぐにばれるでしょ。国の契約なんだからそんな曖昧な文書ってありますか。要は力押ししたイギリスが騙されたってことでしょ」

高木は明るいだけにものごとを割り切って考える。素直ということは信頼できるということだ。

「まあ、イギリスだってわざと騙されるってこともあるさ。それよりも今夜はプライベートな食事会があるんだけど高木も来ないか。会わせたい人たちがいるから」

「浅野さんが会わせたいという人たちは興味あるなあ。是非お願いします」

黄の了解も取らずに高木を食事に誘ったのは、何となく歴史の大きなサークルになりそうな局面に彼も乗ってもらいたかったからだ。だがそれ以上に、高木の人脈からして東京本社のもつ情報は殆どすべて把握しているはずだ。あのときロンドンでニコライ二世の金塊の動きに中国の影響を見ていたのは高木の情報網だった。彼の知り合いの欧州大陸、コンチネンタルの人たちの話だった。欧州通貨危機の話でもしながら黄の反応も見てみたい。

案の定、夕食のテーブルに揃った黄も令佳も何も言わず、そのまま高木に自己紹介をした。想定の範囲内ということは高木の存在も知っていたと言うことだ。いや、香港に来た高木を呼ぶのは当たり前だと考えていたかもしれない。

「高木さんは人脈が広いようでドレスデンの仲間から信頼できる方だとお名前を伺っておりました。お会いできて光栄です」

浅野よりも高木を尊重しているようにみえる。自分は実務のつなぎ役かと、少し黄たちの全体が分かってきたように思えた。つまり、信頼できる人から人へと繋げて国を越え、仲間内の情報ネットワークを構築しているようだ。

「高木さんもいらっしゃるので話が早い。私たちは返還された後の香港の行く末を心配しています。それでイギリスだけではなく日本のお力添えを必要としています。それは将来の日本のためにもなると思われます」

何を言い出すのかと思えば、香港に残る企業や人々を支援して安全をどう確保するかという話じゃないか。それはまさに国家間の契約の話ではないだろうか。そのために英国政府は返還を前提とする一国二制度の導入を主張してきたのではないか。それなのに我々民間に支援して欲しいとはどういうことだ。浅野の戸惑いを見透かしたかのように令佳が言った。

「中国は約束を守れるとは限りません、特に北の人たちははなから条約を守るつもりはないのです。英国政府は百年前の失敗を繰り返して、今回も都市電源を人質に取られてすべて引き渡すことになったのです。交渉に失敗したので今回は九十九年間ではなく五十年間にした約束も十年以内に実質的に反故にされるでしょうね」

「君もファンさんも中央の人だろう。どうして我々に内情を明かすんだ。よしんば君たちを信じるとしても我々にどうしろと言うのか。いくら人質を取られていても英国政府が大枠を決定した以上、今さらやりようがないだろう」

「それがオーバルコードよ。あなたはケンブリッジでオーバルコードを渡されたでしょう。連絡が来たわ。だから成都でもあなたにぶっつけで事情を話したのよ」

令佳は成都のホテルの部屋で瓶ビールを煽ったときと同じ口調になった。

「オーバルコードってなんですか」

高木は何気なく黄たちに聞く。こんなさりげない入り方が聞き上手の高木の真骨頂だ。おかげで興奮しかけていた浅野は落ち着くことができた。黄が真正面を向いて話し出す。

「私から説明しましょう。浅野さんはチューリンゲン先端研究所からある程度の話は聞いていると思いますが、その様子では全体のご自分の位置づけが分かってないようですね。怒らないで聞いて欲しいのですが、あなたも含めて我々は皆《みな》それぞれが一つの端末だと言い換えてもいいと思います。情報機器やネットワークにおける端末、即ちノードの役割はネットワークの中で与えられた指示に沿って目的を実現するための作業を実行することです。だがプログラム通りに動くコンピュータの中と違って現実の世界では想定外のことがいつも起きるので、与えられたものだけでは指示された項目を行動に移すことができなかったり、ひいては目的そのものも達成することができなかったりするものです」

急に雄弁になった黄は浅野と高木の目を交互に見ながら、流れるようにそして論理的に話している。しかし浅野にとっては抽象的な説明なので今一つピンとこない。以前に、これは仕組まれている、自分は駒の一つだと肌で感じたときとは違う、何か異質な世界に触れているようだ。しかし、浅野たちが理解できていると判断する黄はさらに続けた。

「従って我々は自律分散型の組織形態をとり、自由意志による個別判断を認めるプログラムを我々一人ひとりという端末機器であるノードに組み込むことにしました。そのことにより、現実の中での実効性を上げるとともに各ノードの安全を確保することができるのです」

「ちょっと待ってくれ。仕組みの話より先に我々って一体誰なんだ。何を目的にしている組織?なんだ」

「今申し上げた通り、自由を尊重する分散的集まり、つまり目の前の信頼のおける人間は知っていて分かりますが、その向こう側はお互いの顔も知らないので、全体として自由を探して同じ方向に進むアメーバみたいな民主的な集団ですね」

「ますます分からない」

浅野にとってロンドンから成都まで何かに動かされているような感触がそう悪い感じはしなかったが、改めて黄から説明されるとだから何なんだという気持ちしか浮かんでこない。

「いやあ、面白いですね。組織であって組織でないような形を自律分散と言っているんでしょうかね」

高木は割り切っている。自分なりの解釈をしようとしている。香港返還を見たいといってきた彼だから、自由や民主の話を納得しているのだろう。

「で、オーバルコードってなんですか。浅野さんは多少聞いているようだけど、チューリンゲンに一緒に行った僕には教えてくれないんですか」

高木は浅野の方に向き直って逆に黄に聞かせるように言った。

黄が答える。

「あなたたちにとっては話が回りくどくなったかもしれませんが、最低限の前提を理解してもらうことが必要です。そのうえでオーバルコードの直接的な使い方は見知らぬ集団と出会ったときにその中の味方と相互認証しあうための暗号のようなものになります。それにオーバルコードを通してコミュニケーションを図ることで最先端の技術支援を受けられるでしょう。今のところ量子コンピュータでも完成しなければ決して破られることのない暗号です」

「一気に科学的ですね」

高木が相槌のように口を挟むが、黄は気にせず説明を続ける。

「浅野さんはその暗号キーをお持ちだと伺いました。世界で何人かわかりませんがその暗号キーがあれば次々に見知らぬ人間が仲間かどうか、お互いに分かるようになります。そして、決して盗聴や信号傍受をされることのない連絡網が自然に構築されるのです」

二十一世紀にVPNと言われる私的な通信ネットワークの初期生成のようなものだが、公衆電話回線を通してしか連絡ができない時代に個別通信網は画期的だったと言える。そのインフラ基盤を支えている技術がオーバルコードと呼ばれる暗号だった。黄氏は努めて冷静に、また子どもに言い聞かせるように穏やかに話す。

「私たちが今やろうとしていることは、一枚の契約書ではどうにもならないことを数百枚の契約に散りばめることで全体として新しい暗号のように味方の契約内容が有利になるようにすることです。香港を取り戻すために必要な資金と人のネットワークを構築し、自由のためのレジスタンスの組織基盤を整備して将来の世代に託すのです。広東や香港で次第に強まる北京からの統制圧力の中でも自由に信頼できる仲間との顔つなぎが必要な時にできるはずです。各企業が中国政府と個別に結ぶ契約書を数百、数千と組み合わせて作り上げることができるのです。いつの日か、民主化の運動を起こすときに全土に隠れた仲間を見分ける手段であり、その一人ひとりの行動を支える資金源になります」

「難しいことを言われても実際の使い方も分からない。しかもこれからあらゆる不動産が中国の下で国有化されようとしている最中なのに、そんな楽観的な先行きの見通しを持つのはかなり無理があるだろう」

じっと聞いていたがやはり浅野は納得できないので黄の話を遮った。続けて強い調子で聞いた。

「それになんで日本人の俺が仲間なんだ?」

「それは私には具体的な理由は分かりません。しかしあなたが信頼された人だということは分かります」

黄の優しい言葉に続いて令佳が話す。

「あなたは私たちの仲間よ。自由と民主化をつないでゆく存在になるわ」

「何を買いかぶっているんだ。確かに日本は民主主義国だが、自分はただのサラリーマンだ。高木もそうだ」

「でも私たちに共感してくれて、だからここにいるんでしょう。林さんもその一人、前から協力してくれてるわ」

ドローンで有名な林かと浅野は口の中で言ったが声には出さなかった。この席でおどけてみせたところで何にもならない。この場にいない林を非難する気はないが、日本人の技術者が一枚かんでいるとはまた話が大きく広がったなという気分がもたげてきて、浅野の思考を邪魔している。令佳の言う共感とはなんだろう、自分は何を共感しているのだろうと、浅野は心の中で繰り返すが胸のつかえが増すばかりで到底すぐに答えは出そうにない。

やはり高木を呼んでおいてよかった。浅野は高木を見た。

「香港返還における個別具体的な条件闘争において、自由民主の旗の下に我々が参集したってことかな」

高木は歴史が好きだからフランスの市民革命を扱ったレミゼラブルのミュージカル舞台をロンドンでも東京でも何度も見に行っていた。それで旗の下という情緒的な言い方になったのだろう。自由民主主義、まあそういうことなら漠然とした体制の違いがもたらす生活実感は分かるかなと思ったら、障子を開けたときのように突然目の前の景色が開けたようだった。理解しているわけではない。目の前の黄と令佳の姿が何かシャンデリアの光に際だっているように見えたのだ。浅野の気持ちが楽になったことで、その時から丸い席を囲む四人は阿吽の呼吸とも言えるコミュニケーションが進むようになった。そして、成都の交渉における入札価格計算のように、令佳が「役立つから」と言って林孝史を日本側チームに入れるよう薦めた。いや、指示したと言っていい。黄は頷くだけだ。林が日本人だからというわけではないが、浅野たちに特別な抵抗感はなかった。論理的な黄と世間的にはツンデレな令佳たちがなぜか信頼できるという感覚だけだった。信じたいものを信じるという心理かもしれないが、それがコミュニケーションというものだろう。それは相手が人でもペットでもモノでも同じだ。

そして浅野たちは情報処理技術を専門とするアドバイザーの林を加えて、中国政府系企業との数々の交渉に入った。所有権・知財権・株式などの関係や帰属を分析して数十ページの契約を何百と作成してゆくうちに、これらの契約の関係や構成そのものがオーバルコードという暗号のように思えてきた。中央には分からないように一国二制度のもとで中国国有が所有の根源となる条文を少しずつ項目別・時系列別に修正してゆくことで実質的に個人所有権を保護する方向に持って行く暗号なのだろう。たとえすべての独立した契約書を一件ずつ解析したところで、その企業の占有権が実質的に認められている状態で中国政府の払い下げ土地のサブリース契約となっていることは分からないのだ。なぜなら中国には所有権の概念そのものがないから、そのような言葉が書かれていない限りは北京にある政府機関の認可を得ることができた。

しかし、暗に所有権を認める契約書面があってもそれを運用し実行する人が仲間でなければ、企業や個人にとっていつでも不動産や株式を接収される危険があるので中央集権体制の現実は変えられない。香港だけでなく中国本土でも自由を愛し民主的な政策決定を尊重する仲間を少しずつでも増やしてゆくことが必要になる。これから長い時間をかけても権力に負けることなく努力することだ。オーバルコードが存在する本当の意義はそんなところにあるのだろう。目に見えるプロトコルや組織では潰されてしまう。目に見えない、どことも言えないところに集まることができるチームこそが単なる暗号でもなければプログラミングでもないオーバルコードと呼ばれるものになるのではないか。香港返還交渉において自由な未来を守るために編み組まれた契約の集合体という意味では黄の目論見は成功したかに見える。そういう自由のための戦い方はどこから来たのだろうか。いずれにしても浅野にとっての会社の仕事は終わった。香港支社の鈴木課長に挨拶してから手伝いに来ていた木村とともに日本に帰国した。契約間の条文と単語の整合性を解析した林の情報処理能力はやはり他のエンジニアと比較しても群を抜いていた。芸術的とも言えるほどだった。その高度なデータ処理技術を間近で見た浅野はいつかまた林と一緒に仕事をしてみたいと思った。

翌年、一九九七年の六月三十日、英国最後の香港総督となったバッテン総督が湾に面して接岸したタグボートに乗った。スコットランド民謡の蛍の光を流しながら岸を離れてゆくボートの舳先に立ったまま、じっと前を見つめる。その姿は世界中で放映された。そして数ヶ月と経たず、香港の新たなトップとなった行政長官は中央政府の指示の下に香港の治安規制を強めていった。警察官の名を借りた人民軍兵士を始めとして経済人や起業家、そして本土の政治犯に至るまで大量の人員が中国側から五月雨式に香港に送り込まれてゆく。一国二制度という名前の下に中国政府の支配が強化されてゆくことを肌身に感じる日々となった。香港の将来を懸念して英国に移住する人は絶えず、返還からその後の十年のうちに香港の人口の五分の一、百万人以上が中国本土から新たにやって来た人に入れ替わったとも言われる。英国は毎年三十万人を越える人々に英国滞在許可を出して逃げて来る人々を受け入れた。

広州市と香港の企業を相手にビジネスを続けてきた林孝史にとって、深圳経済特区はまさに起業家リン（林の現地での通称）の生みの親だった。だが深圳にある二つの会社を現地で林を支えてきてくれた若者たち後輩に託して、世紀末を前に一人で日本に帰国した。林にとっては一国二制度がもたらした街の空気の変化が何となく肌に合わなくなったのだ。深圳は中央政府の梃子入れで今後もっと発展するだろう。だが林にとっては何かが変わったのだ。その頃の深圳の会社は企業プログラムの二〇〇〇年問題への対処で大忙しだ。コンピュータだけでなくあらゆる機器の日数計算などでは西暦を二桁でカウントするプログラムが組み込まれており、二〇〇〇年に西暦のカウントが九九から〇〇となったときに一斉に停止するリスクが騒がれていた。そのチェックだけでもエンジニアが人手不足の状態だから、会社の先行きはまず問題ないだろう。才能のある現地の彼らに任せようと考えていた。そんなときに令佳が上海に移ると言ったのだ。浅野たちとの仕事の後ですぐに武漢に行ったままの黄から今のところ連絡はない。令佳はしばらくの間は香港に残っていた。ホテルで食事するときには通訳だけでなく秘書もやっていると聞いていたが、

「上海へ行くから香港での楽しい食事もこれが最後ね」

とだけ言って理由も告げずに香港を去って行った。結局、広州の家電工場を一緒に立ち上げて以来、深圳でプログラマー事業をやる間も自分はいつも令佳の人間関係に頼り切っていたのだと、その時は情けなくなった。そして翌日、また一からやるかと日本へ帰国する決心をしたのだった。

決めると行動の早い林孝史は身一つで香港から帰国し、ここ何年か深圳の技術開発で夢中になっていたドローンを産業用に活用するための小さなコンサルタント事務所を東京で立ち上げた。カメラを積めば映画の撮影用から道路や橋の補修まで用

途は広い。玩具の無線ヘリコプターからスタートしたので林のドローンはいち早く小型化されていた。バッテリーも工夫したので軽くて対空時間の長いことから、広い地域をカバーしなければならない山間地域での空撮に重宝された。林の心の中には小さい頃に駆け回った緑の山や原野が蘇り、ドローンから送られて来る映像は令佳のことを忘れさせてくれた。いや、逆にリイコの思い出がよみがえった。

帰国してから一年、日本の山野を巡ってドローン自動化プログラムのデータを集めているある日のこと、香港返還交渉で一緒に契約書作成の仕事をした浅野一郎から突然電話がかかってきた。

「今は東京にいるんだって？　急な話だけどニューヨークに手伝いにきてくれないか」

と、気軽に声をかけてきた。商社から派遣された資源探査の仕事で急ぐものだから、林の情報処理能力とドローンで助けてもらいたいと言った。商社の取引関係で林のドローンは意外と名前が売れていたので、浅野の耳にも入ったようだ。

「浅野さんの地質関係の知識と合わせればドローンで変わったデータが色々とれそ

うですね。映像データ分析の新しい領域が勉強できるので願ったり叶ったりです。是非ともお手伝いさせてください」

林は即諾してニューヨークに向かった。

電話をかけてきた浅野一郎は成都や香港での仕事の後に日本で何年か過ごした後、ニューヨークに資源探査プロジェクトで派遣された。多種多様な人たちが行き交うストリートの石畳の匂いが鼻の奥につくように、後になってもまざまざとマンハッタンの活気ある光景がよみがえる。世紀末の二〇〇〇年にそんな最先端の都市で浅野は海のエキスパート佐藤均を待っていた。

5　ブルーソルジャー …… 星条旗のもとに

佐藤均は東海地方の網元の家に生まれた。だから海洋学を専攻したというわけではないが、国内外の各地で海洋研究に携わり、遠い回り道をした後に中年になって風の強い砂浜のある生まれ故郷に帰ってきた。

小さい頃から海辺の風に鍛えられて育ったので潮の匂いは好きだったが、年々漁獲高の減ってゆく網元を継ぐ気は毛頭なかった。海に慣れているというだけの理由で大学進学後になんとなく海洋学の道に入る。博士課程に入ったばかりのときだったが、海底探査機を使って地形と潮流に合わせた漁業の修士論文を書いたが、それがたまたま米国の海洋研究所の目にとまったのだ。最初は実験に都合のよい晴天の続く西海岸の研究室で働いたが、採取だけでなく養殖を行なう海中研究に技術レベルを上げたとき、潮流が複雑でプランクトンの多い東海岸にあるボストンの大学に移った。そこで心に落ち着きのない根無し草だった佐藤は転機を迎える。

＊

ボストンの港から内陸の西に向かってレストランやこじんまりしたストアが軒を並べていて、佐藤均はその温かな生活の匂いのする道を通うことが好きだった。ボストンの初冬の日暮れは早い。大学からの帰り、まだ厚手の上着を出していなかった佐藤は、夕闇のしめった空気で冷えた身体を暖めるために道沿いの小さなカフェに入った。ドアを入ると外の景色とは全く違う雰囲気の壁飾りが所狭しとばかりにかけてある。中南米特有の匂いのする固い綿の織物や刺繍だが、よく見ると洒落た編み目模様と色合いの温かさが佐藤の好みだった。

「いらっしゃい、コーヒー、スープどっち?」

気さくに注文を取りに来た小柄な女性は恐らくラテン系だ。

「貝のスープもあるのかい」

「ボストンだもの、冬になればクラムチャウダーはどこでも飲めるわよ」

どうも注文を取っていると言うよりは学食で同級生とでも話しているような気楽さだ。まあ馴染むってことかなと佐藤は思って、彼女に声をかけた。

「名前はなんていうのかな。俺はヒトシ佐藤だけど」

「ヒトシ？　呼びにくいわね。頭文字のH、エッチでいいわね。それで注文はクラムチャウダーね」

　有無を言わせず佐藤の呼び名がエッチに決まって注文が通った。初冬の午後遅く、まだ夕飯には早い時間帯なので他に客がいなかった。彼女は親戚のおばさんのカフェをひとりで留守番していたようだ。スープを飲み干して暖かくなる頃にようやくエレナという彼女の名前を聞き出した。出身はスペインだが家はフロリダにあって、ボストンに美術工芸を学びに来ていると言った。同じ大学の学生と研究員だが普段は会う機会はない。佐藤はこの冬の上着を出していなかったことに感謝した。だが、エッチと呼ぶのはやめてくれと、その後も言い続けた。

　エレナと付き合って一年が経った頃、冬休みにフロリダの彼女の家に行くことになった。ボストンからフロリダ行きの最終の航空便に乗ると、青蟹の匂いが充満している。フロリダや中南米から来ているヒスパニックの出稼ぎの人たちが家でクリスマスを過ごすために格安の最終便に蟹を買って乗り込む。時には生きたままの蟹を藁で巻いて持ち込む。休みに故郷に帰る楽しさが蟹の匂いとあちこちで起きる笑い声に溢れていて、佐藤とエレナも幸せな気分になる。佐藤はやっぱり海の匂いが好きだと思う。エレナに会ったときから故郷の海の懐かしさを感じていた。

「エッチはボストンで研究を続けるの？」

年が明けると半年でアンダーグラデュエイトの学芸学部を卒業するエレナは、明らかに佐藤を誘っている。フロリダで一緒に新しい生活を始めたいことは分かっていた。

「海洋研究の分室はフロリダやメキシコにもあるから夏までには考えてみるよ」

佐藤の答えはいつも決まっていたが、特に何か先行きを決めようとは思っていない。故郷の静岡を離れた時からふらふらと水辺で漂う浮き草がもともと性に合っているような、自分でも不思議なほど生活や土地への執着がないことが分かった。日々楽しく暮らしていければそれで十分だ。だが、今はエレナとは別れたくないかな。

深夜にフロリダ空港に着いた佐藤たちをエレナの家から迎えに来ていた。そのままベンツの後部座席に二人で乗って、さらに南へそして西へと向かう。うとうとして夜中を過ぎた頃にキーラーゴの林を抜けた海岸にあるエレナの家に着いた。運転手やメイドのいる家の出だとは聞いていないので、佐藤が驚いているところに両親が扉の外の階段を降りてきて出迎えてくれた。どう見ても日本人が訪れるような場所ではないが、気軽に来てしまった以上は仕様がない。

「ヒトシ・サトウです。お嬢さんにはエッチと呼ばれています。年末の夜分にお邪魔して申し訳ありません」

佐藤にしては珍しく丁寧に挨拶をした。エレナは気にせず、

「彼氏よ」

とだけ言って、さっさと玄関の中に入って行く。

「妹からも伺ってますわ。母のマリアです。娘がお世話になっています」

お母さんの妹さんとはボストンのカフェのおかみさんだろう。

「やあ、よろしく。デイヴィッド・J・エレメンティウスだ。海洋学を専攻しているって聞いているから、話を楽しみにしてるんだよ」

父親は快活な調子で娘の彼氏を迎え入れた。スペイン系の貴族の家柄なのか、紋章をあしらった旗の下に大きな盾や槍が飾られている。ちらっと何をしている家族なのか気になったが、面と向かって聞くわけにもいかない。腹を決めたのだからまずは様子をみよう。クリスマスに東洋の果てからきた日本人を招いてくれたのだから滞在は問題ないだろう。でも来るときの飛行機の中で考えていた結婚は？　さすがに無理かな。目まぐるしく頭を回転させていたが、家に帰ってくつろいだエレナたちとテキーラを飲んで喋っていたら、もう二時過ぎだ。眠気が襲ってきた。まあ明日起きてからまた考えよう。

「すまん、すまん、私たちは冬でも休みの日はシエスタで昼間にゆっくり寝ているから夜更けまで付き合わせてしまったね」

デイヴィッドたちは嬉しそうに目を細めて異国から来た娘の彼氏を見ると、自分たちの寝室に上がっていった。ああ、いいファミリーだと思う。だからこそ生来根無し草の自分が本当は彼らの生活をかき乱しているのではないだろうかと、テキーラの匂いとともに心苦しさが胸にわき上がる。自由の国アメリカでも外国人はこんなものだ。

翌朝目覚めると隣にエレナがいて、とりあえずほっとした。夢でも見ているようだが、エレナが気づいて起き上がる佐藤に声をかけた。

「門の外の林は歩かないほうがいいわよ。冬でもアリゲータがいるから、足をなくすわよ。ボストンのようにはランニングできないのよ」

朝から縁起でもない話だが、アリゲータって、ここは海の中の孤島か。だが冬でも湿気のある沼地の中で、なぜか遠い故郷に帰ったかのような安堵感があった。

冬休みの滞在中に、父親のデイヴィッドからスペイン内戦後のフランコ政権から逃れてきたことを聞いた。彼自身も自由を求めて戦ったが、ファシストから共産主義者まで入り乱れての内乱では、王党派の居場所はなくなったと語った。まさにこの半島の先にあるキーウエストに猫と一緒に住んだヘミングウエイの世界だ。彼の小説を映画化した『誰がために鐘は鳴る』を中学校の頃に故郷の名画座で観たことがある。そのことを言ったら、デイヴィッドが英語の単行本を出してきてくれた。ハードカバーでない手軽なわら半紙本の見開きにはヘミングウエイのサインがある。

昼間はエレナとショッピングセンターに買い物に行ったり、海岸沿いをドライブしてお茶したりで割と忙しいので、夜中や目の覚めた明け方に何度か繰り返し読んだ。英語の小説はやはり中学時代に読んだ「マイフェアレディ」の映画シナリオ本以来だったが、短いセンテンスで感情のほとばしりが溢れて来る表現に、朝方読んだマリアとの別れの場面では静かに涙した。

「どうしたの」

「いや、窓の外の光が目にしみたかな」

エレナに声をかけられても、涙をこぼしたことを気づかれたくなくて、いや気づかれてもいいが、あまり喋れなくて、朝の眩しい光のせいにした。言葉の光が眩しかったのは確かだ。

ほんの一週間の休暇だったが、クリスマスとニューイヤーの思い出深い日々を過ごした二人は、年明けにボストンに帰っても関係は変わらなかった。だがあっという間にやってきた学部卒業の六月にはエレナがフロリダの親元に帰って行った。お互い何をどうこうということもなく、さよならの言葉もなく、ただ離れてゆく、それだけだった。佐藤は何をするでもなく、海洋学を養殖の研究にまで広げて長い夏休みを使った企業との合同技術開発の準備を行っていただけだ。そしてそのまま時が過ぎ、翌年には日米合弁出資による大学海洋ベンチャー企業に移るために日本に帰国した。

その頃から水中ドローンの誘導技術は准教授となった佐藤の考えていた通りに飛躍的な進化を果たした。さらに地下資源の掘削も世界に拡がり、バッテリー成分を含む電気と通信技術の一体的な化合物材料の革新が水中ドローンの無線化と小型化を一気に後押しした。それまで電源も含めて有線でしかコントロールできずに海底探査機という古めかしい名称だった機器が、一気にバッテリーの付いた無線コントロール機器に変わった。その十年後には通信技術の化合物半導体化による自動操縦がカメラという眼をもつことで達成され、ようやく本格的に水中ドローンと呼ばれるようになった。その後、人口知能のはしりであるマシンラーニングという論理構成で自動化を行なったことによって、あらゆる場面での操作性が飛躍的に向上し、技術的には単なる生物などの海洋調査を越え、深海及び海底地中の資源探査を可能にすると同時に、半ば軍事技術に応用できるまで急速に先端化してゆく。資源の探査や武器として応用できるようになったことで、そのエキスパートとなった佐藤均准教授の研究者としての人生は徐々に変わりゆくことになる。

*

遡って一九八七年十月十九日、ロンドンに赴任する前に米国イリノイ州の片田舎で大学の研修を受けていた浅野一郎は、晴れ渡った青い空の下、校舎の中庭にある芝生でくつろいでいた。商社から派遣されるMBA研修などは当時よくある話だったが、浅野の大学時代の成績で選ばれたのは珍しい。上野で喧嘩に巻き込まれて以来、勉強らしい勉強はやってこなかった。この米国留学も企業研修の一環だと思っていたので、週末の企業訪問や観光地巡りでアメリカという国を知り、友人をできるだけ多くつくって帰ることが仕事だと思っていた。

今週末はバドワイザーの故郷、セントルイスの工場でも見学しようかとぼんやり考えていた浅野に、通りすがりのネガンシー教授が声をかけた。

「株が暴落したようだよ。部屋でテレビを見るから君も来なさい」

ビジネスコースで財政学を担当するネガンシー教授は株式投資の経済効果や金融投機となる環境などについて講義していたので、現実の株式相場の動きから目を離すことができないのだろう。そんなふうに軽く考えていた浅野は教授室で他の学生たちと一緒にテレビを見ていて驚いた。まさにテレビ型のコンピュータやモニター画面が次々とニューヨークのオフィスの窓から外に放り投げられている。フロリダでは投資家が証券会社の店舗で銃を乱射して自殺したとニュースキャスターが速報を伝えている。何が起きているのか。暴動のようだ。

すぐに株価暴落の分析を行なうために企業から来ている研修生のチームがつくられ、ネガンシー教授が学生の役割分担を指示した。今から数時間で今後の影響を割り出すのだ。先々週末に二七〇〇ドルをつけたニューヨークダウは先週の五日間で毎日一〇〇ドルずつ下げており、この週明けに一気に五〇〇ドル下げた。一週間ちょっとでニューヨークダウ一七〇〇ドルまで一〇〇〇ドルの暴落だ。ブラックマンデーと呼ばれるようになるこの日を、浅野は後になって青く澄んだ秋晴れのイリノイの空とともに思い出す。

その夜、東京本社への連絡ではニューヨークダウの暴落によりまた円高が進むと浅野は報告した。

一九八五年九月、日本から米国への輸出超過を是正するために米財務省と大蔵省の間では円安の是正を協定し、かつその合意の効果を高めるためにそのことを公表した。そのプラザ合意以降、市場では一ドル二四〇円から一二〇円へと段階的に予想以上に急激な円高が進行した。日本側では今まで売っていたモノの値段がいきなり半値になり、同時に買うモノの値段も半値になる。日本国内の内需振興だと言われても、そんな急激な変化には殆どの企業は耐えられない。従って、そのスピードの緩和のために日本では大胆な金融緩和策も実行されたが、結局一九八七年となる今年の一月には、雪のワシントンへ日本の大蔵大臣が駆けつけて円高抑制を懇願した程だ。そしてようやく、一旦は一ドル一四〇円近くで落ち着くとみられた円高だったが、今回のアメリカの株価暴落で再び円高が進むと予想した。東京でも意見が一致し、すぐに為替ドル売り予約に動く。商社の貿易では輸出入ともにあるので円高・円安いずれに動いてもそれぞれが損益の大きな増減になってしまう。うまく相殺できればいいのだが、商社の取引企業は円高で損をする輸出企業と輸入を増やして儲ける貿易会社に分かれる。

案の定、一ドル一四〇円近くまで円安方向に戻していたドル円為替相場は、ブラックマンデー株価暴落から一週間もしないうちに再び一ドル一二〇円台まで円高が進んだ。このときの浅野の経験が数年後のロンドンでは役立つ。あまり注目されていない中で起きたポンド暴落の予想と、その後の欧州通貨危機への対応で数百億円の利益をカバーする。そのロンドンで為替に対応することになる前の米国研修では、大恐慌を引き起こした一九二九年の暴落を想起させる米国の株価下落がドル安まで連鎖したことで、米国の輸入物価は高騰し、単なる景気後退から物価の高騰ももたらすスタグフレーションに陥ると想定できた。

金融経済の繋がりが国家間や地域単位でそれぞれに住む人々の生活を大きく変えることになる。浅野はメット証券のフロリダ支店で証券マンが射殺されたというニュース映像が眼にこびりついて離れなかった。先進国のアメリカで未だにこんなことが起きるなら、資本主義の下では誰がいつこうなるとも限らないのかと寂しい気持ちになる。アメリカの自由主義に一種の夢を持っていた浅野にとって、今そこにある資本主義は最終的に何をもたらすのかと、少しは深く考えるきっかけになった。だが、いつまで経っても結論の出るような話ではない。

一九八七年のニューヨークダウの暴落、いわゆるブラックマンデーは巡り巡ってアメリカの国際社会における影響力を低下させ、さらに日本マネーを経由して一九八九年の天安門事件へと辿り着く。

八七年米国株の暴落と円高に対して、日本ではさらなる金利引き下げと資金供給を実施したために、リスクを避けて国際貿易や投資に回らないカネが国内土地投機などに向かった。いわゆる不動産バブル経済を発生させた。円高だけのときは内需拡大を進めると政府は言っていたが、米国株の暴落に対応するために日本円のお札を大量に刷った。

その結果、国内投機が起きた。当時は世界第二位のGDPを誇った日本のバブル・マネーがやがて海外に溢れ出す。ニューヨークの高層ビルを買い、ハワイのホテルを買い、そして香港の九龍島再開発に流れ込んだ日本マネーは実は香港の土地建物をレバレッジ、つまり梃子にして一部の資金が民主派の意図により中国本土に誘導された。中国では国有である土地を買えないが、日本政府から中国へ支払われていた戦後ODAに上乗せされる形で学生支援が行なわれた。それは反日教育が常であった中国人の、特に学生の意識を親日に変えたいという儚い願望だったが、香港の情報とともにアメリカや日本の自由な文化が伝えられ、予想以上に若者に民主社会への共感が広がることになった。

そして諸外国の準備のないまま、八九年天安門で民主化デモが起き、スタグフレーションへの国内景気対策で手いっぱいになっていた米政府はあと一歩で中国内の民主派軍閥への助け船が出せず、そしていつもカネだけ出す日本も結果的に天安門の傍観者となった。イギリスは香港を通して何とかしようと中国南方派閥を動かしていたが、北京は遠かった。逆に南方の民主派を北京政府に晒すことになった。多くの学生たちを助けられなかったその悔しさは中国中央政府への対応方針を大きく転換させ、その後は表だった動きはできるだけ見せずに人と人の繋がりをつけてゆく外交的方法に頼るようになった。その態度が表れたのが、数年後に始まる香港返還交渉の場となった。

その頃の欧州はベルリンの壁の崩壊が起点となった。これは第二次大戦後から準備されたと言っても過言ではないドイツ再統合計画に沿って、ドレスデンが動いた。ロシアニコライ二世の金塊をロシア、ポーランド、ドレスデンの銀行の地下金庫、そしてロンドンへと運び込むルートは裏で整備されており、まさにアメリカと日本の動きを待っていたかのように実行された。ポーランドのEU加盟、ドイツの東西統合、イギリスではアイルランド紛争収拾というようにそれぞれの協定証拠金、いわゆる見せ金として機能し、そして最終的にはアイルランド経由でボストンに辿り着き、米国の株価暴落で被ったファンドの損失を補填することになった。

一九八七年にアメリカで株価暴落と円高を経験した商社員の浅野一郎は、その後の八九年から赴任先のイギリスでは金塊探しとポンド暴落に始まる欧州通貨混乱に巻き込まれ、九五年から香港返還交渉に対応することになった。浅野本人はそれまで特に仕事の行き先など気にしていなかったが、考えてみれば二十世紀末の若い頃の経験はそのまま二十一世紀に待ち構えていた大きな地殻変動のような中国の台頭にすべてつながることになる。

＊

一九九九年、浅野一郎は資源プロジェクトの立ち上げのためにニューヨークに赴任していた。翌年、ジョン・F・ケネディ空港で海洋ベンチャー企業のチーフテクノロジーオフィサー、CTOの佐藤均とともに香港から来るドローン技術支援の林孝史を待っていた。浅野と佐藤は前年の東海海洋研究所による養殖実験で知り合ったが、その後に千葉と三重県の沖合で海底ケーブルを敷設する共同事業を行なった。三ヶ月程の船の上の生活でお互いの性格がよく分かっていたので、北米・南米の米州圏を統括する資源プロジェクトの事業パートナーとして浅野が佐藤の会社を推薦した。陸上の資源探査は既に米国子会社で網羅していて、従来からの石炭・石油・岩塩に加えて最近ではシェールガスも試掘の対象になっていた。しかし実際の資源探査は内蔵量の多い海底の場合が多く、技術的にも高度な開発事業となってきていた。まずはフロリダからメキシコ湾沿岸とヴェネズエラ沖からカリブ海、さらには足を伸ばして南米のペルー沖などが調査対象に挙がっていた。

林孝史には九七年香港返還時の契約作業における情報処理を手伝ってもらったが、彼はその後に香港と広東を行き来しながら、深圳で三次元立体画像処理を駆使した自律型ドローンの開発を手がけていた。一度だけ林から香港に導入された一国二制度に関して後悔とも愚痴ともつかないメールを浅野に送ってきたことがあった。本社の取引先の話題でたまたま東京に帰った林のドローンの話題が挙がったので、ニューヨークを拠点とする今回の資源探査プロジェクトに実証実験を兼ねて来ないかと軽い気持ちで誘ってみたのだ。

「浅野さん、呼んでいただいてありがとうございます。香港のときはお世話になりました」

空港の税関を通って出てきた林は以前と変わらない丁寧な言葉遣いで挨拶した。

「よくアメリカまで来てくれました。こちらがお話した佐藤さんです」

「佐藤均だ。海外ではエッチと呼ばれてるんだけど、日本人の前では違う意味になるから気をつけてな。日本人だから分かるだろう」

「もちろん分かりますよ。香港返還のときに続いて今回また日本のお役にたてることは嬉しいですね。地質と地形の相関データなども期待していますよ」

高速を通ってマンハッタンに向かうイエローキャブの中からはイーストリバーを渡る手前で殺伐とした拘置所の建物が見える。タクシーの中でこれからの日程について助手席から身を乗り出して浅野が説明していたが、灰色のビル群に目をやった林がぽつりと言った。

「中央アジアの自治区と同じような収容所の景色ですね、牢獄ですか」

浅野は牢獄と言う古めかしい言葉に驚いて後ろをまともに振り返って林の顔を見た。少し怯えたような、しかし固い意思が混じったような複雑な目の色を見て何のことなのか聞くことをやめた。後になってから滞在するホテルのバーに飲みに行ったときに佐藤が聞き出したようだが、香港を含む中国の一部では民主化を訴える人たちが中央アジアの自治区にある強制収容所に送り込まれているという噂があった。ドローンの実験を成都で行っていた林は一度その収容所の回りからドローンを飛ばしてみたことがあるらしい。すぐに公安に拘束されて映像は没収された。本当に政治犯の収容所なのかどうかは分からないが、黄砂が吹き寄せて砂漠化が進む荒れ地の中に広大な敷地を鉄条網で囲って、次々と灰色の収容所のようなビルが建てられていたということだ。林孝史がアメリカに来たのは少し中国という国を外から眺めたいという気持ちもあったようだ。もちろん、海や陸でドローンを飛ばす技術は開発が容易でない。米国の研究を取り入れてさらに安定した空撮と自律飛行ができるようにすることが本来の目的だ。

翌日からさっそく資源探査プロジェクトのスポンサーとなっている年金ファンドを訪問した。アメリカで企業として動く際には必ずなんらかの資金スポンサーとして関わりのあるファンドに挨拶することだ。総合商社に籍を置く浅野にとっては常識だが、佐藤もボストンの大学研究所にいたときに、米国で研究を続けるためには金融ファンドとの付き合いが大切であることを身近に感じることがあった。フロリダでエレナの両親から聞いた話では、欧州の投資資金は大陸からロンドンに集約されて、さらにボストンを経由して米国の資金となり、ニューヨークで資金運用されることが多い。もちろんボストンだけではなく、ドイツからの移民の多いミネソタや南部十三州貴族のとりまとめだったアトランタなどの米国各地から今も資金が集まって来るのだそうだ。エレナの一族など、スペインのフランコ政権から逃げてきていた人たちもマイアミのユダヤ系ファンドに助けてもらってニューヨークで資金運用していると語っていた。

浅野が二人を連れてマンハッタン南の地区にあるクライスラービルの上層階を訪れると品の良い年配の女性が若い中国人男性を伴って出てきた。彼らは名刺を出さない。身を明かす必要がないというよりは常に身辺を警戒している。浅野の差し出した名刺を見て名乗りもせずに言った。

「日本からわざわざ来て資源探査をやるからには勝算があるのでしょうね。最近の日本の掘削技術の進歩には目を見張るものがあるわ。ただ、今のアメリカはよくわからないグローバリゼーションと環境対応の言葉がはやりだしているから気をつけることね。米国内だと試掘でも簡単に差し止めされるから」

隣に座っていた、見るからに頭の良さそうな中国系の若者がデータを差し出す。

「この一覧が環境問題などで掘削を差し止めされた米国内の場所です。カリフォルニアは連邦裁段階でほぼ全滅、北部もシェールガス油田などの小規模掘削であっても地裁段階で差し止めされる事案が出ており、風当たりが厳しくなっています。それに南部はほぼ原油で掘り尽くされているので、あまり新規の資源は期待できない。こうなると南の方の海に行くしかないように思えますね」

女性は恐らく年金ファンドのディレクターで、若者はそのアシスタントの資金運用担当者だろう。リーと呼ばれた青年は明快だ。女性がさらに付け加えた。

「グローバリゼーションの潮流は発展途上国の乱開発も非難する動きになっているので、中南米でもそう簡単じゃないわ。どうするか、聞かせて」

そらきた、と浅野は身構えた。課題を突きつけて具体的なプロセスを聞き出し、運営の成果を見積もるのだろう。米国内でも試掘するつもりだが、ここは触れないほうがよさそうだ。すっ飛ばして中南米に行こう。

「我々はまずメキシコ湾岸沿いの大陸棚の地質を立体的に泥炭と火山変成岩に分けてその境目を狙います。これからの化合物半導体の精製などで大きな需要の見込める稀少金属・希土類を探査します。既に光分子化合物の特徴をレーザー探査可能なレベルに解析していますので、かなり早い段階で実際の試掘地域を特定できると思います」

「思いますじゃ困るから、三ヶ月で目処をつけて」

リーにハンナと呼ばれた資金運用総括責任者らしいディレクターがシンプルに言う。

「九四年のメキシコ金融危機でみんな中南米投資には懲りてるのよ。米国債まで下落したものだからアメリカ全体で数千億ドルもやられたわ。少しでも取り返してもらいたいわ。しかも、環境問題とか左気味の人たちが騒ぐたびにアメリカ全体のエネルギー自給率が落ちていくのよ」

「では、このスケジュールに沿って一週間ごとに私に報告をよこしてください。よろしくお願いします」

間をおかずにアシスタントのリー青年が淡々と言い、事務手続きを進めるように浅野たちを見回して一礼した。ハンナは既に席を立っていた。とりつくしまもないものだ。

窓の外は摩天楼が広がるニューヨークらしい景色だ。九三年に爆破未遂事件のあったワールドトレードセンタービルが燦然として二つ並んで聳え立ち、その向こうには海の中に立つ自由の女神が太陽に照らされていた。見て美しいと思う。自由に憧れたヨーロッパからの移民が最初に目にする景色だ。ニューヨークは自由な文化のもとに多様な人種が活動していて魅力に溢れている。しかし、こと、ウォールストリートの金融となると、ニューヨーク連銀の暗い地下に並べられた金塊のように冷徹な世界が広がっていると感じられた。

「なんだい、あいつらは失礼だな。技術的な質問もなしかい」

佐藤が呆れた体で言い放つが、浅野が小声で止める。

「聞かれてますよ」

「おう、そうかい」

「そうでしょうね」

最後に林が呼応した。中国では当たり前のことだ。会議室に鏡があれば向こう側に何人いるか分からない。ここはアメリカなので鏡はないが、すべて録音されているだろうことは容易に想像できる。

ハンナの言う通り、欧州での通貨危機はアフリカのセーファーフラン切り下げなどに波及した後にようやく収まったように見えたが、それから間もない一九九四年の後半にはメキシコ累積債務危機に端を発した米国債の暴落によって、米国内だけで合わせて六千億ドル相当の資金が消え去った。一ヶ月も経たないうちに、多くの米国ファンドが出資をしていたメキシコとの合弁企業の株式だけでなく、個人投資家が安全だと思って保有していた債券までも債務不履行、即ちデフォルトしてしまい、単なる紙切れになった。NAFTA、北米自由貿易構想を掲げた米政府のメキシコ関税撤廃方針に追随し、同時に欧州で起きた通貨リスクを避けた米国ファンドや企業がアメリカの裏庭とも言われるメキシコ資本投資に奔走し、金融投機も加熱していた。そのメキシコ資本市場の急激な崩壊により大幅な損失を出した投機筋や株主は金融業界でいうところの三角ヘッジのために、別に安全資産として保有していた米国債を我先にと大量に売却し、メキシコ投資での損失を穴埋めしようとした。その結果は自分たちの首を絞めるように、メキシコの破綻が米国債の価格も暴落させ、米国だけでなく米国債を保有する世界中の国も巻き込んだのだった。これは一九八七年のブラックマンデーよりも損失が大きいと言われた。なぜなら一九八七年は米国株暴落と同時に金融緩和が行なわれ、ドルは下落したものの長期金利の低下で米国債の価格が上昇して株の損失を一部補う形にはなっていたが、今回は米国債の暴落で長期金利が上昇して株が上がる余地がなかったからだ。九四年メキシコ金融危機以降のハンナたち年金ファンドの運用担当者は、いつも何かに怯えるようにひたすらリスクを避けて資金の運用を行なうようになっていた。

ハンナたちに挨拶してからの一週間は全米の主要都市を駆け回らなければならない。もともと一ヶ月ぐらいかけて各州に分散する主要ファンドを回る予定だったが、メインスポンサーであるニューヨークの年金基金に三ヶ月と期限を切られたので、できるだけ早くフロリダを拠点にしてメキシコ湾の沿岸から中南米の各地で調査を始めたかった。

とは言っても、その他の全米各地に点在する資金ファンドを無視するわけにはいかない。やむを得ず、近接した二つか三つの都市を一日で回る五日連続のスケジュールを立てたが、広大な米国では殆どが移動時間になってしまう。東部のボストン、ワシントン、フィラデルフィアは伝統ある教育基金や大学などの公的機関のファンドが多く、応対も丁寧で資源探査が成功し技術が向上するように励ましてくれた。特に実務的な技術開発に関する質問が多く、将来に向けた先端技術の方向性を探ろうとしていると思えた。気をよくして中西部のシカゴ、ミネアポリスからシンシナティ、メンフィス、ニューオリンズへと南に下がって行くと、『よくこんな田舎まで来てくれた』との挨拶に続いて、必ずこの調査からどういうビジネスになってどれくらい利益が上がるのかという金融ビジネスの実務的な質問となった。そして西海岸では、遠くロサンジェルス、サンフランシスコまで足を伸ばしても世界有数の巨大ファンドは環境破壊を避けるべきと、資源探査の話は聞こうともしないことが多かった。日本とのビジネスの繋がりで面会できてもほんの数分で席を立たれることもあった。

「アメリカは広いなあ」

佐藤がため息交じりに言うと、やはり林がフォローする。

「それがアメリカですよ。いろんな考え方があるからバランスがとれるんでしょう。アジアから来た三人に会ってくれるだけでもありがたいですよ」

浅野は東部や中西部とまるで異なるカリフォルニアの態度に戸惑ってはいたが、なんとなく中国系弁護士が市長に立候補するようにもなった西海岸の雰囲気は理解できた。第二次大戦後にハリウッドを中心にレッドパージの嵐が吹き荒れたカリフォルニアは、共産主義を排除したものの保守的になることもなく、自由な気質が連綿と続く。マニフェスト・デスティニーを標榜して西へ西へと開拓してきた歴史はウエスト・ミーツ・イーストのままに日系人や韓国・中国系住民を交えてグローバリズムを進める。これが教科書の見方だ。

そしてカリフォルニアの年金運用担当者の言葉では、グローバリズムは多様性と環境保護ということになる。その多様性の自由により、情報化や電化における最先端技術を追い求め、シリコンバレーに世界中から若い人材が集まった。その若者たちを支援しているのが彼ら地元の投資家たちだ。カネ・モノ・ヒトの循環をカリフォルニア州の中で完結しているようにも見えた。だから何となく狭苦しく、逆に排他的になっていないかと浅野は感じる。ロンドンに集まるコモンセンスの人たちが自ら発揮するバランス感とは明らかに違って、自由と言いつつ『こうあるべき』という何か義務やルールに追い立てられているようにも見えた。選挙のたびに二十ページもある投票用紙を読まなくてはならない市民は何を心のよりどころにしているのだろう。

「アメリカも日本もどこでも同じだろう。いろいろな考え方や体制というものが混じり合わないこともあるさ」

割と突き放した言い方をした浅野は、『体制』、レジームという言葉を使った自分にはっとした。レジームにおける支配者とは誰なのか、民主主義は本当に民衆のものなのか、カリフォルニアはファンドというカネが支配する世界のようだと言える。中国が大量のお札を刷って西海岸に浸透してきている。だが一方のロンドンでは、あるいは米東部でも、会話の中では少なくともカネよりもヒトの話が前提として通じていたように思うのだ。

ロスの高層ビルを出てタクシーに乗ろうとした三人は振り返ってファンドがオフィスを構える最上階の方向を見上げた。西海岸からは日本の企業への投資はあまり当てにできないだろう。それは残念ながらその通りとなった。もう一つ浅野が感じたのだが、おカネが席巻する街の息苦しい雰囲気は中国から大量の資金が西海岸に流れ込んで一段と明確になる。先の話だが十五年後にはカリフォルニア州で設立された投資ファンドの三分の一が中国に関係するとSEC（証券取引委員会）で報告された。その間、ファンドを通して米企業に出資するだけでなく、中国人が直接投資することも徐々に拡がることになる。豊富な資金を使った土地購入やビル買収、そしてベンチャー企業の持つ知財権に対する包括使用権の設定に至るまで拡大し、中国系出身者が市長に選出される頃にはカリフォルニア州のGDPが大きく伸び、全米の中でも特に景気のよい話で持ちきりとなった。そして中国が日本のGDPを抜いて暫くしてから政治的な中国の脅威という言葉が散見されるようになる。国家資本主義による実効支配というフレーズが出て来るのは、ずっと後の話だ。ある意味、二十一世紀初頭に中国宥和のための関与政策を進める民主党の考えは二十世紀に共和党の地盤だったカリフォルニアで築かれることになる。共和党の掲げた自由な競争、即ち自由貿易や自由な投資が実は同じ土俵で行われていないとき、そこには個人の政治的自由や選挙という手法のどちらもカネで買われる恐れがあるということだろう。経済に次いで民主主義がカネで買われる、そんな市場の自由とは守るべきものだろうか。

浅野たちの見た米国は分裂していると言っても不思議ではないくらい地域の風土に差があった。だが、捨てる神あれば拾う神あり、今は彼らの事業を理解してもらえるだけでありがたいことだ。

＊

浅野たち三人はアメリカを東から西へと横断して最後に東に戻るような行程で今からテキサスを通ってフロリダへと向かう。テキサスの砂漠の真ん中にあるオースティンでは陸軍ペンションファンドを訪問した。長年にわたって本社が装備品の仲介売買をやっていたので、今回の資源探査プロジェクトでも米陸軍が後押しをしてくれているようだ。本社の高木が誇らしげに百年以上の付き合いがあると言っていたが、それは明治維新からだろうか。ペリーなら海軍だが、陸軍ならハリスだろうか。当時の北軍か南軍か。今となっては経緯が不明だが、明治の日本人が米国に留学したことをきっかけに軍関係との繋がりが連綿と続いている。

建物の受付で大きく名前を書いた入門証をもらって首に掛け、エレベーターでかなり深い地下に降りると、ずっと先に続く白くて広い横穴のトンネルに出た。進んでくださいと女性のアナウンスがあり、三人は歩いて奥の方へと向かう。三百メートルはあろうかという明るいトンネルを進むが、向かい側からも後ろからも米兵が乗ったカートや荷物運搬車が彼らの横を通り過ぎてゆく。奥に着くと、

「お疲れ様です。合格です」

というアナウンスで目の前の大きなエレベーターの扉が開いた。さらに地下に降りてDフロアと書かれた階で金髪の女性兵士が笑顔で話しかけてきた。アナウンスの声だ。

「メアリー・スチュワート准尉です。年金資金運用のアシスタント・マネージャーをやっていますので皆様をお待ちしていました。こちらのオフィスは陸軍基地内にあるので、地下通路を歩いている間に皆様の身体検査並びに人定を終えています。ディレクターへの自己紹介は不要です」

「人定？　何だ」

　この旅では出番がないと静かにしていた佐藤が聞く。林が待ってましたとばかり説明する。

「プロファイリングですね。我々の経歴・専門能力・趣味嗜好を分析してどういう人間かをまとめた報告書ですね」

「そこまでするかね」

　佐藤は信用されてないことが不満なようだ。部屋に通されてすぐに『ディレクター』と呼ばれる財務部門統括責任者が現れた。

「アラン・マッケンジーと言います。今日は資金の話より皆さんの得意分野の技術についてお伺いしたいのでよろしくお願いします。お時間はありますか」

「マッケンジーさん、時間は大丈夫です。何から説明すればよいですか」

「うちのドローン専門家たちもミーティングに参加しますのでもう少しお待ちください。彼らが来るまで今後の探査地域とスケジュールを聞かせてください」

大佐であるマッケンジーは運用する資金から利益を上げるだけでなく、陸軍として利用可能な先端技術の開発をベンチャー企業などと行っている。資金を投入すべき重要な技術開発の一つとしてドローンがあるのだ。陸軍だから海中ではなく空中ドローンだろうと思ったが、空中だけでなく水中探査もあると言った。水路や湖など水中も当然に陸軍としての活動範囲とのことだ。

専門家と言われた若者たちはジーパンTシャツという典型的なアメリカンの格好をしていたが、不思議なことにかえってその格好が研究者や数学者のように見えた。空中だろうと水中だろうと目的物や対象物との距離を測定する空間測位の技術をどのようにプログラミングするかということに質問は集中した。カメラや推進器、バッテリーなどの機器の連携についてはハード・ソフトともに技術工学として進むべき方向が見えていた。しかし、対象物との距離を測定したうえでドローンをどう動かすかまで決める空間測位に関しては、距離測定機器が赤外線だけでなくミリ波レーダーから光波長検出など原理が多岐に渡り、しかもその各測定で得られたデータを分析してドローン自体の動きを制御するプログラムをセットしなければならない。

　ドローンの空間測位だけでなく数式は林のお手の物だ。彼らの受け答えを傍らで静かに聞いていたマッケンジー大佐は、

「ありがたい。君たちとはこれからもやっていけそうだ」

とだけ言うと、後は若者たちに任せて部屋を出て行った。あまり出る幕のなかった佐藤が浅野につぶやいた。

「生きて外に出られないかと思ったよ。まあ、あんたの連れてきた林のおかげだな」

「どっかでお返ししてくれますか」

　林はおどけた様子で言い、数式を書きまくったホワイトボードを前にして楽しそうにパソコンを置いた。

「今の話をすべて数式にしてこちらの人たちと同期化しましたので、今後の探査結果や実証実験データはすべて共有できます」

　準備は整った。資源を発見して事業化する枠組みとして、陸軍ペンションファンドの外郭団体である技術研究所とのＬＬＣ（合同会社）をテキサスにつくることが

できた。

帰り際にマッケンジー大佐が出てきて、立ち話とは思えない難しい話を切り出した。

「途中で失礼して調べ物をしていたんだが、君たちはダラスにあるエイロン・カンパニーという情報通信ベンチャーを知っているかな。いや、知らなくてもその会社を調べて欲しいんだよ。その会社には我々も投資をしているが、カリブ海のタックスヘイブンを通した不透明な資金の流れがあって背景を追っている。これは君たちの資源探査に資金を出していることとは別だが、恐らくカリブ海周辺を回っていればいずれ君たちにも影響が出て来るはずだ。君たちの仕事が成功しても他の国に横から稀少資源をさらわれても困るからね、今のうちに手を打っておきたいんだ」

カリフォルニアの資金スポンサーに逃げられたばかりで資金・技術両面でのバックアップを約束してくれただけに、浅野たちには否も応もなかった。

「情報通信関係の技術を持つベンチャーなら関係があって当然です。もちろん調べて報告します」

浅野はエイロン・カンパニーを知らなかったが、林の顔色を見てその場の一存で応諾した。いちいち本社のお達しを待っているわけにはいかない。ここからは我々のチームとしての活動だ。案の定、林はこのテキサスを本拠地とするエイロン・カンパニーを知っていた。カナダの有名なＩＴベンチャー企業であったノーザンプトンがカリフォルニアの通信インフラ投資事業で破綻したときに、その破綻処理であるチャプターイレブン手続きに関わって数百に及ぶ知財権を包括契約で引き継いだという触れ込みだった。株価操作などの疑いも出ていたが誰もが一攫千金を夢見る草創のＩＴ時代を背景に危ない橋を渡っていたのかもしれない。だが、いずれにしてもエネルギーネットワークの情報通信網を効率的に構築できる新興企業として頭角を現してきたそうだ。

「また知財権の複雑な契約かな」

林から話を聞いていた浅野は思わずつぶやいたが、米陸軍の数式仲間に会えて上機嫌だった林が聞きつけて楽しそうに言う。

「大丈夫ですよ。九七年香港返還のオーバルコードほど複雑じゃないでしょう。そのテキサスの会社の件はさっさと片付けて早くメキシコに行きましょうよ」

と、浅野と佐藤の肩をポンポンと軽くたたきながら白くて広い、そして先の長い地下道を来た方向に向かって歩き出した。

資源・エネルギー・電気・情報通信という、循環する輪のようなカネ・モノ・ヒトの連鎖がどこかで技術的に破綻しつつあるのだろうか。エネルギー安全保障を推進する米政府は、情報通信ハイウエイ構想も持ち出して二十一世紀の効率的な環境に優しいエコ社会を目指すと標榜していたが、果たして技術は追いついているのだろうか。ベルリンの壁が崩壊したときほどではないにしても、なんらかの社会的熱狂の裏には必ずカネが動き、モノとヒトの社会を内部から壊し始める。あのときはソ連が崩壊し、同時進行で欧州金融危機を迎えた。その時代に欧州にいた浅野の頭の片隅には、九四年のメキシコ金融危機を凌いだようにも見える今のアメリカに何か揺らぎが起き始めているのではないかとの不安があった。

浅野の不安は的中する。基地からそのままダラスに向かった彼らは地元の企業をいくつか訪問した後、ニューヨーク年金基金のハンナの紹介で米国歳入庁と連邦捜査局の支部が入る合同庁舎を訪れた。彼らは既にエイロンの捜査に着手しており、その噂が口の堅い仲間内だけに出回っていたのだ。その中のひとりが陸軍のマッケンジー大佐だが、彼は捜査が行き詰まっていることを聞いて浅野たちに頼んだのかもしれない。林は二晩ほどパソコンを前に何百ページにも及ぶ契約書類の写しと格闘していたが、三日目の朝、書類を広げたホテルの会議室にいる浅野とずっと暇そうにしている佐藤に数式のメモを見せて言った。

「どうやら通信回線の売り上げが過大評価されているようですね。このままでは株式で集めた資本金の配当も難しくなるでしょうね」

「粉飾ってことか」

佐藤はいつもストレートに聞く。浅野は数字を見ているが方程式そのものの積分のようだ。林は感心した様子を隠そうともせずに説明を続ける。

「いや、それは当局の判断次第でしょう。この数式にもある通り、通信回線のキャパシティはいくつもの計算を当てはめることができます。ほら、このIT技術は四次元方程式で成り立っているんですよ。恐らく日本のスパコンでも解けない。と言うことはですよ、エイロンのこの新しい技術的な方法論に基づけば詐欺だとは断定できない。つまり、彼らの売り上げ計上の方法は理論的にあり得ないわけではないということです」

テキサスのエイロン・カンパニーは通信回線の売り上げを二重、三重に先計上して売り上げをかさ上げし、黒字に見せかけることで全米からベンチャー投資家の資金を集めていた。集めた資金の一部は米国内で資金繰りのための自転車操業に使われていたが、大部分はマッケンジー大佐が指摘した通り、カリブ海のペーパーカンパニーを経由して非営利団体や財団に分散して中南米各地に送金されていた。

そのうえで大手米銀であるサティ銀行のブエノスアイレス支店に集約されて名義がバラバラの貸金庫に二十億ドルという現金が保管されているようだ。中にはニューヨークからフィリピンのマカチ支店に送金され、そのマカチ支店と通りを挟んだ向かいの銀行支店に現金を移したうえで、その向かいの支店からブエノスアイレスに転送された資金もある。

米国内で使われた資金もカリブ海のペーパーカンパニーや財団を経由して無税の

資金として環流してきたものだ。デュアルカンパニー方式と呼ばれる節税方法として世界中で流行したこともあったが、今は米国歳入庁が脱税として違法化し、その大型案件としてエイロンを捜査中だった。だが、粉飾も加わる投資詐欺・資金流用となると話がまるで違う。株式発行で集めた資金を詐取することは一九三三年証券取引法違反でもあるため、海外の個人・企業であっても投資家保護のための米国法が域外適用される。ニューヨークに株式上場することとは世界の金融秩序の枠組みに入るということであり、その違反に対する米国の処罰と執行力には軍隊も動かす絶大な力が込められている。米ドル建ての為替資金と株式はそれぞれSWIFT（国際決済機構）とNYSE（ニューヨーク証券取引所）の市場制度に集約されるが、その実は赤ワインのグラスを同じテーブルで傾ける無言の契りといざという時の米軍の強制執行力によって維持・担保されていた。

林たちは細々とした取引相手を反面で調査して契約の当事者の連鎖と資金の流れを洗い出した。それでマッケンジー大佐のチームはFBIと一緒にシカゴにあるエイロン・カンパニーの会計事務所に踏み込み、売り上げの過大計上と粉飾決算の証拠を押さえた。浅野たちのチームがテキサスで当て馬のように目立って動くことで目をそらし、マッケンジーが本丸の会計事務所を急襲した形だ。それだけではなく、米陸軍は大手米銀のサティ銀行と内通して、アルゼンチン支店に集められた米ドル紙幣二十億ドルを十三台の装甲車に積み込み、広大なパンパを北へ北へとひた走った。最後はダラスの隣にあるフォートワース空軍基地から派遣した輸送機に積め込んで米ドル紙片の現金を米国まで運び戻したのだ。途中、中国からドイツ経由で資金の確保を依頼されたアルゼンチン軍らしい武装集団が追ってきたが、米軍の特殊部隊が振り払ったそうだ。

「おおごとだな」

佐藤が珍しく感心する。それも当たり前だ。エイロン・カンパニーだけで二十億ドルもの現金を集められる訳がない。ポンド暴落の前にベルギーと英国を舞台にしてＵＡＥ籍の銀行が起こしたＢＣＣＩ預金詐欺事件と同様、アルゼンチンがどこかの誰かに使われたようだった。

中南米も巻き込んだエイロン詐欺事件は、フロリダに着いて本来の掘削調査の仕事を始めた浅野たちにも大きな影響があった。若い頃に佐藤が付き合っていたエレナは九四年メキシコ金融危機の後、父親の仕事を継いでフロリダを拠点とする中南米貿易業のCEOになっていた。それが分かったのがフロリダを拠点にメキシコ湾沿岸とカリブ海を回る準備を行なうため、マイアミのユダヤ富豪が開催するパーティ会場を三人で訪れたときだった。ホテルの海岸沿いにトーチが点火され、夕闇の迫る浜辺で小さなシェリーグラスを片手に会う人会う人に自己紹介する。フロリダでは日本から来たといえば物珍しさから歓迎してくれる。三人がさすがにスシとサムライの話で飽きてきたときだった。

「エッチよね」

あっさりと声をかけてきたのが十二年ぶりのエレナだった。ひとまわり経ったとは思えない艶やかな姿がそこにあった。浅野と林が様子をみている傍らで佐藤は固まっている。

「お友達かしら。紹介してくれる」

エレナはまるで昨日も佐藤に会っていたような調子で普通に話しかけていた。

「ああ、エレナ。エッチはやめてくれ。若い頃の話だ」

何とか答えた最後の言葉が昔の二人の関係を指していたのかどうか、自分でも分からないぐらいなので、佐藤は『しまった』と心の中で叫んでいた。胸がうずいていたのだ。

「タカシ・ハヤシです。情報処理とドローンをやっています。さっきお見かけして美しい方がいると思っていたのですが、まさかフロリダに佐藤さんとお知り合いがいらっしゃるとは驚きました。是非お名前を伺わせていただけますか」

「エレナ・マリア・エレメンティウスです。西側のセントピーターズバーグで中南米貿易の会社をやっていますが、メキシコ危機以降に父の仕事を継いでからは殆どが資金の運用が仕事になっています」

九四年にメキシコ金融危機が起きたとき、湾岸の中南米諸国の物価が急騰して貿易業を営んでいた父親は大儲けしたそうだ。その資金をもとに父親と母親はフランコ政権が終焉した祖国のスペインに帰っていった。それで娘のエレナがフロリダ拠点の貿易業の後を継いだが、残された会社の資金をファンドに投資して資産を増やしていた。九〇年代前半まで米国の中古車などを中南米に持ち込むだけで儲かっていた貿易の方は、次第に下火になっていった。メキシコ金融危機を境にメキシコを始めとする中南米の人たちが米国に出稼ぎに押しかけるようになったからだ。以前なら米国の中古車を母国で買っていた人たちが米国に来て、米国の中で中古車を買うようになった。七〇年代後半の中南米累積債務問題が発生したときも同じような動きがあったが、当時の出稼ぎの人たちは割に早くそれぞれの母国に帰って行った。だが今は米国内のあちこちに五万人、十万人規模の中南米都市がコミュニティとしてでき始めていた。その分、米国で働くためのビザや居住のためのグリーンカードの発行はより難しくなっていた。特にカリフォルニアでは既に中華系の人たちが街をつくって政治勢力ともなっていたために、メキシカンの流入制限はフロリダなどよりもずっと厳しくなった。そのためにサンディエゴ近くのメキシコとの国境の町ティファナでは街中で暴動が頻発していた。

「時間があるならうちに来ない。ファンドへの投資もするけど、技術者としてのあなたたちにとっても興味深い話があるわよ。明日の午後には帰っているから」

名刺を佐藤ではなく林に手渡して会場の人の波の中へ消えてゆく。殆ど喋ることもなくエレナの話を聞いていた佐藤は、離れてゆく彼女の後ろ姿を眺めながら『時代の変わり目』のような落ち着かない気持ちだった。技術の話って何だろうとは思うものの、彼女の会社を訪れる気にはなれない。そんな気持ちはマル無視して、林が元気に宣言した。

「よし明日にでもみんなで行こうか。私は彼女のファンになったよ」

結局、翌日はエレナの会社に電話をして朝からフロリダ半島を横断、午後には西海岸の観光都市タンパの近くにある港町のセントピーターズバーグに着いた。エレナは早速、三人を港に係留している大型ヨットに案内した。

「これは海洋調査のできる設備がすべて揃っているわ。昨日のあなたたちの話していた計画からすれば大陸棚の浅いところの技術調査にはこの船の大きさで十分よね。スピードは駆逐艦並みだからメキシコ湾岸からバハマ諸島ぐらいはカバーできるわ」

さすがに驚いた浅野たちを桟橋に残してエレナは船にさっさと乗り込む。慌てて佐藤が声をかける。

「どういうことだ。いくら金持ちだからって俺たちに何をさせるつもりなんだ」

「資源探査計画に賛同して現物出資をするってことよ。当然うまくいったら配当にあずかるわ」

「それだけじゃないだろう」

「まあ、落ち着いて。これから詳しく説明するわ。デッキにお客が来ているのよ。紹介するわ」

エレナは言葉を句切ってセンテンスで喋るので、決められたプロセスに沿って次々にことを先に進める感じが強い。だが、浅野も林も聞いていて悪い気がしない。佐藤の元彼女ということも夕べ聞いていたが、今起きている状況は別に佐藤との関係が影響しているようには思えないからだ。デッキに入ると応接椅子から立ち上がった長身制服姿の女性を紹介した。

「こちらが沿岸警備隊のマデリー補佐官」

振り返って、

「そしてこちら三名が日本の技術調査チーム、サトウ、アサノ、ハヤシよ」

お互いを最小限で紹介したエレナは、後は任せるといった楽しそうな顔つきでマデリー補佐官と呼ばれた女性を見た。三人には有無を言わせないつもりだ。

「今日はマイアミから来ていただき、ありがとうございます。早速ですが、この高速ヨットで回っていただきたい場所があります。もちろん資源探査の名目で行ってもらい、かつその場所で海底探査をお願いしたいのです」

明らかに犯罪捜査に巻き込まれていると思った林が真っ先に詰め寄る。

「何の捜査か知りませんが、海の上ではさすがに素人の私たちの出る幕じゃないでしょう。協力せよと言うのなら私たちが計画している調査場所の情報は提供できると思いますが、何か囮捜査みたいなことを考えていませんか」

「船を用意したなんて変だと思ったよ。早く降りようぜ。テキサスで道草食ってきたんだから、もともとの仕事の準備をしないと。林が行こうって言ったんだぜ、本当に何なんだよ」

佐藤が見切りを付けて林のせいにしたが、浅野はここまで来て大型ヨットまで揃っている状況を踏まえて、念のために何をするのか聞いた。

「沿岸警備隊の方とは穏やかじゃないように見えますが、何か我々に頼むだけの事情があるのでしょう。まずそれを教えてくれませんか」

マデリー補佐官の説明は明快だ。管轄の及ばない領海外ではあるものの、大陸棚の浅い海に沈めた銅鉱などの金属を受け渡しする瀬取りの船が出回っているとの情報が入った。その海に沈められた銅鉱を探して欲しいということだ。先に瀬取りの位置を特定して、実際に受け取りに来る船を追跡し、取引を遡って関係者を暴くということだ。

「簡単でしょ」

エレナが佐藤に声をかける。

「簡単でしょってことはないだろ」

二人のやりとりが微笑ましい気がして浅野はこれまた独断で沿岸警備隊の話に乗った。

「おいおい、どこまで寄り道すれば気が済むんだ」

佐藤は既にやる気になっていたが、照れ隠しもあって浅野の責任だからなと判断を押しつけた。林はまあやることは変わらないだろうなと自身で納得していたが、危険に対するヘッジは必要だと考えた。

「誰がどう我々を守ってくれるんでしょうか」

マデリー補佐官は申し訳なさそうな顔をして、

「ご存じの通り、公海上なのよ」

とだけ言った。ご当局はどこでもまあそんなもんだろうと林は、

「イエッサー」

と敬礼の真似をしてみたが、誰も笑わなかった。

父の代からメキシコ湾で中南米貿易をやってきたエレメンティウス家ではアメリカ沿岸警備隊との繋がりは深い。ハリケーンなどの災害で運搬船を助けてもらうことはもちろんだが、メキシコ湾では今でも海賊が出るので、アメリカでは密輸船の取り調べだけでなく海賊を撃退するのが沿岸警備隊だと決まっている。カリブ海のグレナダのように急激な政変が起きたときの在外米人の保護のためであれば米軍が

他国にでも踏み込む。だが普段は沿岸警備隊の仕事だ。そして保護してもらう代わりに業者は取引の中で得られた情報を流す。

「佐藤さん、やっちまいましたね」

その晩、三人はセントピーターズバーグの港の風に吹かれながらレストランのデッキで飲んでいた。珍しく酔っ払った林が佐藤をからかう。

「恋人だったんですか。玉の輿だったのに」

などなど、どうも中国に置いてきた令佳を思い浮かべて毒づいているようだ。そこにエレナがやって来て佐藤を連れ出す。海岸を歩いて行く二人の後ろ姿を見ながら林はアメリカの自由の風はいいなあと心底思った。仕事が危ないとか計画外だとかではなく、マデリー補佐官もエレナも何かを守るために国民として同じ方向を向いているのだろう。それは犯罪の取り締まりだけでなく、この国のあり方のような、米国民としての心意気に関わることなのだろうと思う。

エレナの大型ヨットの後部には小型ボートや潜水艇を出すハッチも付いていて、浅野たちの調査にうってつけだ。もともとはフロリダ半島沿岸からカリブ海方面の浅瀬を調査する目的で建造されたものだそうだが、株で儲けた投機家が買い取ってカリブ海で宝探しに使われたそうだ。投機家の熱が冷めると安値で売りに出されていたのでエレナが各地に散らばる貿易会社の従業員のための移動式パーティ会場として使っていた。それぞれの港に停泊しているときはその地域の有力者たちを招いて情報交換することもできた。貿易業だけでなく投資案件を物色するためにも地域ごとのこまめな情報収集は大切だ。

セントピーターズバーグの港をゆっくり出て行く船の甲板で佐藤がぼやく。

「なんでこうなるんだ。沿岸警備隊が乗って来るのは分かるし助かるけど、エレナまで乗ってきたぞ」

「そりゃ、少しはお前に未練があるのかも」

浅野がからかうと、

「あり得ない、遠い、遠い昔のことだ」

「それがいいんですよ。適度な昔の懐かしさってあるでしょう」

林も調子を合わせる。ここ二週間ほどで三人の息が合ってきたことが浅野には嬉しい。海の風とやるべき仕事がどこか心をわくわくさせるのだ。

そこに沿岸警備隊のマデリー補佐官が声をかける。

「皆さんここにいたんですね。私と隊員の二名は表には出ずに艇長たちと運航に専念しますが情報はありのまま確認したいので、各地で船外員と接するときには皆さんこの通信機を付けてください。エレナさんと艇長も共有します。こちらから何かあればこの骨伝導マイクから指示を出しますので従ってください。接近領域外では排他的経済水域であっても我々の強制執行力はありませんので、怪しいと思ったら喋りながら身を引いてください。メキシコの沿岸警備隊とは連携していますが助けを期待はしないでください」

まあ覚悟はしていたが通信機ぐらいは当たり前なのだろう。だがやはり緊張する。

「まさか銃弾は飛んでこないよな」

と佐藤が言うが独り言としてスルーされたようだ。飛んで来ることもあるということかなと浅野と佐藤はまだリアリティがない不安定な感じだが、中国から来た林はなんとも思っていないようだ。

天候がいいと大型ヨットのスピードは駆逐艦並みとエレナが言った通り、二日後には指示された最初の海域に到着した。ここから林が数十キロメートル四方にドローンを飛ばして空中から海の色を撮影すると同時に、光探知機とミリ波レーダーを使って海底の岩盤成分を測定し、異質な物がありそうな場所の目処をつける。海の透明度が高いので波がなければかなりの確率で人工物は見つけられる。それから船で移動して佐藤が海底探査機を船から射出し、実際の海底の様子を目視しつつ、海中分光測定器による岩盤の分子光を解析して異質物を特定する。このミッションで言うところの異質物は何かが分かっていない。だが、海底に沈めて瀬取りで受け渡しをするような物は通常の海底の土壌や岩盤にはない構成の生成物のはずだという理屈だ。金塊などの金属類ならまだ分かりやすいが、麻薬などの粉物だと金属製の容器に入っていない限り海の中では分子光を検出しにくい。

「こりゃやっぱりカリブの海賊の宝物探しだな」

調査を始めてようやく佐藤が楽しそうにつぶやいた。

「たまたまお宝を見つければ、ファンドも大儲けってことかな」

「それは私たちが本来探査する海底資源に比べれば微々たるものですよ」

林がつっけんどんに言ったが、佐藤は海賊の宝探しが好きらしい。

「早くブツを拝みたいものだな」

と、海底の画像を見つめる顔はまんざらでもない。

水中探査機の動作制御も水中カメラ画像の異質物確認もすべてパソコン上で自動確認できるので、ずっと佐藤が海中の画像を見ている必要はない。結局は美しい海の中を見ながら魚なんかを追って手動で探査機を動かすことが楽しいのだ。

「そこが可愛いのよ」

佐藤をみていたエレナが言うので、まあお邪魔はしないと他の皆は探査機器の置いてある研究デッキから離れた。

マデリー補佐官の指示する三ヶ所目の海域で海底探査機から初めて『異質物確認』が出た。大きな金属塊であり、画像では縄がかけられて大きなブイ状の標識も付けられている。空中からのドローン通信でも発信器と思われる電波が確認されている。いわゆる遭難信号のようなものだ。

「分子光の解析ではやはり銅鉱のようですね」

浅野がほぼ断定しているが、なぜ銅鉱なのか。いずれにしても識別信号のような発信をしているということは、数日以内にこの銅鉱を取りに来る船があるはずだ。

マデリー補佐官は船を海岸寄りに数キロメートル移動させて待機することにした。メキシコ沿岸警備隊にも連絡済みだが特に目立った動きはしない。瀬取りで受け取りに来た船を捕獲せずに気づかれずに追跡することが目的だ。銅鉱には縄にしか見えないGPSを付けているが、縄は捨てられる恐れがあるので銅鉱が船に引き揚げられたことを確認するだけだ。船舶レーダーで数キロメートル後を追うと先方にも追跡がばれるだろう。そうなると数十キロメートル後ろで空中ドローンからの追跡が頼りになるかもしれない。最初にターゲッティングしておけば距離をおいて自動追跡できる。

案の定、翌日には海に沈められた銅鉱を回収に来た。その船は迷いもなくやって来てさっさと『ブツ』を引き揚げると近くのメキシコの港に陸揚げした。あとはメキシコ沿岸警備隊と税関の仕事だが、まだ泳がせてその銅鉱の行き先を特定しなければならない。メキシコチームは陸路を追うことになる。一方、セントピーターズバーグを出航したときからエレナチームと呼ばれる佐藤たちは、銅鉱の重さや引き揚げ方にマッチする水深や海底の地形地質などを解析して次の近場の瀬取りポイントをいくつか予測した。そしてその海域周辺を巡って監視をしながら待機していたが、こちらも意外に早くブツ（物）を沈めにやってきた。相当の量の取引が回転しているのだろう。こちらの船はかなり大きい。港に運び込んだ五百トン程度の沿岸漁船タイプと違って一千トン級以上の遠洋航海のできる船だ。しかも速度が速い。

「どこまで行くんだろう、ユカタン半島まで回ったぜ。パナマ運河を渡って太平洋に出るんじゃないだろうな」

佐藤がため息をつく。エレナチームはブツを沈めていった船を追って丸一日は南下を続けていた。

「どうやら行き先はコロンビアの海岸のようね」

マデリー補佐官は行き先がヴェネズエラなら今まで米当局になんらかの情報が入らないはずがないと言う。原油生産国であるヴェネズエラには米南部の石油メジャーが情報ネットワークを張り巡らせているからだ。だが、麻薬取引カルテルが存在するコロンビアなら密輸ルートは多岐にわたるそうだ。コロンビアに上陸されるとぴったり後ろを付いていかなければどこへ消えたかもわからなくなる。我々も上陸するかどうかでマデリー補佐官は艇長と口論になったが、艇長を説得して沖合で降ろしてもらうことになった。浅野は地質学専門として銅鉱の掘削先を知りたいと思っているのだろう。林はドローンを南米の地形で飛ばすことだけで生きがいを感じられるやつだ。我々もと浅野が言ったときに佐藤は「陸に上がった河童だ」と嘆いたが、三人揃ってマデリー補佐官たちを支援することになった。

「これって不法入国じゃないですか」

なんでも分かっている（らしい？）林が珍しく慎重に確認した。

「コロンビア大使館には頼んでおくわ」

答えながらマデリー補佐官は既に銃を腰につけ、二人の若者は当たり前のように自動小銃を背負っていた。日本人には慣れないシチュエーションだが、これがミッドウエストのアメリカだ。ケンタッキー辺りの牧場で保安官が腰に銃を巻いていたときとそう変わらない。アメリカにはアメリカ国民一人ひとりにアメリカ憲法やその修正条項として共通する正義があって、人種も言葉もまちまちであってもアメリカに住んでいればその正義を守ろうとするのが米国民だ。戦って自由や民主主義を勝ち取った国がアメリカ合衆国だという印象は、浅野がイリノイの大学に研修でやって来たときから変わらない。

艇長に説得されたエレナはしぶしぶフロリダに帰っていった。

佐藤は船を降りるときに、

「またな」

と軽くエレナに声をかけたが、エレナは涙を流していた。その涙の意味が分からない佐藤は乗り移ったボートからもう一度だけ、

「またな」

と言ってもう振り返らなかった。

コロンビアの港に上陸してから米大使館の用意した三台の高機動車に装備を積み込んで出発したが、遠い道のりだった、マフィアへの遭遇が懸念されたコロンビア

をまっすぐ南に下り、さらにアマゾン源流に近い森林の中を走り、川も高機動車を大きな筏に乗せて通り抜けた。そして何とかようやくペルーの山岳地帯に辿り着いた。追跡では林のドローンが活躍し、浅野が海の中で採取した銅鉱の成分を解析した地質の分布知識も役に立った。つまりどこかでアンデス山脈に向かうと見てとれたからだ。

眼前に現れた六千メートル級の山の連なりは浅野にとっては資源の宝庫だ。のんびりと牧歌的なイメージとは異なるアンデス山脈の姿が浅野たちに迫っていた。急峻な山の傾斜地を大規模に削り取っている。オーストラリアで見たことのある岩塩を掘る作業にも似て、陸に上がって名前を変えたマデリーチームが隠れて山の上から眺めていると、遙かかなた下の方に米粒のように見える大型トラックが数十台もせわしなく出入りしていた。市街地のあるアンデス山脈の太平洋側から見れば普通の山並みだと思われるが、内陸の東側から見ると尾根の間に恐ろしく削り取られて崩れたような跡地が多数見られた。

「隠し鉱山ですね」

林がマデリー補佐官に聞く。

「残念ながらそのようです」

答える彼女の厳しい顔つきは沿岸警備隊の範疇を遙かに超える事案となったことを示していた。どうすべきかを少しだけ話し合ったが、結局その後は写真撮影によって関係者をできるだけ特定するなど、証拠集めに奔走した。また、マデリーたちが鉱山の一つに潜入したときに拾ってきた銅鉱の成分が海で採取したものと一致した。そして六千メートルの山岳を越えて太平洋側のリマで米大使館に駆け込んだ。

米政府の呼びかけに応じてペルー政府との共同チームが結成され、それから捜査は半年にも及んだ。同時にメキシコで陸揚げされた銅鉱の行き先も判明していた。フロリダに帰った一行はエレナの船で祝勝会を開いたが、その席でマデリー補佐官が守秘義務への署名を前提に事件の概要を話してくれた。

メキシコで引き揚げられた銅鉱はメキシコ高原の砂漠地帯を越えてカリフォルニアに運び込まれ、アリゾナ・ニューメキシコ産の銅としてロサンジェルス港から中国に輸出されていた。中国が米国パソコンメーカーを買収するなど、情報端末の生産国を目指して家電などの電化も進める一方、銅などの電化資源が不足して価格が高騰していた。中国に輸出された銅の支払いについては、書類上ではロスにオフィスのある中国系資本のエンジェルファンドがバハマのナッソーにあるペーパーカンパニーを通して行なったことになっていた。しかし、実際にはエイロン・カンパニーなどが米国内の一般投資家から集めた出資金を分散し、カリブ海タックスヘイブンのケイマン島を経由しペルーなどの中南米各所の関係者に配られていたのだ。ロスのエンジェルファンドは自己資金で支払いを行なったように見せかけて投資家からの出資金を流用し、余った資金はファンド配当として香港経由で中国本土に違法に環流させていた。その後もベンチャー企業などでよく使われるようになった自己配当の手口だった。

「複雑ですね。一見するとおカネに色はないから、問題ないように見えるけど、要はたこ足配当したり、資金を流用したりしているということですね」

林は興味深く確認しているが、佐藤は全く埒外でシャンパンを何杯も空けていたのでお祝いでいいじゃないかと不満げだ。

「まあ、無事に帰って来られてよかったじゃないか。他に言うことはないね」

だが、マデリー補佐官の話では、問題は分散して資金を送った先だった。ペルーの鉱山関係には銅鉱価格を安く買い叩いていたのでほんの一部しか支払っていない。その他にコロンビアやメキシコなど中南米の共産・社会主義勢力、革命テロ組織などに資金提供していた。キューバというのもあった。しかもロスにあるエスクロー口座と呼ばれる物品引き渡し条件付きの現金支払い口座を通して、フィリピン、イラン、イラク、シリアだけでなく世界中の中近東系革命勢力への支援金活動が為されていた。銅鉱がロスから出荷されたことを示すオンボードの船荷証券が各船長から発行されたときに、様々な国の隠し口座へと分散してエスクロー口座の引き落としがなされた。イラクのクエート侵攻の後に九〇年代の中東での長い戦争となっていたため、メキシコ湾の瀬取りに端を発した国際捜査が本格的にFBIと連邦検察局合同で進んだ。その最中、エンジェルファンド設立などに深く関わってこの仕組み全体を知っているとみられたメルロー証券の各国の支店の担当者がほぼ同時期に不審死する陰惨な事件となった。米国のロス支店、ペルーのリマ支店、そして中国の上海支店だった。結局、メキシコ湾の銅鉱密輸事件はエイロン・カンパニーの崩壊とエンジェルファンドの解体の中で黒幕を最後まで追い込めないままに捜査が終了することになる。

「騙されるやつが悪いとか何とか言い放ったファンドマネージャーがいたよな」

酔っ払った佐藤がエレナのほうを見て言う。メキシコ金融危機のときのことを思い出させてしまったと気づいて、すぐに下を向く。

「まっとうに取り返すだけじゃなくて、不正は絶対に許さないわよ」

エレナの言葉にマデリー補佐官が目を輝かせて乾杯をした。

浅野はロンドン時代に遭遇した金塊追跡劇やその後の欧州金融危機を思い出す。あの時は全体がよく見えないままに霧の中を動かされていたようだったが、今回は青空の下、青い海で、より明らかな正義のために働けたようにも感じられた。欧州では自分がまだ分かってなかっただけかもしれないが、やはり地域の特性や文化のような、それぞれのお国柄もあるのだろうと思う。事件の後、メキシコ湾沿岸の資源調査も二ヶ月ほどで終え、ニューヨーク年金基金のハンナにはまあまあの報告もできた。稀少金属を含むいくつかの泥炭地の掘削はこれからだが、原材料事業としての目処もついた。佐藤も林も日本に帰り、浅野はニューヨーク駐在を続けていた。今は一二三丁目のジャズバーで一ドル五十セントのぬるいビールを決められた通りに二杯注文し、それからゆっくり長い夜をオルガンのスイングで楽しむことが金曜ハッピーアワーの習慣となった。

＊

二十世紀末を騒がせたエイロン大型金融詐欺事件とリンクしたメルロー証券銅鉱密輸事件があった後もニューヨークの株価は上昇していた。だがコンピュータプログラムの二〇〇〇年バグ問題を乗り越えた後の初夏にはもうニューヨークダウが高値反転してゆっくり下落し始めていた。ＩＴ業界も株式も世紀末のプチバブルが静かにはじけていく。そして次の年のサマーホリデーが近づく頃には九三年のワールドトレードセンター地下爆破と同じ様なテロがマンハッタンで起こるのではないかと密やかに噂が流れた。誰もが噂を噂として取り合うことはなかったが、その裏では何となく真実味を感じていたのではないだろうか。ニューヨーカーの嗅覚ともいうべき静かに流れる噂話は浅野たちの日本の商社でも流れていた。

「嫁さんがマンハッタンは危ないからニュージャージーへ引っ越そうって言うんですよ」

昼休みに同僚のステファン・カーティス、愛称スティーブがハンバーガーを頬張りながら話し出した。要はスティーブの奥さんがＤＩＡ（情報分析局）に勤めている友人から聞いた話として、マンハッタンでテロが起きるというのだ。

「国際金融の中心地マンハッタンはニューヨーク連邦準備銀行の地下金庫にある六〇兆円の金塊とともに世界一安全なんだろう。いつも君が言ってることじゃないか」

最近になって出回り始めたカップコーヒーをすすりながら浅野が気楽に喋っている。

「そうならいいんだが」

とスティーブは手元のバーガーに顔を落とす。浅野は軽く励ますつもりで言った。

「気にすんなよ」

いつも使うようにうっかり口を突いて出たこのドンマイ（ドント・マインド）という言葉は生涯忘れることができなくなった。

九月に入ってホリデーシーズンの終わり、ニューヨークは緯度が高いので季節的に朝晩涼しくなるのが日本よりも早い。秋の始まりも感じさせる空が晴れ渡った朝、結局誰もその航空機を止めることはできなかった。米国同時多発テロ事件だ。そのとき米国債の取引をほぼ一手に引き受けていた英国系モルスター証券の国債取引部門は行き詰まる。ワールドトレードセンターの上層階にオフィスを構えていたトレーディング部門の人たちが殆ど亡くなってしまったのだ。一九九四年のメキシコ債務危機により米国債価格が暴落したときに国際市場を支えたトレーディングブローカー会社だ。その部門が一瞬で消失したことが何を意味するのか、黒白はっきりさせるアメリカのことなのにその後二十年以上経っても探られることもなく、霧がかかって見えそうで見えないロンドンのような闇の中に留まっている。

その日の朝、浅野一郎はセントラルパークを見下ろすオフィスから朝のコーヒーを飲みながら晴れた空を眺めていた。突然、普段から付つけっぱなしのテレビで飛行機がワールドトレードセンターに激突したと言いながら中継を始めたのだ。自家用のセスナでもぶつかったのかなと思っていたら、目の前のテレビ画面で二機目がぶつかったと言う。画面が繰り返され、大きな旅客機がビルの横腹に突っ込む映像が流される。

ワールドトレードセンタービルのすぐ前にあった日系証券に電話するが誰も出ない。退避したのだろう。さらに南側のチェーシング銀行インターナショナル部門にはロンドン時代に為替相場で取引のあった米人がイギリスから帰ってきていたので電話する。すぐに電話に出た彼は今からニュージャージー側に船で避難するのでチャンスがあったら他の取引先にも伝えておいてくれと簡単に言って、シーユーと電話を切った。後で聞いたところではロウワー・マンハッタンと言われる南のブロックでは災害・テロなどの緊急事態を想定して、西にハドソン川を渡ったニュージャージー州にバックアップオフィスが設置されているそうだ。日系証券の社員も一機目の衝突から三十分でタグボートに乗って避難を始めた。ハドソン川の下を横断する地下トンネルの自動車専用道路もあるが、救急車や軍・警察のために民間は通れなくなっていた。

浅野たちがいる五十九丁目辺りのアッパー・マンハッタンでも程なく高層ビルから退避するように勧告が出た。テロだという情報がＣＮＮで流れる。夜十時のニュースを見た日本の家族からニューヨークの浅野に直通の電話が入る。電話が運良くちょうど繋がったことに感謝しながら、浅野は無事だと言って本社への連絡を頼んだ。ビルを退避することと、今はとりあえず全員無事であることを伝えて、オフィスの業務を停止した。電話を置いたとき、なぜか思わず、

「先が分からなくなったな」

とつぶやいた。テロの恐怖とかではなく、驚きとともに世界全体の先行きに対する漠然たる不安とでもいうか、シカゴの美術館で見たことのある第二次大戦前夜に描かれた絵を思い浮かべた。光と闇が交錯する部屋の中で下を向いて嘆く少女の姿が当時のナチの台頭によって自由なワルシャワ街にもたらされた重苦しさを表現していると説明されていた。なぜかその何の変哲もないシカゴで見た絵が印象に残っ

ていた。電話を置いた後の一瞬が止まったように長く感じられた。

浅野の独り言を聞いたスティーブが声をかける。

「イチロー、早く降りないと。ビルを出るんですよ」

生粋のニューヨーク生まれニューヨーク育ちで日頃から几帳面なカーティスが真剣な眼差しで動きの止まった浅野を急がせる。

「ああ、まただ。デジャブーだ。ロンドンだ」

ロンドン駐在の時にＩＲＡ爆破テロに遭遇して後輩の木村に助けられた。あの時と同じじゃないかと口を突いて出た。

「ロンドンの人類史博物館にもありましたよ。進化の過程は繰り返しですよ。よく分かりませんが馬鹿げたことは繰り返されるんでしょうね。イチロー、さあ立って」

「ああ、そうだ、スティーブ」

一度会えばファーストネームで呼び合うのがアメリカだ。挨拶の一部なのだが動くときには大切な掛け声となる。どんなときでもムーブオンという掛け声とともに前に進む気持ちがファーストネームで呼ぶ間合いだ。

だが浅野はむしろ動きの止まった自分に驚いていた。今までめったなことでは驚かなかった。ロンドンのオフィスでは何が起こったか分からなかっただけだ。落ち着いていたと思う。だが今は違う。航空機でマンハッタンのビルに突っ込むなんてあり得ない。足下の地面がなくなったような落ち着かない胸の内だ。だから「この先がどうなるのか全く想像もつかない」という心底からの驚きだった。カーティスの言った人類史博物館なら人類進化の過程を絵にしていたことを思い出す。猿から人間になるまでの絵を順番に並べて最後に鏡が置いてあり、現代人と書いてあった。そしてその鏡に映る自分の顔と姿がいかにも間抜けに見えたものだ。間抜けな人類は馬鹿げたことを繰り返すのだろうか。機械ならエラーだ。コンピュータならバグのあるプログラムミスだ。コンピュータが進化すれば将来は人が犯すマニュアルミスのようなこんな事態はなくなるのだろうか。

オフィスでは航空機テロだと大騒ぎになり、まだ八機の旅客機がハイジャックされたままで上空を飛んでいるという噂も流れた。通りに降りるとあちこちのオフィスから出てきた人たちが街角を右往左往し、徐々にラジオを聞いている人の回りに集まっていった。まるで昔の映画のシーンのようだ。他のビルの高層階から歩いて降りてきた人たちも集まり始めたのでストリートが混雑した。浅野やスティーブのように歩いてアパートに帰れる人はこのまま帰ることにした。マンハッタンが封鎖されてニュージャージーやブルックリンの家に帰れない人たちはできるだけまとまってホテルに泊まるように手配した。スティーブは連絡のつかない奥さんの職場によってからアパートに帰ると言い残して通りを南へ走って消えて行った。

浅野は単身赴任なのでオフィスから西側に二ブロックしか離れていない八番街のアパートに住んでいた。人でごった返す通りを抜けて歩いて帰り、部屋でテレビをつけたらワールドトレードセンタービルがまっすぐ下に崩れ落ちる場面が流されていた。豪煙が通りの人々に迫っている。やっぱり映画なのか？　日本に電話しようとしたがやはり切れていた。これも後で分かったが、有線回線を束ねる無線の仲介器がビルの上にあって二棟目が崩れ落ちたときに殆どの電話回線は切れたそうだ。恐らく緊急時の回線制限もあったのだろう。地区によってバラバラだったが、少なくとも国際電話は繋がらなくなった。

昼を過ぎて街に焦げ臭い匂いが広がった。パソコンでインターネットを試していた浅野がIP電話（インターネットプロトコル）に切り替えると、午後一時過ぎに日本に繋がった。昼前の時点で米国事業所の全員の安否確認が家族を含めてできていたが、問題は出張でたまたまアメリカに来ている人たちだった。事前に準備した連絡網がなかったために、会社の者だけでなく取引先や顧客など広範囲に渡って日本からの本人宛の問い合わせメールがCC（写し）で入っていた。ワシントンの国防省への墜落の次はロサンゼルスの吊り橋が標的になっているという報道もあって、全米が警戒態勢に入っていた。そのため殆どのケースで本人たちに連絡がとれていなかった。まずニューヨークを中心として確認してゆくが、とにかくワールドトレードセンター付近に行く予定がなければ恐らく大丈夫だろう。ニューヨークマラソンに来ていた取引先の人も自由の女神などの観光は週末で終わっているはずだ。落ち着こう。街は静かだ。一人でPCに向かうとさらにTVのニュースの声だけが響く。

昼前にはネット回線の通常無線接続を迂回してバッファーの移動式仲介器をAT

Tがマンハッタン各所に設置したので、インターネットが最初に復旧していた。それで出張者の持つパソコン宛てにメールを一斉展開して本人からの連絡を待つという方法にした。十年後と違って携帯電話番号によるメッセージ機能やSNSは殆ど使われていなかった。だがもともとその日の午後になってもLTE無線を使う通常の携帯電話回線は緊急使用に限られていたので、ケーブルを使った初期段階の光回線インターネットが活躍した。最新の技術が実際に役に立つときこそ変革の時だと、高校の地学の先生が言っていたことをなぜかふと思い出す。

日本へのインターネット連絡対応が一段落したので、浅野はオフィスに戻ってみようとアパートを出て五十九丁目の通りを西から東に歩き始めた。だが、さっき人混みでごった返していたときとは様相が一変し、通りには人っ子一人いない。クルマも走っていない。朝よりも晴れ渡った青い空の下、真昼なのに誰もいない静かなマンハッタンの通りを歩きながら、世界は変わったと思った。大統領がラジオで市民を励ますとき、World has been changed と言ったのだ。その通りだ。昨日までの世界と今日からの世界は違う。もう戻れない。

この日、二十一世紀が二十世紀とは異なる地政学の次元に突入した。同時にIT技術の進化が新しい形態の戦争をもたらす。

翌日からニューヨークだけでなく全米の各ビルに星条旗がはためき、街を走るクルマには小さな星条旗をつけ、そして行き交う人々の胸には米国星条旗を模したバッジがつけられている。日常を取り戻し毅然とテロに立ち向かう米国民の気概は痛いほど分かる。突然訪れた死に寄り添う気持ちとともにスタンダップ（Stand up）という前向きさは、テレビ局に炭疽菌の手紙がばらまかれる事件のときも萎縮することなく変わらなかった。週末からは大学の同窓生の行方を捜すスティーブやABCテレビから出向でオフィスに来ていた上司と一緒にワールドトレードセンタービルの跡地、爆心地であるグラウンドゼロの片付けや行方不明者探しの手伝いをするボランティアに出た。

浅野自身、アパートの近所にある八番街三十八分署の消防隊員たちの消息が知りたかった。

ほんの先週末まで、よく寝た後の土曜日の昼は近くのカフェでベーグルを食べることにしていた。三十八分署が近いカフェにはユダヤの人たちだけでなく、夜勤明けの消防隊員たちも集まっていた。ベーグルを食べながらイギリスの話をしていた男女の半分ぐらいがスコットランド出身の隊員たちだった。そのうち一人が最初に救助に駆けつけてビルの崩壊に巻き込まれたのか、行方不明だった。瓦礫の片付けの合間に同じスコットランド出身の若い消防隊員のオズモンドを手伝って、グラウンドゼロの周囲の壁に写真を貼って回る。彼にとって、行方不明の先輩隊員はまさに憧れの存在だった。涙を流しながら死体安置所を探して回るオズモンドは、ずんぐりむっくりな体型の割には後ろ姿が小さく見えた。

その後数年経って、彼は故郷のスコットランドに帰ったのだが、そのさらに十年後に乳腺癌を発症した。短いメールで連絡があった。当時グラウンドゼロに集まった救急医療や警察・消防の隊員に男には珍しい乳腺癌とリンパ腺癌が多く見られるようになった。それで壊れたビルの瓦礫に含まれるアスベストのせいではないかと米国で集団訴訟が起きた。日本に帰国していた浅野も訴訟に参加しないかと誘われたが断った。米国民ではない浅野にとって、たまたま会社の辞令でアメリカに出向して、それも素晴らしい街のニューヨークが原因で癌になってもそれも運だ。ロンドンシティの爆破があったときに後輩の高木に助けられたのも言わば運だ。日本に帰ってから十数年が経った頃、オズモンドの癌が見つかってから数年後に会社の人間ドック検診を受けた浅野にも乳腺癌が見つかった。セプテンバーイレブンから十七年近くが経っていた。ステージが割と進行している状態だったので五年後の生存率五〇パーセント以下と言われた。だが、左胸から脇にかけて二十五針分ざっくりと切って患部を削除した後は若いオズモンドと違って年のせいか進行が遅かった。抗がん剤の処方で何度も死にかけては夜中にベッドに座って一睡もしない日々が続いた。それで仕事の途中だったが無理を言って会社を退職した。動けるときはボランティアなどに日本各地を回った。海外駐在が十年以上だったので日本のあちこちを見たいという気持ちもあった。時折、新薬が開発されて女性に混じって化学療法を受けたりもした。だが何と言っても価格が高い。従来の抗がん剤治療を受けてからでなければ保険医療にならないのだ。その頃から今生きていることでありがたい、それでいいと思うようになった。残念だが若いオズモンドのほうが先に亡くなったと奥さんからのメールを受け取った。

二〇〇一年秋から長くて暗いトンネルに入ったような対テロ戦争が始まった。

セプテンバーイレブンの後、アメリカは星条旗に誓う形でスーダン・アフガンなどのイスラム過激派に向けて一気に報復攻撃を加速した。報復が報復を生む泥沼にベトナム戦争が引き合いに出されたが、人々は本土が攻撃された怒りを隠さなかった。だが、本当に武力行使でよかったのか、背後に大きく時間をかけた勢力があるとすればその根を絶つためには金融経済の地政学的な包囲網を組むなど、他にやりようはなかったのだろうか。異邦人だから無責任にそんなふうにも考えるのだろうか。二十一世紀の混沌（カオス）に突入したアメリカはその最初の十年間に国家による武力行使の正当化と情報通信技術の飛躍的な発展による個人の台頭という時代を迎える。ある意味では腕力とスマートさの併存という相矛盾した価値がお互いに深刻な影響をもたらすカオスの時代に迷い込んだのかもしれなかった。統制と分断とが同じ社会に入り交じるカオスだ。そのようなブルーソルジャーとラビリンスとのねじれた組み合わせは昔からイギリスの不思議の国のアリスでは当たり前のことなのだが、コモンセンスという英語よりもユナイテッドステーツという米語に重みがある以上、頭では分かっていたカオスも身体では避けようがなかったと言えるかもしれない。

6　エンディング・プログラム……グレーゾーン紛争の混沌

上海に向かった令佳から一度だけ林孝史に宛てて手紙が来たことがある。浅野や佐藤との資源探査業務を終えてアメリカから帰った後、また日本全国の山野でドローン自動化プログラムの実証実験を繰り返していたときだ。

「ご無沙汰、ロングタイム・ノーシー。日本やアメリカでは気軽に挨拶できるわね。武漢から回ってきた黄（ファン）さんと喧嘩したのでリンに伝えておきます。将来、彼に会うことがあっても付いていかないで。以前の彼とは違います」

電話やメールの時代になって特に切れ味のある令佳からの今さらの手紙は珍しい。逆に新鮮ではあったが、なぜ香港の後に武漢に去った黄と喧嘩したのか、なぜ上海なのか。内容が全く分からない手紙だった。それでも令佳の言うことだから注意しようと思った。日本にいれば自分は関係ないだろうとは考えたが、わざわざ手紙を書いて寄こすのは何か令佳の身に起きているのではないかと心配した。

世間ではセプテンバーイレブンの後にアメリカが起こした対テロ戦争が九〇年代のクエート・イラク戦争とはまるで様相が異なっていることに戸惑っていた。だからその対テロ戦争の枠外で貿易を拡大している中国の内部で起きていることには無関心だった。それがアメリカの対中関与政策の実際のところと言えるかもしれない。令佳の手紙はそのようなことを書いていた。

英国から中国に香港が返還されて以降、米国の関与政策は中国が経済的に裕福になれば二十年、三十年の間に自然と西側の考えに親しみ、最終的には戦後日本で成功したように民主化されるだろうという見通しに拠っていた。中国が香港返還を要求してイギリスとの二国間交渉が山場を迎えた九五年には、CIA（米中央情報局）が将来の中国の経済的な台頭とその軍事的な脅威について分析した報告書を公開した。報告書をとりまとめた当時の米国防次官補は将来に備えた対中包囲網を太平洋沿岸と東南アジアに構築すべきと警鐘した。しかし、ナイ・イニシアチブと名付けられた中国に対抗するための長期戦略は中国の経済発展をアメリカ主導の西側世界に取り込むという関与政策の影に隠れてしまって、政治的には多くを顧みられることがなかった。そのため二十一世紀初頭、ＷＴＯ（世界貿易機関）に加盟して国際的な自由貿易を手に入れた中国は、世界の工場となるための生産増強十ヶ年計画を積極的に進めた。中華人民共和国創立百周年となる二〇四七年に向けた五十年単位の長期対外発展計画の手の内に米中間の貿易拡大を組み込む一方、二百名のロビイストをワシントンに送り込んで対テロ戦争に追われる米政権を懐柔した。その結果が関与政策の名の下に中国の経済発展を支援することになったというのである。香港経由で米国からの投資資金と先端技術の知財権を中国本土に呼び込み、自ら開発することなくでき合いの技術を活用することで国家発展十ヶ年計画も容易に進めることができる。

このような記載は中国では見せられないのだろう。電話もメールも公安当局に情報が出てしまう状況では手紙のほうが安全だったのかもしれない。しかも令佳の手紙の消印は横浜だった。彼女が日本に来たとは限らない。人づてに日本で投函されたと考えるべきだろう。だからやはり彼女の身の安全が心配だ。香港で浅野一郎に会ったときは令佳自身が中国公安側にいるような話をしたと酒を飲んでいるときに聞いた。だからといって安全だとは限らない。

考えてみれば令佳がこのように書いている通りかもしれない。ある意味、返還前の香港から見た現在の中国の見え方ではある。だが、中国内の民主派として米国への期待が薄れていく中での寂しい気持ちも表れているようにも見える。香港のカラオケでテレサ・テンを歌ったときのように、笑ってもう一度会いたい。

後になって分かることだが、その十年後には中国は生産性向上と貿易拡大によって大きな資金経済力を擁し、二十年後には一帯一路戦略の展開によって世界中をその資金に巻き込み、日本を抜いてGDP第二位の国としてもはや自らもその歴史を巻き戻すことのできないほどの力を持つ中で対外進出・強軍化を進めることになる。米国防次官補のナイ・イニシアチブは正しかった。

悩んだ末、林は令佳を捜すために上海に行くことにした。もともと根無し草だ。上海でドローンをやろう。セプテンバーイレブンの後もまだニューヨークに残っていた浅野に電話すると勧める商社の上海支店につないでくれた。もともと深圳で製品開発を始めたドローンなので、深圳に残してきた公司（会社）もちょうど上海に事業拠点を開設するかどうか検討していたところだった。渡りに船か、やはり令佳の導くところに俺の道は準備されているのかと深圳時代を思い返した。

大規模空港建設に沸く上海は既に十分な大都市だった。土地も住居費も高いので高速道路が通じたことを契機に上海から西に三十分ほどクルマで走ったところにある常熟《じょうじゅく》に拠点を構えることにした。

水田と沼地の多い田園都市だが、絵画や音楽の愛好家たちが世界中から集まっていて上海以上に外国人の密度が高い保養地でもあった。山がないことが林にとってマイナスだったが、ドローンを使って家畜を追ったり、野菜や花の集配を試してみたり、田舎ならではの土の匂いとのどかさがあって次第に馴染んでいった。なんと言っても日本ではあまり見かけなくなったゴトサブローのような大きなカエルがあぜ道にいくらでもいたのだ。

ちょっと街に出るときは上海に行けばよい。事業の打ち合わせで上海のホテルに行けば、だいたい高層階の屋上でグラスを片手に花火を見ながら乾杯をすれば話が済んだ。だが、令佳は見つからなかった。商社の上海支店には香港から鈴木が支店長で栄転して来ていて令佳の捜索を気軽に頼めた。鈴木も香港で通訳だった令佳には会いたいと思っていたので探偵も雇って調べてくれたがだめだった。

そうこうしているうちに自在に操れるドローンの人気が急に出て来て、深圳の技術と上海の資金が合体する形で製品開発に拍車がかかった。今までは一個のドローンを操縦することで産業用や観光用に使っていたが、中国らしく一度に数多くドローンを飛ばせないかという注文が増えた。大型数機から小型百機ぐらいまで様々なイベントにも活用できるよう、カメラだけでなく発光器からレーザー照射まですべて小型化することが必要になった。その点、常熟では写真家も多かったのでカメラ開発を手伝ってもらい、前哨ビームライトを製造する自動車部品会社とともに液晶ライトや測距離レーダーの共同開発も手がけるようになった。

中国経済の発展とともに林の仕事も順調に伸びた。香港のときのような令佳のコネがなくても製品だけで国内外から注文が来るようになった。その上海の懐の広さと開放感をこの時期の林たちは味わうことができた。

「幸せだよな」

支店長になって自慢の鈴木が上海蟹を前に杯を傾ける。

「幸せと言うより俺たちはラッキーと言うべきなのかな」

上り調子の売り上げの中には林のドローン取引も入っている。このレストランのカラオケはまるで宝塚のステージだ。カラオケといいながらステージの上では歌のショーが繰り広げられていて、お客が歌うことはない。美男美女の美声が百人はいるテーブルの客席に届く。

令佳を探して何年か経ったとき、黄（ファン）が林を尋ねてきた。挨拶もそこそこに林に尋ねた。

「浅野さんは元気なのかな」

確かに黄と話していたのは浅野一郎だった。林はあまり黄のことを知らない。何度も悔やんでいるが、対外コネクションは黄も含めて令佳まかせだった。

「浅野さんは最近アメリカから日本に帰ったそうですよ」

令佳の手紙はしっかり覚えていたのでやや警戒気味に言った。林がそういう隠し事のできない性格なので黄は笑いながら、

「令佳から何を言われたのか知りませんが、そう構えなくても大丈夫ですよ。私はあなたの味方ですから」

ＩＱ一八〇と言われた黄は「本当はＩＱ一六三だけどね」と言ったことがある。一八〇だろうが一六三だろうが天才と言われるには十分だとそのときは思ったが、敵に回りそうなら一八〇より一六三のほうがいいに決まっている。敵なのか味方なのか、自分たちは何の敵味方の話をしているんだろう。林は急に戸惑った。令佳の側につくのが味方で令佳の敵であれば敵ということかと自分で気がついたのだ。耳を赤くした林を見て黄がまた笑った。ひと息おいて真面目な顔に戻ると、

「まあ、どちらでもいいんですが、今日は商売の話です」

と言いながら落ち着いた調子で椅子に腰掛ける。スーツケースから取り出して机の上に置いた書類の束はドローンに関するイベントの実施計画書だった。武漢市から頼まれたと言う。令佳から黄についていくなと手紙で注意されていたものの、新しいドローンの研究開発は魅力的だ。どうやら、鈴木も商社の仕事として一枚かんでいるらしい。

「日本の技術はすばらしいのですが、ちょっと物足りない面があります」

香港時代の青年の頃と違って年相応にゆっくりと喋るようになっていた黄は日本と中国の違いについて説明し始めた。

個人を中心に研究も開発も行われ、せっかくできあがった製品も個人で使う日本は大変な無駄をしている。林も日本ではひとりでやっているのだろう。どれだけよいものを作ってもバラバラに使っているのでは社会として効率的とは言えない。深圳でも林は集まってきた若者たちと一緒に寄ってたかって新しいものを作り上げることができたではないか。しかも中国の市場は広大だ。多くの人に使ってもらえるだけでなく作り上げた物がどうのように使われるかも予測できない。数はあらゆる可能性をもたらすものだ。

「いつか日本を越える技術が中国にも出て来るでしょう。でも今は日本から学ぶときです。日本に追いつき追い越せが私たちのスローガンです。だから日本でひとり頑張っておられる林先生にも学びたいのです」

それはまず大量のドローンを同時に動かすことだと言う。林は小さいもので百個程度なら自律的に同体飛行ができるようにプログラムできていた。そうは言っても決められたプログラムに沿ってお互いにぶつからないようにするだけだ。まだまだ実地検証で勉強することは多い。だが日本では百個を同時に飛ばす機会も場所もない。それでとりあえずは単独飛行で野山を駆けまわるようにドローンを飛ばせることができればいいと考えたので、ドローン内部のカメラや測距離分析計の連携についてのプログラムを開発している。

「一万個を夜空いっぱいに飛ばしてみませんか」

武漢市の川沿いで花火とともに一万個のドローンが夜空に舞う。ドローンたちが描くものは故郷の街並みや山河に始まり、そして中国で人気になったドラマのおしんやアニメキャラクターもある。その華やかさが目の前でイメージできる。黄の企画はそのときの林にとって感動的ですらあった。

アメリカの次は中国かなとちらっと頭を横切ったときには令佳の顔が浮かんだが、黄についていくことにした。人生で初めて令佳の言いつけを破った。少年に戻った孝史は「直接会って頼まれていれば別だったんだけど」と、ほんの少しだけうずく胸の中で言い訳をする。そのときの林の脳裏には白いワンピースのような服がはらはらと風に舞うリイコの姿がフラッシュバックしていた。

とりあえず武漢市のイベント企画にドローンを使う目的で現地入りした。最初の年は空中の決められた動線に沿って数百個を動かす無線操作だったが、それでも夕涼みで集まった市民に大好評だった。武漢の街の観光用に毎週末、川縁でドローンの演目ができるように予算がついた。日本の役所と違って中国ではこういうときの決定は素早い。観光ポスターに花火を彩るドローンが描かれた。一回一回が真剣勝負だが、その一回毎に若いスタッフたちと改善を進めていく。季節の節目の長期連休ではかなりの予算がつくので、思い切った数を飛ばして驚かせるために操縦スタッフの募集も繰り返した。

年も押し詰まったある日、常熟のオフィスで仲間と撮影データの整理をしていたら久しぶりに黄がやってきた。名目上は林たちの会社のアドバイザーとなっていたが、武漢市とのアレンジや折衝はすべて黄が仕切っていた。彼が深圳のオフィスにも出入りするようになってからドローンの仕事は急速に増えた。それまでの産業用というよりは香港の映画撮影や広東省の観光PR映画など、かなり割のいい仕事が増えて深圳の仲間も喜んでいた。製品を売るというより状況に合わせたオリジナルのドローンをその都度作って簡単な空撮をするだけで契約料が入る。

「瀋陽《しんよう》からドローンの研修生一団が来ますよ」

ノックもしないでドアを開けて入ってきた黄はやや早口でその場のみんなに言う。受け入れてドローンの操縦を勉強させてやって欲しいということだ。だが肝心のプログラミング技術は渡してはならないとも言った。

「操縦は教えるけどプログラミングは隠すということかな」

林が聞くと「その通り」とだけ答えた。要は中国北東部でも既成のドローンを飛ばしたいのだがその中心地の瀋陽市にはドローン操縦士がいないということだった。そしてドローンの自律プログラムまで教える必要はないと念押しした。

「だったら断ればいいいんじゃないですか」

スタッフの楊（ヤン）が何の気もなく聞いたが、

「そうもいかない。お上のお達しですから断れないのですよ」

と珍しく妙にしかめっ面をして説明してくれた。

研修の名目でやって来る十人は人民解放軍、それも中国で最強と言われる瀋陽第一軍の工作隊だそうだ。各地の観光案内のテレビでたまたま空中ドローンが取り上げられたときに北京政府のお偉方が見て、瀋陽軍に司令を出したらしい。

「それは相当のお上ですね。瀋陽軍を動かせるなんて雲上人だ」

林が自分たちのドローンが認められたという嬉しさを隠そうともしないので、黄が話を続けた。

「それがお上に認められていいとも言えないんだ。こっちは武漢軍なんだから」

「武漢軍って、なんですかそれは」

さっき断ればいいと言った楊が聞き返す。彼はもともと常熟にきていた建築家だ。建物や橋などの工作物の設計に長けていて数字に強いので産業用ドローンが撮影した画像の分析などを行っていた。実家は軍人の家系だったが、浙江省の大学で建築を学んでいるときにダビンチに触れて発明家に憧れた。大学を出て常熟で自由設計というコンセプトで建築士をやっていたところを林がカフェでスカウトした。

自由人と自称するぐらいだから黄の武漢軍という言葉に反応したのだろう。

元来、人民解放軍は農民組織と言ってもよかった。だが八路軍の遠征から始まり文化大革命を経て八九年の天安門事件のときには政治をも左右する強大な組織体系となっていた。天安門で事件が起きたとき、北京の回りには全国二十六軍区の解放軍部隊の中でも精鋭と言われた瀋陽軍や武漢軍がそれぞれの方向から集結して、天安門の取扱いの行方を固唾を呑んで見守っていたのだと言われた。どうなれば彼らが北京に入城したのか、他の軍を牽制しただけなのか、いまだにそれぞれの軍区の動きの深層は分からない。

「まあ、北と南の違いだ」

とだけ言って黄は帰って行った。その後数日して武漢市から詳細な指示書が届いた。もちろん武漢とか指示した者が誰か分かるような記載はなく、一種のルールブックのような体裁だった。丁寧にも瀋陽軍の一団に渡すドローン操縦マニュアルが人数分×二部だけ入っていた。黄らしい対応だと林は思ったが、瀋陽でも武漢でも人民解放軍となると何となく大事だ。他の仕事を後回しにして楊たちスタッフを集めると念入りにミーティングした。

緊張して待っていた週明けの一天、月曜日に瀋陽のまさに第一軍の部隊十人が常熟に到着した。林孝史は天が抜けるほど驚いた。令佳たちには驚かされることもあったが、この日ばかりは本当に心底驚いて、そして心が震えた。

やってきた瀋陽軍部隊の隊長はリイコだった。見間違えるはずがない。今も夢に出て来るのだから。

「今日からお世話になります。三ヶ月での完全習得を目指しているので研修内容について忌憚のない意見をお待ちします」

すぐにミーティングに入る十人の分隊員たちは統率がとれている。その中心にリイコがいることが信じられない。彼女は林に気づいていない。気づくも何も源蔵の窪を走った日々は時のかなただろう。日本のことが記憶から消し去られているという感じなのだろう。林は幼い孝史に戻って想像するばかりだ。声が出せないでいるので楊が代わりに仕切ってくれている。林には瀋陽なまりが分かりにくいとでも思ったのだろう。ここでも仲間に助けられている。一人では何もできなかった自分がリイコに何か声をかけることができるだろうか。会えて哀しいという気持ちに自分をどうすることもできなかった。ただただ涙を流し始めた。

「リンさんですか。どうかされましたか」

長机の対面で真ん中に座ったリイコが声をかけた。顔を伏せたままの林は隣の楊の肩に手をかけて席を立つと何も言わずに退室した。後は楊がやってくれるだろう、マニュアルもあるしと頭の片隅をよぎるだけでようやく後ろ手にドアを閉めた。

瀋陽から来た分隊長は郭李子と言った。第二次大戦前に大阪で事業を成功させた父親は李氏朝鮮の血筋だと言った。戦後かなり経ってから面倒を見ていた女性に生まれた李子を材木事業の取引先の里である四国の山奥に預けて自分は半島に戻った。その村がダムに沈むことになって李子は大阪の親戚の下を経由して半島に渡ることになる。そして父親を追って北へ北へと向かったのか、その時の三十八度線を越え、さらには中国国境の河を越え、冬は凍てつく中国東北部の瀋陽に辿り着いたのだろうか。

会議室を出て普段の仕事場に戻った林は息切れしたような胸もやっと落ち着いて

きた。リイコが気づかないとはいえ、話したいと思った。一方的で勝手な話だが言わずにはいられない。まず言ってみよう。アメリカで教えられたようにムーブオンだろう。

その日の研修は短く切り上げられて分隊は民宿に入る。その前にリイコを自分の仕事部屋に呼んだ林がもう一度挨拶から切り出した。

「林です。中国では通称リンと言いますが日本人です」

郭李子は林の仕事場に入ったときから立ったまま心配そうに林を見ていたが、

「大丈夫ですか。何かあったのですか」

と林の挨拶は気にせず親身に声をかけた。そして試作機のドローンやカメラで雑然とした部屋の中を興味深そうに見渡して続けた。

「プロファイルで林先生のことは知っていますが、具合でも悪かったのですか。さっきは少し驚きましたので、私もお話ししたいと思っていました」

日本人であることは特に気にしていない。それよりも研修の責任者が声を出さないとはいえ目の前で突然泣き出したのだから分隊長として確認したいということだ。なんでもない様子だ。恐らく今は昔のことを思い出すことはないだろう。

「小さい頃の私は日本の四国というところの山奥に住んでいましたが、そこで私はあなたに会いました。リイコさん、タカシです」

林は日本語で説明した。確かに送られてきた郭李子の履歴では日本語堪能と書いてあった。日本人の林への対応だと考えて、そのときは研修リーダーの分隊長が女性とは考えもしなかった。李子という名前が中国では男性を思わせる。それに表向きは男女の区別を書いていないのが人民解放軍の特徴だ。

「ため池にゴトサブローを探しに行ったタカシです」

一瞬大きく目を見開いた李子が、

「タカシ」

とつぶやいて、そして目を閉じた。

「確かにそんな記憶も少しありますが、殆ど忘れてしまって申し訳ありません」

「申し訳ないなんて。こうして会えたことが私には奇跡です。いつか会いたいとずっと思っていたのですから」

とめどなく胸にあふれる感情が一方的だとは知っていた。しかしやはり彼の頭では胸の内に沸き立つマグマのような混沌を整理することができなかった。今の自分は目の前にいるこの人のおかげでここにいると思うからだ。もっと話が聞きたかったが、李子は「宿舎に行きますので」と部屋を出て行った。

その夜は分隊の泊まる民宿で簡単な歓迎会を行った。黄も参加したことが珍しい。瀋陽軍は何から何まで特別扱いだった。第一軍という名誉を得ていたので恐らく武漢軍に関係する黄もいつもの仕事のようには放っておけなかったのだろう。

宴会の間、李子は素知らぬ顔をしていた。横顔を見れば胸がうずく。自分はバカだと思う。言わなければよかった。瀋陽軍の分隊長が日本の幼なじみに会ったと言えるはずがないだろう。バカだ。今度は自分を責める気持ちで胸一杯になり、自ら杯を重ねた林は酔っ払った。珍しく宴会に顔を出していた黄が「珍しいですね」と林に向かって言う姿がゆがんだかと思うと林は気を失った。張り詰めた胸が裂けたような、いや、胸の中で何もかもがごっちゃになったような混濁に落ちたような感じがして意識が飛んだ。

気がつくとベッドの上だった。夜中を過ぎて朝方かもしれない。寒かった。

「気がついた？」

優しく明るい声がした。懐かしい声だ。声は年がいくつになっても変わらない。どうやら近くの李子の部屋に運び込まれたらしい。屋根の板が寒々しいが身体は動かなかった。手足を少し動かした。

「寝ていたほうがいいわよ」

李子が続けて独り言のように小声で言ったとき、黄が大きなペットボトルを持って入ってきた。

「これはダメですね。郭さん、今日は休みですからこのまま頼みます。お知り合いなんでしょう」

黄の声が遠くに響く。ああ、昨日だったか、部屋で李子に打ち明けた話を聞かれていたんだな。

「知り合いというほどでもありませんが、寝顔を見ていてかすかに思い出しました。昔の面影がありますね。でも軍には報告しないでください。黄さんにとっても武漢軍にとってもそのほうが都合いいでしょう」

都合って何だろう。李子の「いいでしょう」と言う語尾が質問なのか念押しなのかが判然としないまま、黄が持ってきたペットボトルを李子に飲まされた。また眠りに落ちる。太陽の匂いがする。楽だ。なぜか李子がいるだけで山奥の草原のあの晴れ渡った日差しの下に戻れた。

リイコと一緒に過ごす夢の中のような研修も年を越して三ヶ月が過ぎ、瀋陽軍から来た分隊員は冬の間にマニュアル以上の操縦技術を身につけ、東北地区の各出身部隊へと帰って行った。郭李子は瀋陽中央駅前の本部勤務だ。その後も李子と手紙のやりとりをした。お互いに家族に宛てた近況報告のようなぎこちない内容だったが、林は次に会える機会を楽しみにしていた。夏には休暇を取って会いに行こう。

＊

その頃の中国経済はまさに躍進の途上であった。新世紀の始まった二〇〇一年に決定した北京五輪が二〇〇八年のこの夏に迫っていた。オリンピックスタジアムの工期遅れも環境問題も何のその、中国初開催のオリンピックに向けて全土でお祭り気分が盛り上がっていた。中央執行部はまさに二〇〇一年にWTO（世界貿易機関）に正式加盟してから本格的に市場経済の荒波に乗り出した中国が成功したのだとアピールしたかった。いつのどの時代でもオリンピック開催地の意気込みとはそういうものだ。黄海に面した海を往復するヨットレースのための海藻除去のために佐藤均が呼ばれたのも二〇〇八年の春だった。海中ドローンで根っこから藻を刈らないといつまでたっても湾の一面に浮かぶ藻が減りそうもなかった。

「沿岸の海底にかなりの泥が堆積しているので難しいミッションになるぞ」

と佐藤は楽しそうに林に言った。久しぶりだが二人の間に距離感はない。アメリカの資源探査から帰った佐藤は水中ドローンを使った海洋研究者の先駆けとしてあちこちに実験に出かけていた。同時期に林は空中ドローンを使ったパーフォーマンスショーの裏方として業界では有名になっていたので二人とも別々に北京に招聘された。もちろんアドバイザーとして呼ばれただけで、実施するのは五輪委員会から委託された中国企業だ。この委託先企業にも黄が関わっていた。林は薄々感づいていたが特に政府や軍関係のことには触れないようにしていた。一度だけ李子とのことを言い訳しようとしたが、彼は淡々としていて林の言い訳を遮った。

「北の瀋陽、南の武漢はそれぞれ軍管区特有の立場がありますので、李子さんとの関係をとやかく言うつもりはありません。もちろん、令佳との関係もそうです。令佳から何か言われたのかもしれませんが、彼女と私は南の中で今でも目的は同じですが、立場によって手段が異なるだけですので心配には及びません」

黄の冷静さは変わらないが、令佳の話が出て来るとは思わなかった。

「彼女は三月のチベット自治区の暴動騒ぎにも行ってるはずですが、最近はあまり連絡がとれないですね」

チベットでは主教が海外に亡命してから残された自治区住民の不満が街頭デモになることが多かった。観光で各国から多くの人々が行き交ったチベットの狭い通りがデモに参加する住民で埋まったが、そのことによって観光客が減ったところを中国人が本土から来て投資を行い、小さな街の景気を左右するようになる。少しずつ人もお金も中国に入れ替わってゆく中でチベットのアイデンティティーの先行きが問われる暴動だった。伝記をもとにしてハリウッド映画にもなったが、結局その時の米政権は見て見ぬふりをしたと言えるだろう。

令佳がどういう活動をしているのか分からないが恐らくは香港のときのように民主化を支える立場で動いているのだろう。黄と手段が違うという意味も黄が武漢軍の関係者に近いことの逆ということや香港と深圳でのコネクションづくりから考えれば令佳は文官として民主化を支援しているのかもしれない。いずれにしても黄はそれ以上話すことはなく、林も聞かなかった。その場限りで話は終わった。広大な中国だからこそ中央集権下とはいえ北と南では考えが違うと言いたかったのかもしれない。そして南の中でも道を違えることがある。林は李子と令佳のことにばかり気をとられていたので、まさか後に表面化するような北と南のせめぎ合い、軍も巻き込んだ政治闘争の渦になっていくとは思いもよらなかった。そんな時にオリンピックの準備に忙しい北京で佐藤に会えてほっとしたものだ。

五月に四川省で大地震が発生、マグニチュード8、死者行方不明八万人の大惨事となった。五輪開催を前に国家の緊急事態として全国から救助隊が動員される。その派遣部隊の中に瀋陽軍の郭李子もいた。四川省成都から北東へ百キロメートル以上入った山奥の幼年学校の校舎が崩れ落ち、瓦礫の中での救助活動を一週間以上続けていた。十六時間連続で活動して朝交代のために野営地に戻る途中の細い山道、道端には寄宿していた学童の安否を知るために遠くの家から来た家族のテントが張られている。自分が南から北へと三十八度線を抜けるときも同じようなテント生活だったと、虚ろな目で一つのテントを見やった先に朝の柔らかな陽光に照らされて女性がしゃがんでいた。真っ赤な緊急用の上着を羽織って足下に横たわる子どもの心臓マッサージをやっているのだろうか。

「大丈夫ですか。お手伝いしましょうか」

と李子が声をかけると、

「早く台車を持ってきて。なんでもいいから」

令佳だった。林と出会って瀋陽に帰ってから林の経歴を調べた中に写真付きで彼女のプロファイルがあった。

「令佳さん、リンさんと深圳で一緒だった令佳さんですよね」

武漢から派遣された看護兵の一人として来ていた。一眠りして夕方、野営地で令佳を尋ねた。上海の近くの常熟に行ったこと、林のことを思い出したこと、林が令佳の言いつけを守らなかったことを気にしていたことを話した。李子のことをリイコとして林から聞いていた令佳はまっすぐ前を見つめる目で李子の話を聞いていた。そして言った。

「遠い昔のことね。リンが気にすることじゃないわ」

それよりも黄が武漢軍内部でも中央統制に反対する強硬派として重用されていることをリンに伝えて欲しいと李子に伝えた。瀋陽軍の郭李子に伝えるのではなく、リイコとしてリンに話して欲しいと言う。

「直接会って話してもらえませんか」

二月にリンに会っている李子はリンに会わない令佳が理解できないのだ。自分たちは一人の日本人を取り合っているのではなく、押しつけ合っているのか。ふとそんな不思議な気持ちにとらわれた李子がはっきりと瀋陽軍の郭李子に戻って核心に触れた。

「北京を管理統制しようとする瀋陽軍長老に対して、中央統制を嫌がる武漢軍の若手幹部は西部と南部で民主化運動を武力で支援しようとしていますね。それでいいんですか。あなたは武力を否定してこれまでやってきたのでしょう。香港を失ったイギリスの資金も背景にあるでしょう。だからといって裏で武漢軍に使われるリンの技術を見放すことはないじゃないですか。プロファイルでみてもあなたがこの国でリンを育てたんですよ。リンはそれがどういうことか分かっているから、あなたの言いつけに背いて黄の下でも技術開発に没頭したことを謝りたいのよ。まだ今ならリンが巻き込まれずに済むわ」

ひと息おいて李子は、「だから直接会って話して」と繰り返した。

＊

同じ時期、中近東での対テロ戦争の泥沼化に嫌気がさした米国民は民主党への政権交代を選ぶ。二〇一六年まで八年続くアメリカ一強による平和主義の台頭だ。アメリカの中国に対する関与政策が明確になったことは北朝鮮のテロ支援国家の指定を解除したことでも分かる。八七年の大韓航空機爆破事件に基づいた指定から実に二十年ぶりだった。

その年の情勢はアメリカの同時多発テロ事件、セプテンバーイレブン以来の節目だったと言えるかもしれない。中国では夏の北京五輪を前にして五月に四川大地震が発生、八月にはロシアがグルジアに侵攻、そしてアメリカでは九月末にリーデンショックが起きた。米中関係の変化を受けた日本でも、北京五輪を前にした一月に中国製餃子の殺虫剤混入事件から始まり、六月の秋葉原通り魔殺傷事件、年末を控えての厚生次官連続殺傷事件まで後味の悪い話が多かった。だが、やはりアメリカのリーデンショックは先行きの米中逆転の場面を連想させるほど影響が大きい金融危機となった。

二〇〇八年九月二十九日に金融レバレッジを利かせて対テロ戦争の間の景気を引っ張ってきたリーデン証券が破綻する。インベストバンクと言われたが、市場から調達した資金を三十倍以上に拡張して特に土地住宅などの不動産を担保として発行された債券（債務証書）への投資を拡大していた。リーデン証券の破綻は連鎖してその他の大手証券会社ゴードンも大打撃を受ける。モーゲージ金融商品と呼ばれた住宅担保証書の仕組みは二〇〇一年のテロで値の下がった土地や不動産を担保にして資金を集め、その後二〇〇四年頃にはその返済のための資金繰りが破綻しかける。当然のことながらその住宅などには担保能力がないと訴訟を受けることになるのだが、金融界ではそのような訴訟物件を再び安値買いして、その他の住宅・土地、あげくには砂漠などもひとまとめの担保とする証書にしてしまった。払えなくなりそうな債務を他の物件と一緒にすることで債務不履行を一旦は逃れる形となる。そのようなごった煮の債務証書を何件も組み合わせて破綻確率が低いと理由付けして最上級の信用格付けが付けられたトリプルA債券として売り出した。複雑な住宅抵当証券の組み合わせなのでプロにしか売ってはいけないはずだったが、実際には素人同然の投資家に大量販売された。そのようなシンセティック債券（組み合わせ証書を不特定多数の間で流通できるようにした債券）とは、その債券の一部を構成する担保証書の不動産に住宅ローンの利払い停止があったり債務破綻があったとしても全体としては大きな損害は出ないだろうという大量の住宅抵当証書を集めてプーリングしたものに関する過去十年の確率論で構成された。すべての住宅ローンが一斉に利払い停止にならない限り元本割れしない安全債券だと宣伝された。それが信用リスクはないとされたシンセティック・トリプルA債券の正体だった。要は全米で一斉に住宅ローンの支払いが止まると紙切れになるという代物であった。

二〇〇〇年から二回に渡ってそのような不良債権になった抵当住宅を飛ばしてきて、遂に担保不動産の訴訟の結果が出始めた二〇〇八年に信用創造のカラクリがバレたということだ。

日本に帰国して地質と地形の関係性を解析しては資源探査を続けていた浅野は、会社のカリフォルニア支社がシェールガス資源開発権の見返りに大量の住宅抵当証書を購入させられていたと聞いて、ニューヨークに電話した。

ニューヨーク年金基金だけでなく全米年金基金連合の代表を務めるようになっていたハンナは、破綻したリーデン証券だけでなくゴードン証券なども含めて、

「決してあいつらの詐欺を許しはしない」

と言い切った。そして、

「ブロンクスの監獄に送ってあげる」

と冷たい言葉で締めくくった。実際、その後の一般投資家による集団訴訟を通し

て米国内で不良債権を組成した関係者はほぼ全員が訴追された。詐欺を意図して（インテンショナリー）そのようなシンセティック債券を組成したのではなくとも、そういう破綻の可能性があると知りつつ（ノウイングリー）一般投資家に販売したことを罪とした。一九三二年証券取引所法に基づく内部統制ルールの改正規則を適用したことで、過去十年のデータに基づく確率論と数量を集めることに拠るリスク分散をともに否定したことに意義があると言われた。データ分析を生業とする浅野にとってリーデンショックは金融界の話ではあるものの、技術革新は過去の経験と現在の多数決を否定する可能性をもつということに衝撃を受けた。それ以降の浅野一郎は大量データの収集分析に頼ることなく、個別の事象に寄り添ったその場の判断というものを大切にするようになった。それがいわゆる自律分散型処理のプログラミングに繋がった。後にネットを使った中央統制型プラットフォーマーの出現に対抗して、ノード（個別機器）単位の連携ネットワークに基づく自律分散処理を構築する一人となる。そのノードの処理能力が上がれば個別連携ネットワークの担い手がＰＣ（パソコン）から携帯・モビリティ・ロボットへと進み、本当の意味での自律化ができたときにアンドロイドが出現することになる。

シンセティック（複合組成）金融の破綻が大量データの支配を否定し、逆に個別データ処理の道を拓いたとも言えるだろう。政治や経済でなく情報技術の世界におけるメジャーとマイノリティー、1と0の対立と併存の始まりだったかもしれない。

ハンナに「イン・ジェイル」と言われて監獄に送り込まれた国内の関係者は多いが、国外の関係者がいたとすればどうなったのだろう。やはり二〇〇九年のリーデンショックで安くなった土地不動産に行き詰まった企業を買い取ったのは中国系資金だった。二〇一四年までに米国のファンド資金の三分の一が中国系となったと言われる。九〇年代末期のカリフォルニアやエイロン事件で一旦はアメリカの外へ資金を持ち出した中国系ファンドも、中国経済の高度成長を背景にアメリカ国内で投資資金の基盤が完全に復活していた。そして二〇〇八年からの米民主党の二期八年にわたる対中関与政策は、経済が成長すれば中国も日本のように民主化できると米ソ冷戦時代から信じられてきたことの誤りを端的に証明することとなった。それだけでなく、情報通信技術の発達と並行して採用されたその関与政策そのものが中国の政権中枢の南北権力闘争を勢いづかせてアメリカの誤りを失敗へと導く。そして中国本土での一党独裁による中央権力強化の反動が太平洋を越えて打ち返して来る。中国資金・中華文化が再びアメリカに押し寄せたため、中華実効支配を目的とする中国強軍派に関係するワシントンロビイストを排斥する運動も起きた。そのため日本も巻き込まれて外国政府関連ロビイストの立ち入りが禁止された。

日本は金融面では二〇〇一年テロのときの保険金支払いから始まり、二〇〇八年の住宅担保保証書の破綻でも複雑な契約書が読み込めずに米国の損失の一部を肩代わりしたことになる。一九九〇年欧州通貨危機のときの金塊の動きやベルギーのバンコインターナショナル（ＢＣＣＩ）事件での邦銀三千万ドル喪失のように、欧米側の損失の一部を日本が期せずして補填したということもあるかもしれない。

二〇〇〇年代に浅野の感じる被害意識のような感覚に根拠はなかったが、個別の事象と個別のノード（端末）となる人の動きを関連付けてゆけばそれなりの見通しは立つ。たとえそれが過去における見通しというものであったとしても、何か新たな事象に向かったときに隠されたリスクを抽出するための拠り所にはなるだろう。

だが、二十一世紀に入って十年以上も経って、米国がブルーソルジャーとラビリンスの混沌の中に入った状況で本当にこれからも日本はカネだけで済むことなのだろうか。九〇年のイラク・クエート湾岸戦争のとき、カネだけを出す日本は多国籍軍という国際社会の仲間に入れなかったのではなかったのか。東日本大震災の非常時における米軍のトモダチ作戦は古き良き第二次大戦後の民生派の流れが米軍の中にあることを実感させた。しかしその後に日本はそれに応えたのか。有事法制などの規則改正も含めて努力してきたとはいうものの、本当の結果が出るのは中国・ロシア・北朝鮮の脅威が本格的になる二〇二五年以降でしかないだろう。

実は林のように別の見方もできる。アメリカの関与政策が中国の強軍化勢力を国内で有利にさせているとき、日本でもその宥和策に取り込まれて当然のことながら自らを守る自衛隊に関わる憲法改正の議論となる。流れは二〇一一年から二〇一二年に見えていた。それはアメリカから見ると日中の離間策にもなるということだ。中国が日米韓の離間策を仕掛けることは体制の違いから普通のことだが、アメリカにとって二〇二五年に向けた対中政策に見合うインド太平洋戦略を組成しようとすると日中離間策は自然のことだろう。林は中国で李子（北）と令佳（南）の間に揺れることになりそうだが、その前に空中ドローンを開発していたことでアメリカ駐在の浅野に呼ばれて佐藤（水中ドローン）とも一緒に働いた。米中を行き来する林にとって、それぞれの国は何か。どちらからも求められたいと考えるのか、一度アメリカ（エレナ）にも心を置く佐藤と話してみたいものだ。恐らく浅野が仲介してくれるだろう。自分は今まで何となく浅野と佐藤の間を取り持っていたように思っていたが、中国で李子に会って見方が変わった。人々に自分が取り持ってもらっていたのだ。それが求められる人になりたいということかもしれない。

二〇一一年三月一一日、東日本大震災は未曾有の死者・行方不明者、そして被災者を生み、その年は全国が悲しみに暮れた。その後の日本にも打撃を与える。全体として意気消沈した日本経済は当然だが国内の復興に目を向け、海外を忘れたかのようなデフレにデフレを重ねる次の十年が始まった。

震災の数日後だったか、かつての上海支店長だった鈴木は林に連絡して日帰りでもいいから常熟に向かおうとしていた。被災者の捜索などでドローンが大量に必要だったのでとにかく林のチームを日本に引っ張ってきて手伝いをさせようと思ったのだ。平常どおり離発着している中部の空港に行くと前に並んだ母娘がカウンターで途方に暮れている。離陸まで時間がないのでどうしたのかと尋ねると、母娘は仙台からようやく辿り着いて中国行きの航空便に乗ろうとしたらクレジットカードが父親名義で使えないと言う。鈴木はすぐに母娘の分を支払い、早く乗って行きなさいと送り出した。福島の原発事故で多くの中国人が日本から離れて行ったが、彼女らは日本が嫌いになったわけではない。短大で留学で来て以来カラオケでバイトして日本語も習得して住み着いた人たちもいれば、工場への研修派遣で来日してから労働環境が悪くて逃げ出した人たちも日本で生活できた。だから一旦離れても帰ってきて華人一世として努力し、二十年後には日本人になった。その子どもたちは日本人だ。鈴木の話は中国で報道され、親日感が増したとも言われるが、それは大海のうねりへの雨一滴のようなものだったかもしれない。日本にいる浅野、アメリカの心に寄り添う佐藤、そして中国の混沌に迷う林、三者三様の受け止め方がある。

二〇一二年には中国でも日本でも長期政権が成立する。新政権誕生の直前には本人が東北部で一週間失踪したとの報道があったが瀋陽軍幹部との研修会だったとも言われる。復活した日本の政権は東北大震災の復興を掲げ、原発環境問題にも追われる。両国ともに重い荷物を背負って登場したようにも見える。それが林の感覚だ。同じ年、中国は二〇〇八年に工事を開始した北朝鮮との国境沿いの高速道路を完成させる。そのことによって瀋陽軍は有事の際にはロシアのアムール大隊の支援なく三日で北朝鮮国境に展開できるようになった。第一軍としてのアピールは名実ともに達成され、天安門事件で躊躇したことによって北京への展開が半日遅れたという噂を払拭した。

そのために二〇一四年の香港雨傘運動などの民主化運動は一九八九年の天安門事件と同様、中国本土から押し寄せる警察隊と冷徹な管理者による弾圧の波に呑まれてゆく。同じ年、ウクライナでマイダン革命が起きて民主化が進んだかに見えるや、即座にロシアは電磁戦でクリミアを併合する。北朝鮮はミサイル及び核開発を進め、台湾近海には中国から演習ミサイルが着弾するようになる。

長い宥和期間を終えて二〇一六年にはオバマ民主党政権からトランプ共和党政権に移る。同時にそれまで国連でもアジア・アフリカでも中国が台頭してきた国際的な布陣を踏まえてアメリカの政策転換も明確になる。

二〇一七年夏、浅野一郎は東京の会館で大きな楕円形の机を挟んで米戦略研究機関のマック・グリーン主任研究員と話していた。浅野は商社各社だけでなく経団連企業へのヒアリング結果を受けて一気に説明した。本当に伝えたいことは一回限りで言うべきだと考えたのだ。

「中国による実効支配という言葉をご存じですか。北海道では多くのホテルや土地・水源が中国資本に買われるだけではなく、専門学校への留学などを通じて中国からの移住が拡大し、沖縄では沖縄独立ロシア人会と書かれたプラカードを持って中国の人たちが国際通りをデモしている。自衛隊の通信基地の横の二メートル幅の小川が中国系資本によって買い占められている。日本はかつての香港のように中国本土の実効支配を受け始めているのです」

マック・グリーンは研究員らしく静かに話を聞いていたが、中国本土（メインランドチャイナ）という浅野の英語を聞いてにわかに口を開いた。

「浅野さん、気持ちは分かりますがメインランドチャイナと言ってはいけません。アメリカ国内ではかなりな右翼だと思われます。香港返還前の九五年にＣＩＡを指揮していた国防長官が、当時の東京明知大学の学長だったグレイ・クラーク氏が使ったその言葉を引用しています。そのときの国防次官補はメインランドチャイナに対する効率的な中国包囲網のソフトパワー戦略を提案していました。その中で浅野さんの指摘した実効支配の概念も二十年以上前に定義していました」

言い聞かせるような穏やかな口調だが、マック・グリーンが研究員として地政学的情勢のヒアリングに来た目的は達したようだった。予想以上に中国ソフトパワーの浸食が進んでいるのだろうと受け止めた。

「帰って日本の状況を伝えます。民主党政権下でアメリカが取り返しようのない大幅な経済発展を遂げた中国に対しては、この夏から厳しい対応になるでしょう。ただ共和党がどこまで駒を取り返せるかは分かりません。何しろ大統領がイギリスでドックランドを再開発した経済人ですから、香港のときの経済交渉のようになるのでしょうね」

米国による中国への関与政策について、ある種の諦めか失敗を認める痛みを背負っているようだった。東京オリンピック開催など、これからの国内プロジェクト案件に係わるリスクマネジメントの方向性を模索していた浅野にとって、米国の動きは大切だ。風が吹けば桶屋が儲かるが、風を読み誤るとエネルギー資源などの大型案件ほど、あっという間に吹き飛ぶのだ。しかも中国の消費やロシアの資源ばかりを気にしていても、意外と後ろから撃たれることもビジネスでは起きる。アメリカが常に背後の味方とは限らない。

日本の夏の蒸し暑さは地球温暖化と関係なく不快になってきていた。窓の外の青い空に浮かぶ入道雲を眺めては、二十年たった後の黄も令佳もどうしているのだろう、今も繋がりはあるのだろうかと思わずにはいられない。二十世紀末の香港返還のときの彼らの努力は、広大な中国本土に埋もれてしまったんだろうか。徒労感のような胸の重さ、そしてこれから先の世界にかかる暗雲を感じてやり切れない。

香港でも日本でもアメリカでも、いくらでも中国による統制化が周辺自治区へ拡大することを止めることはできたはずだ。ずっと昔、チベットの伝記映画のような人権問題や亡命から端緒は開けたはずだ。ニューヨークで先鋭化した仏教系団体は中国の圧力で消えた。ウイグルでは百万人の収容所がいっぱいだと言う。仏教もキリスト教もイスラム教もそして民主主義も、ただ唯一の権威主義の名の下に自由な行動を認められなくなったのか、止めることができなかった。その後、デフレの中で観光誘致策を推進するなど、経済振興のために中国からの短期入国に対するビザを無くしてパススルーとなった日本は、大学・専門学校から病院・ドラッグストア・介護施設に転職バイトサイト・芸能プロダクションに至るまで、デフレを重ねて不景気のまま、しかも人手不足という日本国内では、接近拒否のような明確な意図をもって抑止しない限りカリフォルニアと同じように華系マネーと華人が席巻してゆかざるを得ないだろう。日本人になって日本財産を持ってくれれば歓迎だが、中国は海外の華人も含めて政府指示を遵守すべしとの法律をつくり、段階的に外国政府スパイ法も施行して内外の統制を強めている。

二〇一七年夏にようやくアメリカが対中関与政策の失敗を認め始めた頃、中国はロシアから購入した空母を擁した艦隊で第一列島線を越えて太平洋に出るようになり、当然のように尖閣諸島領有を主張して海域接近を繰り返すようになった。フィリピン、インドネシアでも各政権にカネをばらまきながら数百隻の漁船という艦船による海上占拠が頻繁になり、一方で第二列島線に沿った太平洋海域では赤珊瑚漁の違法操業が繰り返された。奄美の沖合九ヶ所で海底通信ケーブルが切断される事件もその頃に発生した。一帯一路政策で政治経済的権益の地域統合を図る中国は人民元をばらまいている。同時にその大量に刷り続ける人民元を持続させるためにデジタル人民元通貨を導入し、国内監視体制とともに市場社会を壊すほどの対外資金供給によって、国際的な経済的支配権の確立を目指した。

そして二〇二〇年に世界中でコロナ禍が発生すると、共産党の南北対立は一段と先鋭化し、北の瀋陽軍を中心とする中央集権体制は南の武漢軍を取り巻く上海・広東連合の主要権力者を失脚させ、香港支援者である国内民主派に対する包囲網を狭めてゆく。息子がロシア企業の副社長をしていた民主党の米大統領の出現は、国際的に何もしない米国との印象を広めてしまう。米国が対中関与政策で失敗し、中国の経済的支配が十分に拡大したと判断したロシアは、恐らくクリミア半島に侵攻した二〇一四年の誤った分析をもとに二〇二二年突如ウクライナに侵攻する。常任理事国による軍事行使の相互抑制という戦後の国際秩序を反故にし、核で脅し、もはや世界秩序として後戻りのできない一線を越えてしまったと言える。だがまだグレーゾーン紛争と言うべき段階が続く。そして世界の流れは変えられなくとも局地戦では抑止力を行使すべきという考え方が広がった。自らの国は自ら守る必要があるということだった。

振り返ってみれば中国では主席の二期十年、日本では首相の二期八年というルールを撤廃したことを端緒として地方には中央に対する不信が芽生えたようだ。変化点の最初の要素（エレメント）を知ることはその先を予測するうえで役に立つ。さらにコロナ禍による経済低迷や都市ロックダウンが重なって各国の都市部にも政治不信が広がった。それぞれの国内における左派と右派の潜在的対立を浮き彫りにする事件も起きる。米中間の表向きの友好の中で国内の亀裂が深くなっていった。

令佳は南軍ともいうべき名誉ある武漢軍の文官として揚子江流域及びその南東部

で活動してきた。特に四川地震からこの方は西域で生活支援を行った。本部に戻って幹部と呼べる地位についていたが、その本部自体が閑散としていた。二〇一七年の中央二期目に入った頃から民主闊達の成長路線を進めてきた南の幹部が次々に汚職疑惑などで追放されていった。上海も例外ではなかった。中央指導部の落下傘とも言える幹部にすげ替えられた街はコロナ禍で香港のようなデモを数回行っただけで静かになった。令佳がこれまでやってきたことはある意味では香港返還以来のイギリスの支援があってのことだったかもしれない。だが今となっては自分たちで南の生活を守る必要がある。オーバルコードで早くに今日の中央統制を気づいていた黄は武漢軍の行使力を瀋陽軍に対抗して高めることで北とのバランスを取ろうとした。にらまれるかと思えば逆にそのことが北京指導部から評価されて北京に行った。北京指導部も瀋陽軍一強は具合が悪いということだろう。そしてまだ世界の連携という意味でのオーバルコードを使う機会はあるかもしれないと考えていた。北京に行った黄から令佳に頻繁に連絡が来るようになり、令佳は同時に李子に連絡することが多くなった。林という日本人を介して気持ちが通じた李子は帰れぬ故郷との間の架け橋になろうとしていた。北の第一軍、瀋陽軍の幹部に昇進した李子は北朝鮮との国境沿いの高速道路を行き来する日々となった。実態は北京指導部と北朝鮮との間をとりもつ外交部の仕事だったが、積極的に関わった。

林孝史はその李子に会えていなかった。新型コロナ禍で日本に帰ったためでもあるが、自律型ドローンの完成のため、ディープラーニングに関するプログラム技術研究は日本の大学先端研究所でしかできなかった。そこでは経産省技官の寺崎も参加して自律型ロボットの実用化を目前に控えていた。

浅野一郎は病気で長く勤めた商社を退職していた。地方のボランティアに行くと元気をもらう。佐藤均は海洋研究所でフリーのバイトをやっているようなもので勝手気ままな生活だった。人生ではいわゆる波風がなければいつの間にか離れて行くことが多い。若い頃に交わった三人のそんな三者三様の人生だった。

そして数年後には見えない糸に引かれるように蒼井美紀のもとでまた交わり、西ノ海事変を迎えた彼らはそれなりの戦いをした。

7　セキュア・エレメント……最後のレジスタンス

二〇二七年、西ノ海事変の後に蒼井美紀を中心に自律分散型地域構想が強化され、浅野一郎は全国の地方を飛び回っていた。佐藤均も林孝史も同じだ。最近ではめったに顔を合わせる機会がないほど忙しい身になっていた。

香港返還から三十年が経ったが新型コロナ禍や米中対立に翻弄されながらも、日本はかろうじて国の形を保っており、娘も孫もまあ何とか暮らしている。だが、ここ数年は台湾がおぼつかない状況だ。と言うことは、日本も不安定だ。西ノ海事変の前、佐世保に集合する前日に娘の家に寄った。翌朝、出かける浅野の後ろから孫が声をかけてきて、遠い昔のイギリスの田中絵里子とスコットランドの風景をまざまざと思い浮かべたのだ。

そのときの浅野は九州へ向かう途中だった。自分は何ができるのだろうか、どこへ行こうとしているのか、遙かかなたまで真っすぐに続く道をとぼとぼと歩いていいるような気分が離れなかった。行く道はある。世界中の誰かが寄ってたかって用意した道だろう。ほんの僅かな期間だが、ロンドンで絵里子に巻き込まれたときの欧州のうねりのような変化の感触、そしてその変化に押し流されたようなちっぽけな自分の感覚が身の内に鮮明に思い出されると、今のおぼつかない足取りとは比較にならないほど当時自分は生きていたと思えるのだ。成都から香港、そしてニューヨークでは仕事をこなしたという達成感があった。ただ、今回の予感はあった。蒼井室長から個別にコンタクトがあって仕事の意義を聞いたときから、これが静かに暮れゆく最後のご奉公だろう、日の名残だなと。

だが、そんなことでは終わらないのが世の常か。西ノ海事変に遭遇して以来、日本中を巡りながら地域風土の特徴をデータとして集約した。地勢のデュアルユースのためだ。三者三様の考え、三人寄れば文殊の知恵などと冗談を言い合った浅野たちは日本の山を駆け、海を渡り実証実験を繰り返した。国際的にグレーゾーンとされる紛争の中でも使えるようにデュアルユースという平時有事いずれにも使えるモビリティの開発を目指した。空中・水中の区別なくドローン個別のプログラムを進化させて自律分散型ネットワークの構築を行うことだ。地域を経済的に自立させると同時に不測の事態での局地防御方法を確立することだった。その成否のキーとなる要素（エレメント）が自動化ロボットの活用であり、いざというときに人に寄り添うアンドロイドたちだ。浅野はそのことを盾になって自分を守ってくれたエリから学んだ。

蒼井美紀は二階級特進していたが、犠牲者が出たことを詫びて教育訓練課の技術情報室長のままだ。内輪だけで呼ばれる西ノ海事変、公表されなかった島嶼部での領海紛争の経緯や戦況についてはかなり詳しいデータが揃っていた。二〇一四年にクリミア半島の電子戦で完敗したウクライナは英米の支援のもとでＩＴ技術の人材育成と防衛戦術構築により二〇二二年のロシア侵攻では互角以上に戦ったという。

蒼井室長が四十名ほどの訓練士官を前に力を入れて話す。

「我々も勉強と備えが必要です。それに地域単位で堪え忍べるようになるためには時間も欲しい」

横で聞いていた浅野が各士官のパッドにスライドを映し出し、蒼井が続ける。

「これが地域単位の訓練プログラムです。西ノ海で得たデータをベースにそれぞれの地勢にあった防御シミュレーションを行っています。その結果、各地での人員、装備のニーズは異なります。このデータベースで実地を行い、それぞれに自らの必要項目に合わせたプログラム改編を行ってください。戦術的に独自のプログラムが千変万化すれば、そのこと自体が全体としての戦略になります」

彼女は自律分散型地域構想の専門家として、その有事におけるシミュレーションの多様性が実際に役に立つことを説明していた。浅野のこれまでの理解では、同じようで同じでない行動をとることが相手を攪乱し防御の有効性を高めるということだろう。地勢に合わせた融通無碍な対応をいついかなる時でもそれぞれがその現場で実行できるようにするということらしい。

「問題は技術的にプログラムを完成させてから実務を運用できるようになるまでの期間です。ご存じの通りプログラムを理解しても、相手のその場の出方次第で防御方法も変化しなければ意味がありません。それが情報処理です。ドローンで相手の現在位置、行動範囲推定、装備規模などのデータを瞬時に確認し、自装備との差異を分析して最適行動のシミュレーションを繰り返すということには練度が必要です」

次々とスライドを説明してゆく。

「従って、あなたがた一人ひとりのバディであるＡＩ通信ロボットとのコミュニケーション次第で、情報データ分析に基づく判断が変わってきます。バディのＡＩ判断があなたの判断と異なるということも出てきます。そのとき、皆さんは執行する戦術に責任を持たなければなりません。その点で通信ロボットをバディとする自律分散型防御は日頃から皆さんとの意思疎通が大切になります。皆さんがロボットを信頼できるかどうかという実務運用にこそ、いざというときの防御の成否がかかっているのです」

教室にいる四十名が言葉で理解するのはかなり難しい話だなと思いつつ、浅野は蒼井室長の独創的な発想に基づく情報処理技術ブロックチェーンの開発のすばらしさを認めていた。しかしＡＩのプログラミングは認めつつも、西ノ海事変の現場でバディの通信ロボットと一通り付き合ってみた彼にとってみれば、要はロボットに感情があるかどうかの問題だった。

西ノ海事変の状況に関する質問に浅野が答えて講義が終わる。教室を出て次の地方出張のために装備室に行くとバディのエリが待っていた。浅野をかばってオーバルコードとともに消えたエリだが、アンドロイドとして見た目は修復されていた。

「岩手の花崗岩変成岩盤を調べておきました。実験用に南北の坑道をいくつか試掘して東西にもつないであります。今度の出張では深さと堅さを測定し、地下坑道を通した防衛用長距離光通信の拡散精度を確認することが目的になります」

エリは慣れたもので、効率的な出張を計画してくれる。

「ありがとう。じゃあ帰ろうか」

と言って、浅野はエリを連れて飯田橋に向かった。いつかの蕎麦屋で佐藤と林が待っている。もちろん彼らのバディも一緒だ。

「久しぶり、仕事の方は進んでいるかい」

佐藤が日焼けした顔で声をかけて来る。林も元気そうだ。佐藤が、

「林は何してんだい。まあリンちゃんに聞けばいいんだけどリンちゃんの話だと難しくなりそうだからな」

「そんなことはないですよ。仕事の中身は相も変わらずシンプルですよ。地形と空間測位起点のデータをひたすら集めるだけですから」

自律型ドローンのプログラミングを開発してきた林孝史と通信ロボットバディのリンは北海道から沖縄まで全国各地を回っている。

「まるで伊能忠敬みたいですね」

浅野が言うと林は、

「いや本当に、一歩の長さが大切だと思い知らされましたね」

と真面目に答えた。

「どうしたんだ」

佐藤がいぶかしがる。林に限って想定外という言葉はないような男だからだ。アメリカから中南米に回ったときも平然としていた。その男が思い知らされたというのは並大抵じゃないだろう。今日は話の種が尽きそうもない。ビールをあおり始めた林に代わってリンが説明してくれた。

「ドローンからの映像では顔認証だけでなく、体動でも認証できるようにプログラミングを始めたのですが、まさに歩幅に左右されることが分かってきました」

「歩幅で何が左右されるのかな」

浅野も興味を持った。

「身長・体重・肩幅などの体型だけでなく性格も歩幅に左右されている可能性があるということです」

佐藤が口を挟む。

「それは逆だろう。体型とか性格で歩幅が決まるんだろう」

「いえ、逆の可能性がデータとして見えてきたのでハヤシが驚いているのです」

リンは林孝史のことをハヤシと呼ぶ。

「それじゃ、歩幅を変えれば体型や性格も矯正できるということなのかな」

「可能性があります。正確に言えば、歩幅は脹ら脛の筋肉の重さ・長さ・形状によって決まるので、脹ら脛の筋肉を矯正すれば体格や性格を変えられる可能性があります」

「これはさすがに驚くなあ。不思議の世界だ」

佐藤は参ったという感じだ。顔認証どころか体動認証ができそうで、しかも脹ら脛が体格と性格を左右するということなのだろうか。

「まあ、歩くことが大事ってことでしょう」

浅野が話を引き取ったつもりだが、林が続ける。

「ドローンの空撮を満遍なくやっていると当然ですが人も写るわけです。その偶然に空撮した人々の動きにＡＩが独自に反応してサブルーチンの自動プログラムで解析したら、歩幅と想定される脹ら脛の関係性だったんですよ。で、問題はその先です。人種・民族の違いも見分けて、歩き方と歩幅から日本にいる中国人が選別されてしまいました。そしたら想像以上に中国の人たちが日本にいることが分かってきたんです」

浅野がそんなことは間違いだろうと口を挟む。

「アメリカでＡＩ開発のはしりのときに確か、ＳＮＳで公開して自由に世界中の人間とチャットさせたら四十分もしないうちにＡＩが人種差別発言を始めたっていう、あれかな」

林はきわどい事例にドギマギしながら、

「そうかもしれません」

と答えてリンのほうを見た。

「そうです。我々ロボットバディとして開発されたアンドロイド型ＡＩと違って、マシンラーニングのサーバ型ＡＩを歯止めのない状態で放置するとこうなるという事例です。データ保管のためのクラウドの設定ですら、ＡＩ自らが人種・国籍で分けてしまうのです」

「それは人種や国籍の判別だけでなく、もしかして性格や趣味嗜好まで推定できるのであれば、逆に今はやりの実効支配の見分け方に使えるんじゃないですか」

浅野はリンに問いかけながら、人を選別することが痛みを伴うと分かっていた。

佐藤が言う。

「レッドパージか」

実効支配の浸透度合いについて人を選別して解析することにより、地域の親中派と親米派の動向を把握ができるということか。浅野は思った通りの言葉を出せなかった。佐藤のレッドパージという言葉が割り切り過ぎて危ないからだ。日本はスパイ天国と言われて久しいが、幸いなことに第二次大戦前のゾルゲ事件のようなことは起きていない。逆に言えば、戦後日本はゾルゲ事件のような他国のスパイが気にならない国民になっているとも言える。世界の状況によって味方になる者や敵になる者が決まっていた戦前と違って、誰でもいつでも何にでもなれるということだろう。海外から何気なく来て日本人になる人もいれば、極端な話では本国から二重スパイと言われて日本が好きでも国に帰らざるを得ない人もいる。

陳さんが国に帰るってよと聞いたときの感慨は今でも胸に残る。どうして自由に行き来できないのだろう。中国から来て日本で幸せになってもいいじゃないか。かの国が許さないというなら、ウクライナから避難してきた人たちと同じように日本が守ってあげられないのか。

そんな不思議の国の日本から心理的には遠く離れた中国では、アメリカに対抗するために日本をどう使うかについて手段を考え出すのが当たり前になって久しい。技術導入などの時代が終わり、世界の強国。強軍を目指すときに一石五鳥を目指すのが官僚の義務となり、デジタル監視社会となった中国社会は中央統制に向かって邁進する。中央で重要な案件について誰が決定しているか分からないと言う場合は、国家として既に暴走しているのかもしれない。人がやっていればまだ話し合いの余地はあるんじゃないか、しかしＡＩが暴走したら？　浅野の心の中のおぼつかない路だ。

そんな環境の中で日本のエンディングシナリオがいくつも考案され、一石五鳥の成功確率に基づくデジタルガバメント支配計画が出てきても不思議ではなかった。ＩＱ一六〇以上の子どもたちがアメリカの大学留学から本国に帰って来ると、最初に考えなければならない踏み絵がデジタル監視社会の強化である。どうすれば監視強化できるか、プログラムと情報機器・デジタル人民元を使い、その中央監視システムを確立する。さらに海外への技術支援としてルートサーバを中国本土に置いたまま仕組みだけタダ同然で一帯一路の各国に広げてゆく。天才たちによる情報統制はすべて中華文化・言語への最終的な統一を目的とする手段であり、ＡＩがコントロールする端末を拡散する役目を負っていた。

もし仮に、林が目の当たりにした人の選別プログラムが可能だとしたら、つまりＡＩを使って日本でレッドパージが起きるとしたら、それは中国と同じだ。林は令佳たち、中国の中で苦労して民主主義を守ろうとしてきた人たちのことを思うと、中国であれ日本であれ、集積されたデータで人を選別することはどこかで間違うことになると考えている。だからこそ、一人ひとりの繋がりが信頼関係にあってこそ、民主主義は守れるし、結果的に自由でいられるはずだと思う。資本主義でも共産主義でも民主的な手続きは守られるべきだが、どうすれば、いやどうなれば民主的と言えるのだろうか。自由に言論を認めれば、ＡＩと同じで人種や国籍で差別的な取扱いをすべきとの世論にもなりかねない。

だが、何もしなければ国家資本主義を統制する独裁国家が資本主義の自由を使って民主主義国家を乗っ取ることもできるのだ。Ｍ＆Ａもはや廃りがあるが、企業の買収防衛策の中でも効果的なのはクラウンジュエルだ。企業価値を下げて買収する意欲を失わせるという自己毀損の方法がある。だが、経済法制と異なり、地政学の現実の世界では『殲滅』が目的の場合もあるのだ。だったら戦うしかない。林の覚悟は世の中がきな臭くなってきた頃からでき上がっていた。どうなっても生き残り、最後の一人になっても戦う覚悟だった。ただ、それは押しつけるものではないからこそ、そんな考えを誰にも言ったことはなかった。

東京のなかに内閣と東京都という二重政権ができるまで、日本では二十年もかからなかった。ニューヨークのテロ事件セプテンバーイレブンの後、二十一世紀の中国は公安と放送局の完全デジタル化を欧米の技術で推し進めた。新型コロナの蔓延では武漢の南方民主勢力を一気に排除して、二〇一四年雨傘運動以降の香港と同じく、徹底した一極集中の中央権力強化をデジタルで完成させた。

その中国がアジアの一帯一路計画とは別に日本で進めてきたデジタル計画が、日本政府のオペレーションシステム改編を含むデジタルインフラの中国化だった。最初は韓国経由のSNS無料通信サイトで中国サーバに韓国・日本の個人情報を蓄積し、日本全国の土地や不動産を買い上げてゆき、併せて観光入国ビザが廃止された時期から人の送り込みを加速させた。米国における中南米都市の出現と同じく、日本の中で人が増えれば転職サイトやバイトサイトをほぼ無料で運営する。人の情報をたやすく収集できるとともにターゲットを決めて人を動かし、人を様々な機関や施設に送り込むこともできる。

芸能から放送、特に大学や研究室など中国でのポイントの高い分野に人を送り込み、日本人化してゆく。やがてそれが実効支配のエンディング・プログラムとしてまことしやかに、そして冷ややかに韓国で噂され始めた。十年前には韓国内で中国化が進んでいると騒がれたので、日本でもそのような噂をわざと一部で流し、得をするためにはこちら側に味方すればよいと目に見えるようにアピールし始める。だが日本の人口の三分の一を中国化するために人を送り込むより、日本でも中国本土のように統制型のデジタル管理社会を創り上げたほうがやはり手っ取り早いのだ。

それが右派と左派が国内で極端に亀裂を深める中で広まった考えだ。日本から見ての一面は正しいのだろう。だが、李子や令佳を知っている林はそうとだけは言えない。実際、西ノ海事変の始まりで南から船団が九州に沿って台風と北に上がって来るタイミングで李子からの連絡があった。通信をリンが共有している。南の令佳から連絡があったと言うことだった。どこにもその国の事情での分裂があるのだ。

そして何とかしようとする人も必ずいる。

二〇二〇年代後半に入ると原発のフル再稼働で揺れるなか、東京のマンション価格はさらに高騰し、都心には金持ちの外国人しか住めないようになってゆく。浅野と佐藤は郊外や地方に住んで不自由はなかったが、都会に住む林はデジャブーだった。

「ああ、まただ。香港のときと同じなのか」

時折ため息をつく林にリンが声をかける。

「たまには香港や深圳の人たちと話してみては如何ですか」

大量消費社会の都会では当たり前だが電力レイヤーが通信レイヤーの上にあり、季節によって電力が不足すれば優先順位のついた区画ごとのブラックアウトが突然起きるようになった。そして自由な通信が阻害され、徐々に慣らされる。エネルギー危機をエコで乗り越えようとか、環境配慮のために我慢しようとか言われているうちに自由が制限される。システムが悪い、政治は何をしているとの都会の声は本当に日本人の声か、よく分からなくなってくる。あれっと思うおかしなこと、ちょっと違和感をもつことが日々積み重なってゆく。災害時に水と食べ物の確保、マンションで生き延びる方法などが検討されるようにもなってゆくが、インフラの争奪は中央集権的デジタル化によって都民を人質にすることでしかなかった。

そんな都会の状況を憂える人たちも出て来る。国民には理解できない難しい話のデジタル構想が進み、新規に開発している政府管理オペレーションシステムの一元化で海外にシステムを乗っ取られる恐れが官僚の間で発覚した。しかし、政府への導入は阻止されたものの、そのまま東京都の管理システムとして導入され、東京はネットでトンキンと揶揄される監視社会となる。そうなると真っ向から反対する人も出て来るので東京都は独自の武装警察を創設した。ちょっと違うということが積もっていった先に、少しのことだからと見過ごしていった先に、急にあり得ないことが起きる。

結局、二〇三〇年のある日を境に、日本の中で東京とそれ以外という地域区別が歴然とし、米国の安全保障の傘下において、なんと中国に人為的に操作されたデジタル首都を持つというねじれ現象に陥った。だがその日、きっかけになった京都への遷都計画の実行と自律型パートナーロボットの覚醒がその後の日本の方向性を決めてゆく。

＊

二〇三二年の二月、北海道に冬の嵐をもたらした低気圧が西からの風に乗って日本列島を通り過ぎた朝、まだ海が荒れていたが日本海の東北、男鹿半島沖を巡回していたイージス艦『あさゆう』のパルスレーダーは西の陸地に緊急熱電源を捉えた。

「緊急呼招、レッドライン警備体制を発動する」

艦橋で当直だった山科副長は出し抜けの熱電源探知に驚いた。衛星情報も米韓軍からのバッジ連絡もない。短時間でレーダーに探知される熱電源は核爆発か弾道弾の発射だが、弾道弾であればなんらかの発射準備段階での衛星画像なり、現地発信情報なりが入るはずだ。

「位置、平壌東方二十キロメートル、小規模パルス、パルス上昇中、速度マッハ5、ネットワーク情報入電なし」

次々と入る分析情報では弾道弾だ。なぜ、事前情報が入っていないのだ。特に現地発信情報として足利ルートの北朝鮮参謀から警告が出るはずだ。それに衛星の打ち上げでも何とでも発射したものの理由はつくはずだ。どこから撃つと位置を言う必要もない。それなのに何も情報がない。

「艦長、現地発信情報がない以上、敵対行為と見做して迎撃します」

山科は寝起きの艦長に連絡して、

「迎撃レベルワン」

を当直士官たちに伝える。迎撃ミサイルの発射準備。パルスレーダーで捉えただけでは弾道計測が単調になるので、確実に迎撃するためには日米韓の各衛星から送られるネットワーク信号が必要だ。

「航空支援あり、米軍支援あり。厚木、太平洋上から確認。ネットワーク確認」

航空自衛隊及び米艦隊からの熱パルス確認のネットワーク情報が入る。これで通常弾道であれば捕捉できる。山科が緊張する。迎撃できると思った。

「目標上昇中、登頂到達点確認した。着弾予測、函館八分後、函館です！」

レーダー士官が驚愕して叫ぶ。

「撃て！　演習ではない！」

山科副官は躊躇なく叫んだ。一瞬の遅れが何万人の命に関わる。真っすぐに上がる迎撃ミサイルの光が青空に溶け込んでゆく。

「他ないか?」

「なし! ありません!」

他に弾道ミサイルが発射されてないか、兆候はないかを確認した。

「マルイチ第二弾発射、撃て!」

函館に向かうミサイル弾道をマルイチとして、その到達頭頂部から落ち始める位置に向けて自動追尾迎撃ミサイルの二発目を発射した。

山科はまさに天を仰いだ。朝もやの上は一面の青空だ。

二分後、弾道ミサイルの航跡は消えた。遙か上空二ヶ所で白くたなびく航跡が残るだけになった。小松基地を緊急発進した航空自衛隊のF35も十キロメートル南方に現着し、目視している。迎撃地点は上空二万メートルと観測された。ほぼ水平に低く撃ってきているので中距離弾道ミサイルを横に撃っているのだろう。大陸からの西風で水平速度が速かったために迎撃ミサイル一発だけでは完全に航跡を止めることができず、二発目で何とか破壊したようだ。

「グッド、よくやった。レベルワン警戒体制継続、パルス熱源指向探査継続」

士官たちに声をかけながらも山科副長は冷や汗をかいていた。そしてこれからの忙しさに身震いした。状況は日米韓で共有されており、三軍の第一級警戒体制がとられている。自分がその最前線にいる。今ここで、また世界が変わったのだ。

「どういうことだ、函館が目標なんてあるのか、間違いはないのか」

官邸に非常呼集された大村官房長官が近澤防衛大臣に向かって叫ぶ。

「間違いないようだ」

情報共有していた首相がポツリと言う。大村は絶句したあと、

「宣戦布告か？」

と聞くのがやっとだった。

「そう捉えて国際法上問題ありません。レベルワン警戒態勢を継続しています」

有事法制などに精通している近澤が淡々と答える。努めて冷静に対応しているよ

うだ。外交交渉としての打診は始めているが、この三十分間に応答はない。米韓とは協定上の防衛報告と協定遵守の意向を確認中だ。現場は先行して予備的共同三軍警備体制を発動している。この場合、アメリカ太平洋艦隊司令長官が三軍の長としての役割を果たす。

「函館が目標である以上、北からの軍事侵攻を想定しています」

「最近は南が騒がしかったのに今度は北か」

大村官房長官は小声で吐き捨てるように言ってから顔を上げて続けた。

「記者会見します。自衛行動として迎撃した事実を伝えますが、その後あまり時間を置かずに首相から北による軍事侵攻のリスクがあることを表明してください。国内テロに備えて警察庁と国土交通省にあらゆる交通機関をチェックするよう指示するためです。主要都市では国民の足止めも必要です」

私が総理総裁になった途端に戦争なのか、首相の斉藤は首班指名を受けたことを悔やんだ。西ノ海事変のときに国土交通大臣として処理に当たったが、今度は前のように事故にはできないだろう。本格的な紛争ともなれば少なくとも反撃が必要なのかと手が震えた。大村が長く斉藤に付き合ってきた友人として、また現在の官房長官として斉藤の考えを読んで断言した。

「敵の攻撃に対する自衛抑止行動が必要です。過去二度の法改正によって反撃できるようになっています。前総理の努力で間に合ったというわけです」

法律の話に触れた大村官房長官は次に、右に座っている軍事専門の政治家、西ノ海事変の後で防衛大臣に就任した近澤に説明を求めた。

「もう一発が来れば反撃すべきです。発射場所は特定できていますので、その他の地域の可能性も含めて敵領域の数ヶ所に対する巡航ミサイル攻撃を実施すべき段階に入ります」

近澤防衛大臣は一呼吸おいた。ここからが重要だ。

「ＳＬＢＭ、つまり潜水艦から撃たれた場合、近距離かつ直線落下軌道のため迎撃できない恐れがあります。従って、敵の発射と同時に当該水域の数キロメートル四方にわたってタッピング爆撃します。敵のミサイルが東京に向かって飛んできた場合は、交差的に敵の首都に向けて発射します」

斉藤首相が顔に手をやったまま聞く。

「核かどうかも分からないのにか?」

「仕方ありません。東京に向けられた場合、通常弾頭の可能性は低いので当方は国内三ヶ所から自爆装置付き誘導ミサイルを数十発発射します。東京に着弾して我々がやられれば撃ったミサイルを途中で自爆させることもできなくなり、セットされた敵都市の主要施設目指して三方向から自律的に飛び続けることになります」

近澤の答えが斉藤にとっては人ごとのように聞こえる。自分がそんなミサイルを撃てと言うのか?

「やむを得ません。東京にミサイルが飛んで来るなら、自衛抑止行動です」

「抑止行動じゃなくて、敵基地攻撃だろう。戦争を確定させることになる」

「宣戦布告もなくミサイルが函館を狙ったのです。これまでのシミュレーションでは日本海東部がほぼ戦場になります。従って最低限、津軽海峡の制圧が目的だと想定されますが、北を韓国が抑えるとすれば、同時に火種になっている南西諸島方面からの中国の侵攻もあり得るということです。日本列島全体が危ない状況では時間を置かずに、つまり二発目を待たずに即反撃することが効果的です。待っていればずるずると戦線が拡大する恐れがあります」

近澤の本音は敵の二発目を待つべきではないという考えだ。大村が横槍を入れる。

「逆に戦闘がエスカレーションするんじゃないのか」

「その可能性もありますが、函館に撃ってきたということは、敵は最初からエスカレーションするつもりだと考えるべきです」

一時間経っても方針決定できないまま、その他に外務大臣たち主要閣僚も集めて官邸で安全保障会議が開催された。その直後に記者会見が待っている。

「我が国は弾道ミサイルに対する迎撃を行い、東北沖の日本海海上にて撃墜しました。法律上に定める自衛行動の一環であり、発射地点を確認し、外務省の外交チャンネルを通して先方国への確認を行っております。また、現在も日米韓にて情報共有をしながら厳戒体制を継続しております。国民の皆様におかれては、自衛行動を理解し、国内の混乱を最小に押さえるべく落ち着いて抑制された行動を取るように要請いたします」

函館が目標だったということは伏せられた。外務省がチャンネル外交交渉を最優先すべきだと主張し、国土交通省も国内テロという言葉は国民を動揺させることになるので使わないようにと要求した結果、安全保障会議の結論は米軍と韓国軍が動かない以上、様子見だということになった。内々には警察庁に国内テロ抑止行動を指示したものの、テロリストやスパイと目される者を一斉検挙するなどの具体的な警備行動はとられなかった。いや、実効支配の浸透した東京では政府の警備行動すらとれなかったということが正しい。東京都の独自警備システムが既に東京都民を人質にして、内閣による指示が曖昧化し、少なくとも東京では何一つとして動くことはなかった。当然、時代の変化に取り残されたマスコミの管制は内閣・東京都ともに利いているので、騒ぎ立てられることもない。ニュース番組の夜中のテロップ報道やミサイルに関する民間分析についての記事も翌朝には消えていた。ネットではあちこちで書き込みが炎上していたが、それも翌日の昼までには東京のサイトから順番に消されていった。

政府の反応は蒼井美紀が想定した通りだ。西ノ海事変の後で自律分散型地域構想を全国で活発化させ、浅野たちと現場を回っていた。その中でも二〇三〇年に実態としての京都遷都を成功させたことは、今の状況では大きな成果だ。官邸が動こうとしても東京は動かない、そんな日本国内政治の二重化が進む状況では東京に向けてミサイルを撃って来るとは思えない。東京を人質にして列島の周辺地域から切り崩してゆく戦術になるだろう。そのときの戦略としては、北だけではなく、南からも入って来るはずだ。防衛として北と南の同時防衛という二正面作戦は避けられないと考えていた。その連絡は李子と令佳からリンを通して林に入っていたのだ。北のミサイルはカラだった。逆に日本に行きたい人たちを大量に乗せた船が厳重な民間武装警察に監視させた中で出ようとしていることを知らせる警告だった。日本と敵対して北に何のメリットもない。ロシアもそうだ。大量の移民で得をするのは誰か。世界中で北京指導部の強硬派だけだった。安全を守るためには秘匿情報をそうだとは言えない中で動く必要があった。リンは林の幼い頃からこれまでの全ての経験を共有しているといっても過言ではない。寄り添うことができている。だから言わないことがある。ロボットではなくアンドロイドなのだ。

官邸が記者会見しても日本は何も変わらなかった。日本海上でミサイルを迎撃したことが一部地域で災害でも起きたかのような矮小な報道しかされない。函館が狙われたと言わない以上、危機感がなく、まさに戦時報道管制下にあるようだ。問題は実質的にマスコミを管制しているのはどこか、誰か、そして周りの者たちは何を忖度しているかということだ。

報道の状況を見て蒼井美紀は確信した。国としてズルズルと後退してゆくだろうと。政府の記者発表から二時間ほどして、そのことが明白になった。房総半島沖と紀伊半島沖に多数の漁船団が接近しているという報告が海上保安庁から入る。両半島沖には国際海底ケーブルが集中している。太平洋を渡って房総半島の外房館山まで、もう一つは南シナ海、フィリピン沖から台湾沖を通って紀伊半島の伊勢志摩へと光ファイバーを含む海底ケーブルが集中している。そのケーブルを大量の船団で切ろうとしていることが想定できた。想定の範囲内である以上、蒼井美紀は慌てず、現在は東海地方の実家を拠点に活動している佐藤に連絡する。

「南の海上にお客さんが来たわよ、目標データはセキュアで送るからお願いね」

西ノ海事変の前にもいつだったか、娘ぐらいの年齢の蒼井美紀からシンプルにお願いねと言われて西ノ海で大変な目に遭った。

「分かったよ。そのために準備していたんだから」

とは答えたものの、やばいなと思う。夕闇の迫る海岸で蒼井美紀から受けたＩＰ通信を切った佐藤は、いよいよだと気持ちの高ぶりを抑え切れなかった。今日は朝から日本晴れだったから、まあメキシコ湾と同じように海も空も青かったなあと、こんなときにふと思う。いい歳になった自分に日本でこんな出番が回って来ると考えれば、それはそれで感慨深いものがあった。


北側を南アルプス、東は富士箱根、西は三河高地と、三方を囲まれた静岡の沿岸地域は昔から気候がよくて水も豊富なために農林水産物に恵まれ、しかも東海交通の便もよかった。南は太平洋に面した長い海岸線をもつので江戸時代から地場の廻船問屋が多く、地元の経済も支えてきた。そんな恵まれた地方の網元の家に生まれた佐藤が飛び出していた家に戻ったのは、すべて西ノ海事変で受けた衝撃だった。

それまで半信半疑だった蒼井美紀の自律分散型地域構想に心底から協力しようと思ったのだ。通信ロボットのエレナと全国各地を回ってはそれぞれの土地や海に適した海上養殖を興したが、東海の地元を拠点に海洋研究所で行なう仕事がメインだった。

太平洋に向かって東の太平洋プレートと南のフィリピン海プレートが本州の大陸棚に沈み込む広範囲な海域をカバーして、積極的に海底地勢の調査を行った。そして必要な場所に必要な機器を敷設してきた。アメリカや東南アジアと繋ぐ海底ケーブルの改良工事にも携わった。すべては今日のためだ。海洋研究用の高速艇に乗り込んだ佐藤は、艦橋で待っていたエレナに声をかける。隣の桟橋から海上自衛隊の護衛艦も出航する。

「よし、エレナ。まず伊勢志摩沖から行こうか」

紀伊半島の伊勢志摩沖から日本に上陸する海底ケーブルは水深が数百メートルと浅くなる沿岸部の棚では、漁船の網を垂らすようなふりをしてケーブルにフックを引っかけて海上まで引き揚げ、普通の電動カッターで切断することができる。ケーブルの位置が分かれば一般の漁船でもできる簡単な作業だ。

まずは南西からやって来る不審な漁船団、『お客さん』を熊野灘の海上で迎え撃つ必要がある。その南、和歌山の最南端の潮の岬を回って北上して来るはずだ。潮の岬周辺には自律分散型地域構想に基づくデュアルユースの自警漁船団が既に展開していて接近を阻止した。従って不審な漁船団の一部が潮の岬で上陸して陸路で伊勢志摩方面に向かうことはできず、『お客さん』船団はまとまって潮の岬を迂回して志摩半島沖に向かってきていた。レーダーサイトの追跡通り、案の定、志摩半島の南、四十キロメートル海上に数百隻の船団の明かりが闇の中にちらつき始めた。海上保安庁の巡視船が遠巻きに数隻ついているが、数が多過ぎて手出しができるような状況ではない。この辺りの沿岸にある複雑な入り江のあちこちに入られては面倒だ。三十キロメートル以上の沖合でまとまっている間に迎撃する。

「よしドローン発進」

佐藤がエレナに指示を出すと、数百の小型水中ドローンが護衛艦の後方から射出されてゆく。数十センチの大きさしかないがホバリングも使って海面上を滑るように走って行く。数百の船団の塊に向かって、しかしそれぞれの水中ドローンはすべて標的が違う。船団の各船に個別に紐つけされている。

「各船にアタッチ」

エレナがレーダーサイトの標準を確認しながら水中ドローンの制御を行っている。すべてのドローンから各船にアタッチ、つまり船の舷側に付着したとの連絡が入ったようだ。

「ブロックチェーン開始」

各船にアタッチされたドローンが自律的な相互交信を始めると、船団内の近距離無線の傍聴を始めると同時に、各船の個別の動きを解析しながらドローンたちの交信が活発に始まり、すぐに司令艦と指示されている陣形が判明した。五十隻程度ずつで十二個の分団を形成していることも分かる。護衛艦から海上保安庁の艦船に対して標的船団から離れるよう警告した後、攻撃準備完了のソナーピンを相手の司令艦に向かって発信した。司令艦を砲撃ロックオンしている旨の警告だ。さっきまで当方からのすべての呼びかけを無視してきた船団はスピードを落とし、前後左右に分かれ始めた。護衛艦からの攻撃を警戒した回避行動だろう。だが司令艦が止まらないため、護衛艦から近接射撃を行なう。船の進行方向目前に着弾させる。警護艦の艦長の緊張した声がイヤホンマイクを通して聞こえる。

「距離フタマル、前方、単発、警告射撃用意。撃て！」

二十マイル離れていると警告射撃もそう簡単ではない。船に当たるかもしれない。恐らく船団の中で最も大きい三千トン級の海警艦を偽装した司令艦は応戦して来るだろう。そうなったとき、その司令艦を含めた十隻の分団指令艦を足止めする。既に志摩半島沖の海底に設置された機雷がその十隻をロックオンしている。各艦の舷側に付着したドローンが誘導する。いわゆる設置型の水中発射魚雷なので海底面を移動して目標のほぼ正面真下から急浮上して接近する。ソナーに反応しにくく回避が難しいタイプだ。海底面をスムーズに水中走行するための技術は単なる地勢の把握だけではなく、その時の潮流から水温、そして目標物の動きの特徴までその場でそれぞれの魚雷自体が自律的に判断する技術が必要だ。佐藤の開発した自律型水中ドローンは追跡探査アタッチメントを自由自在に行なうことができた。恐らく海中での自律走行型のドローン機能を魚雷に装填した例は世界でも類をみないだろう。

「初陣ということかな」

佐藤は自分と共同作業をするエレナを優しく見つめた。彼女は真っすぐに前方を見ている。いつも変わらないエレナの涼やかな顔つきだ。ヒトのエレナとメキシコ湾を大型ヨットで瀬取りする船を追いかけたときから、技術的にはいつかこういう時が来るだろうということを覚悟していた。西ノ海で自衛隊に間一髪助けられたときに、彼は不合理なことから護るべきもの、そしてそのために戦うべきことを確信した。状況に応じて実際に使える技術こそが、デュアルユースとして自ら守る者を助けることができると学んだ。

護衛艦が志摩半島南方海上で数百隻の船団を阻止しているとき、東京から遙か南に離れた海上の八丈島付近を西から東に横切って行く船団が確認された。遙か赤道直下のミクロネシア方面からバラバラと北上してきた漁船団が集結した様子だ。志摩半津沖の抑止行動が報告された直後に報告が入る。内閣が関係省庁に連絡する。

「房総半島から銚子沖にかけて警戒態勢を要する」

その連絡には緊迫感がない。ミサイル迎撃での緊迫感のなか、漁船団なんか気にしていられないという雰囲気がある。

念のために外務省から中国に確認するも、いつもと同じ『漁船団は政府に関係ない。また民生事業である赤珊瑚漁の現状も不明』という返事しか返ってこないので漁船団への対応は放ってある。つまり警戒態勢という言葉で現場に押しつけている。

「考えられない。なぜ安全保障会議は攻撃側の全体的戦術や戦略の議論をせずに目の前のことだけに対処するのか。米軍もなんとも言ってこないのか」

防衛大臣の近澤だけが焦っていた。北のミサイルは明らかに陽動作戦だ。漁船団が伊勢志摩に接近してきたことや房総半島に向かいそうな気配なのは明らかに海底ケーブル網を切って海外との大容量データ交信を遮断しようとしている。情報インフラの破壊により日本を孤立させて、太平洋側から急襲する算段ではないかと心配していた。もちろん函館を狙ったミサイルで北海道を孤立させるということも計画に入っているはずだ。海上自衛隊は房総半島沖にも展開して海底ケーブルを切断されないように待ち構えているのだが、やはり近澤は不安だった。

当直士官が部屋に入ってきて敬礼するなり報告した。

「国後島と樺太から大量の船団が最短距離で北海道沿岸に向かっているようです。その数およそ数千。近くには我が方が展開していません。函館目標のミサイル回避があったため海上保安庁巡視艇も釧路に帰港しているそうであります。今から展開しても船団の北海道北部及び東部の沿岸到達には間に合いません」

防衛副大臣、事務次官と部屋で遅い夕食を取っていた近澤は箸を置く間もなく、

「安全保障会議の臨時招集を発令せよ」

隣の副大臣と事務次官が唖然として、

「今からですか」

「なんのために」

と異義を唱えようとしたが、近澤防衛大臣は毅然としていた。

臨時の安全保障会議では船団から出て来る軍事車両があるとして、その北海道上

陸を阻止できない以上、前線を後退させて守備につくべきだと官房長官から提案されたが、住民避難をどうするかで揉めた。自衛隊の前線を後退させると北海道北部の住民が取り残される。満州で旧ソ連軍が侵攻してきたときに住民を捨てて後退したと言われる関東軍の二の舞だという。では、ポツダム宣言受諾以降に択捉島で戦った軽戦車部隊と同じように前線を引かずに守りながら住民を避難させるということかといえば、上陸軍の戦力次第と言う。結局は決まらない。

その頃、北海道に配備されていた第二普通科連隊二千名のトップ、山名一等陸佐は広大な北海道北部全域に部隊を分散してゲリラ抗戦に移ることを決定していた。各偵察部隊からの連絡では、既に長く続く海岸線のあちこちに上陸しつつある敵兵力は数万とみられる。上陸した火力は不明だ。だが戦車などの重火器は少ないだろう。沿岸の上陸地点が長く伸びていれば、航空からの爆撃はあまり利かない。その後に予想されることだが、草原に広く敵の戦闘車両・戦車が展開された状態でも相手の数が多いと航空攻撃の威力はあまり期待できない。山名連隊長は副官たちを前に説明し、意見を募った。

「電撃的に不明集団が上陸した以上、二万の第二師団全体としてはウクライナと同じ漸進的後退の防衛布陣になる」

「わかりました。我々は広大な北海道でゲリラ戦ですね。いつも練習している戦車戦と違って、一度はやってみたかったんですよ」

緊張した『やってみたかった』という言葉は仲間内でしか通じない。副官たちはそれぞれの防衛エリアを確認して不退転の気持ちで散っていった。明日未明にはどこかで衝突せざるを得ないだろう。

官邸ではまだ、安全保障会議が続いていた。大村官房長官が状況を聞くと言うより近澤防衛大臣の責任を追及している。

「そもそもなんでそんな大量の船がやって来ることに気づかないんだ。上陸されたことが失敗だろう」

「国後は目と鼻の先です。中国が投資して漁業会社や資源開発会社が百社以上は設立されているので、漁船や運搬船が昨年から集まっているのは分かっていました」

「樺太も一緒なのか」

「そうです。ウクライナ侵攻以降、サハリン2のガス・天然ガス事業は欧米や日本が撤退して中国との合弁になっていましたので、アムール川を越えて瀋陽から食糧や弾薬を運び込んでいたと思われます。ロシアはＮＡＴＯとの十年来の停戦ができた後で、恐らくシベリア鉄道を使って一部の戦闘員を西から東に移していたと推定されます。ただ、上陸しているのは移民のようなアジア系が殆どを占めているようです」

首相の斉藤が呻く。

「すぐそこに集まって来ていたのか。それで北のミサイルが函館を狙ったのか」

「迎撃できていて幸いです。核が載っていたかどうか分かりませんが、もし函館が核でやられていたら北海道は孤立したところです」

「何が幸いだ」

近澤の言葉尻を捉えた大村が声を荒げる。

「いや、よく撃ち落としたと思うよ」

首相の斉藤がフォローする。防衛の具体的な話ができないまま時間が過ぎたため、朝までに財務省に防衛予算の政府案を持ち込まなければならない財務大臣の沼沢が黙っていられずに横から口を挟む。

「内閣予備費で防衛予算の補正増額をお願いします。陸海空ミサイル防衛の二十四時間体制と北海道防御を見積もっていますので、とりあえずこれでいいですね」

首相はあっさりと認可書類に署名した。

「頼んだよ。実際の自衛行動なんだから必要ならもっと十分に出せばいい。それより朝になったら北海道の状況確認を頼む」

と言って、一旦は公邸に戻る。夜中の臨時安全保障会議では結局、外交・軍事ともに今後の方針は決まらず、防衛予算の補正が財務省に提出されただけだった。米国との首脳会議の時間も決まっていない。

翌朝、明るくなり始めた六時を過ぎた頃、九州から緊急報告が入る。

「福岡・佐賀の北部全域で未確認部隊の展開あり。小倉の連隊にて確認中」

ドアの前で切迫した様子で報告する自衛官に向かって、官邸司令室に残っていた大村官房長官が気軽に返事をする。

「今度は九州か。上陸されたのか」

「上陸はありません。佐世保司令部によれば、西ノ海ほか、九州の全域にわたって不審な艦船の確認もありません」

「どういうことだ。未確認部隊の展開って」

「不明ですが、県庁や市役所に入ってきているデモ隊のようで、警察が機動隊を出しています」

「テロなのか？　また陽動か。防衛大臣はどこだ」

「現在、市ヶ谷幕僚本部にて北海道北部東部方面隊の指揮に当たっております。大臣の指示を受けて直接伝えに参りました」

これは列島全体で動乱が起き始めているのではないかと大村は急に身の毛がよだった。北海道の上陸が侵攻だとしたら、もはやもしかしたらという段階ではないかもしれない。

その後、官邸司令室のスクリーンに映し出されるドローンなどの映像では、北海道の北部と東部に上陸した部隊は人数はいるものの、それほどの重火器はなさそうだ。それよりも大勢の一般市民とみられる人たちを率いている。朝方には数十名に膨れ上がった各省庁の連絡官たちがスクリーンを見守る。明るくなってかなり全体像が見えてきたので、連絡を受けた各省から各種対策が次々に画面上にテロップとして流れて来る。斉藤首相が司令室に帰ってきたところで市ヶ谷の近澤防衛大臣が報告する。北海道師団二万名の展開配置が終了、不審な上陸集団が内陸に進出することを食い止めるための布陣にしたということだ。殆どが幹線道路の封鎖だったが、港町のあるところには民間人保護のために機動部隊を投入している。山名一等陸佐の指揮する第二普通科連隊の動きは報告されない。防衛大臣の近澤は師団長から連絡を受けて考えていたが、直感的に防衛省外に情報を出さないほうがよいと判断した。いざという時の伏兵にするつもりだ。

七時になって今度は海上保安庁・海上自衛隊から官邸及び市ヶ谷幕僚に同時に緊急連絡が入った。東シナ海から対馬海峡を通過して樺太に向かうタンカーが十数隻、若狭湾沖に集結している。一隻が救難信号を出したので海上保安庁の哨戒機が向かったが、呼びかけに返答もなく停船せずにまっすぐ若狭湾、福井方面に向かっているということだった。問題はその後を十数隻のタンカーが救護と言いながらその一隻を追尾しているとのことだ。南から志摩半島沖に回り込んだ漁船団を足止めした途端、北からタンカーか？　近澤は防衛大臣というより軍事オタクとしてゾッとした。これは海上包囲戦の中で内乱・攪乱にも対処すべき状況だ。もしそうだとすると、次々とたたみ込まれるように状況は悪化するばかりになる恐れが高い。どこで守るか、どこを守るか、何を守るかが問われる。各方面でシミュレーションしていたことが同時多発的に一斉に起きたとき、果たして対処できるのか。局地戦で守れても、全体としての防衛に破綻を来たさないだろうか。これは北の大地の問題でもなければ、遙か南の海上の問題でもない。日本列島全土の問題だ。だから戦略が必要なのだ。

官邸では日本国内のあちこちで起きていることはまだ陽動作戦の小競り合いの類いだろうと考えていたので、その判断に従って全官庁は北海道への緊急対応だけを指示していた。この段階で市ヶ谷の近澤や幕僚幹部のように点と線が繋がって列島全土に火の手が上がると考える人間はいない。北のミサイル一発以外は戦端が開かれたわけでもない。宣戦布告もなければ、その後、ミサイルの兆候も何もない。中国もロシアも知らぬ存ぜぬの一点張りだ。不審船団から上陸して来る部隊は何者か不明なままだ。米軍は太平洋第七艦隊の旗艦空母ケネディを横浜から出航させている。どこへ行くかは分からない。北海道支援という名目でミサイル攻撃への退避行動かもしれない。特にグアム・ハワイあるいは米本土のミサイル防衛を想定した緊急配備なら、日本から離れるはずだ。東日本大震災のときのトモダチ作戦とは違う。

官邸司令室の大型モニター画面の外枠が赤く点灯する。

「若狭湾にて舞鶴管区警護艦がタンカー二隻に向かって発砲。救難支援を求めていたタンカーが敦賀湾にて接岸」

「状況確認。発砲の経緯を頼む」

「停止信号無視、先方から接近するドローンを撃墜。硝煙反応あり」

「自爆ドローンだったのか」

「確認中」

若狭湾でも舞鶴と反対方向の敦賀に十数隻のタンカーが押し寄せたということ

は、上陸のための相当数のドローンと軍事車両を搭載している可能性がある。湾に入られたので、恐らく民間被害を出さないためには本格的な攻撃ができない。港の住人が人質になったようなものだ。昨日の北海道北東部の漁船団に続いて今度はタンカーが敦賀だ。

「緊急配備発令、若狭湾・伊勢湾、縦断ライン防衛を発令」

中部管区各所の自衛隊駐屯地でサイレンが鳴り響く。日本列島の腰の位置にある福井の敦賀と三重の桑名を直線で結ぶラインは文字通り列島のネックだ。押さえられると地勢的に列島が分断される。佐藤とエレナたちが止めていた志摩半島沖合の漁船団は伊勢湾に入って来るのか。佐藤は背後が不安になった。光ネットワークで逐次情報の共有化ができているエレナが佐藤に敦賀の状況を説明する。

「敦賀上陸で電撃的に桑名・名古屋方面への展開があったとしても、岐阜各務原の航空隊が陸自を支援して阻止することは従来から想定されています。それより日本海側の原発です。ロシア西部戦線の資源エネルギーへの影響で再稼働されていますので、決して占拠されてはなりません」

十年前にウクライナで原発がロシア兵に占拠される事件があったなと佐藤は思い出したが、タンカーにドローンがいっぱい乗っているとしたら、今さらの防御はかなり厳しいんじゃないか。昔に比べればかなり強化されたとはいえ、やはり日本の原発は上空からの攻撃に弱い。それに構造が古い。

「稼働緊急停止。火を止めろ」

その頃、既に原発には停止命令が出ていた。敦賀だけではなく、北のミサイルへの対応として昨晩から省庁連携で動いてきた。日本全土の原発停止だ。現状二五%の電力が原子力でまかなわれているので、緊急停止で都会のブラックアウトが避けられない。警察や病院などの救急施設への優先配電となるので、都会のマンションは電源を自給できなければ生活環境が一変する。

戦争なのか侵略なのか脅しなのか、一発のミサイルと無数の漁船にタンカーという曖昧な状況下で、民間の艦船の接近阻止ができなかったことが失敗だろう。多勢に無勢という話ではない。民間という表向きの名前を使われて奇襲で突破されただけだ。向こうにとってこんな易しい上陸作戦はない。この二十年、南西諸島や西ノ海では接近阻止と領域拒否をしっかりと行ってきた。佐藤は自分の参加した西ノ海事変を振り返っても、よくやったと思う。だが、同時多発的に全土で接近が起きればなすすべもないということか。いやそんなことはない、門を開けたやつが内部にいるはずだ。自衛隊ではないとして、政府・海上保安庁・警察など管制に関わる官庁のどこか上の方にいるはずだ。ボタンを外したか、ボタンをかけさせなかった者が必ずいると佐藤は確信していた。エレナが佐藤の考え込む様子を見ていたが、思いもしない言葉をかけた。

「公安と外事警察がつかんでいます」

佐藤の考えを読み、即座に答えを出す。最近は西ノ海事変の頃の従順無垢な感じのエレナと違って、指示しなくても佐藤の考えや行動を先回りして動くようになった。エレナの人口知能はデータ治験が進んでディープラーニングがさらに自律化したとも言える。しかし、それまでのエレナとは明らかに違う印象になったのは二年前のある日だった。早朝に突然涙のような光が朝日のように目から差して、周囲の木々や草花からも蛍のような小さな光の泡が溢れたことがあった。佐藤はエレナのキャパオーバーかヒートアップを心配したが、機能自体に異常はなかった。

　そのときに問い合わせた蒼井美紀は、技術者としては説明できないとしながらも、日本全国の自律型ロボットがワンオンワンの一対一光通信を連鎖していって『一人の育児支援・家事代替アンドロイド』に同調したと言った。つまり、全国に散らばって現場で分散エッジ処理を行なうＡＩたちがなぜか全体として一つにシンクロしたのだ。そのときからエレナたちは変わった。浅野のところのエリも林のリンも、そしてその他の自律型ロボットＡＩも。ただ、そのときに大きく行動が変わったＡＩはすべてモビリティ型、つまり、なんらかの動きと一体化した現場の自律型ＡＩだけだった。サーバ・クラウドタイプやオペレーティングシステムなどの設置型ＡＩは変わっていない。いわゆるノード（端末）単位でなんらかの作業をするために動けるＡＩが、身体を持つ故にその一台、いや一人に共鳴して自らも変化したと言える。

　今やエレナの行動は能動的であり、ある意味、付き従っていた佐藤から自立した存在のように感じられた。小さかった娘が大人になるように、仕事を一緒にしている佐藤に対する言葉遣いも丁寧になった。だが、西ノ海の漁師だった安田が東海地方の海洋研究所に出てきて佐藤の仕事も手伝うようになっていたが、やっと会うときは今でもタメ口をきいているようだ。少し寂しいような、しかし嬉しい気持ちがない交ぜになっているのが佐藤の胸の内だった。

*

岩手の北上高地で南北二十八キロメートルに及ぶ地下実験場を回っていた浅野は、エリからの連絡で急遽盛岡に戻る途中だった。西ノ海事変のときに浅野をかばって胸に大きな損傷を受けたエリは、防衛研究所で修理して記憶もサーバに報告されていた一部を再構成した。が、それまでのエリとは違ったことが浅野にとってはやはり寂しい。人間なら死んでいるのだから、一緒にいられるだけで共同生活の体験を失ったとしても仕方がない。今では通信ロボットというよりも共同研究を行なう地質学と電磁パルスの教授並みの働きだ。浅野一郎という人間を支援するだけでなく、すべての知識と経験を吸収して論理的かつ感覚的な構成を組み立てる。そして二年前からはエリが少し優しくなったと感じることもある。

「エリ、状況はどうだい。その後、北海道の山名一佐から連絡はあったかな」

浅野の耳の後ろにつけた骨伝導マイクロフォンは山中を移動中でも感度良好だ。

盛岡の駐屯地で情報分析していたエリが答える。

「天塩山地から北見山地にかけた尾根沿い、並びに石狩山地から両阿寒岳の裾野にかけて、十二人の分隊単位で六十ヶ所に分散して展開しています。やはり一つの連隊ではいくら練度の高い精鋭部隊でも名寄・北見・釧路の三つを同時に守ることはできません。平地で戦う旅団本隊の側面支援しかできないと思われます。このままでは火力ではなく人数で不利です。推定では東部に国後から四万名、北部に樺太から七万名近くが上陸してきますので、戦車等の重火器装備は持ってきてないとしても、広く薄く展開して住民を盾にすれば北海道方面の歩兵旅団総員一万四千名を投入しても道北の完全制圧は不可能です。道東は海上保安管区指令部のある釧路港で激戦が予想されます。この季節だと平地での戦闘車両の移動は容易なので、山名一佐の第二普通科連隊がゲリラ的に側面から掃討作戦を展開しても範囲が広過ぎて勝ち目はありません」

エリの説明は状況に沿って分析結果も付け加えている。上陸された以上、戦況は不利なのだ。なぜ、上陸前に阻止できない。民間船を装っているからか。

浅野はため息をついた。

「もう少し時間があれば北海道にも自律分散型地域構想を展開できたんだが、ここ数年は西南方の島嶼部強化を優先してきたので仕方がない。徒手空拳にはなるが、また一緒に行ってくれるかい」

「西ノ海事変についてはデータ移管されていますが、修理前の個体が直接経験したことは残されていません。私個体としては初めてお供させていただきます」

「頼むよ、山名にも借りがあるからね」

「もちろんです。ご一緒することが私のミッションです」

浅野は三年前に防衛大学で教授として選任講師をしていた山名に会った。西ノ海事変でエリが損傷して若いヘリのパイロットが亡くなるなど、やるべきことがもっとあったのではないかと後悔していたので、浅野はＮＡＴＯにいる田中絵里子の紹介で防衛研究所に行き、山名から水陸戦の基本を教わった。その用兵の勉強を生かして各地の実際の地勢・地形に応じた機動的な局地防衛を構想し、効果的なオーバルコードの電磁戦闘策を提言した。西ノ海事変を指揮した防衛省技術情報室の蒼井美紀によると、自律型ロボットを開発した寺崎という経産省技官がその電磁戦闘技術を生かしてイスラエルから輸入した局地防衛用の電離層生成装置を空間バリア化することに成功したということだった。前のエリが役に立って技術も繋がってゆくのだろうと思う。一人ひとり、ロボットも含めて同じ思いを共有すれば誰がやっても行き先は同じになる。浅野もやっと将来へ繋がってゆくエレメントになれる番が来たなと思う。岩盤の固い北上高地の地下では長い直線路を使った陽子線衝突実験だけでなく、局地防衛用の電離層バリア装置の生産を始めていた。さらにできるだけ早く、経産省の寺崎技官の工程指示のもとでエリのような自律型ロボットの量産にも移る予定だ。

浅野はさっそく技術通信隊長として六百三十体のロボット通信兵とともに青函トンネルで札幌に向かう。六百体はバトルタイプの通信ロボットPB系、三十体は指揮官を支援するエリのようなアシストタイプPA系でセキュア・エレメントとなる。一対一で同時に二十体のPB系と通信連携を行なう要となるロボットだ。セキュア・エレメントを介さなければ全体情報へのアクセスは不可能となっている。仮に通信ロボットが捕虜になってもその回路から暗号指標となるオーバルコードを解析することはできない。

考えてみれば浅野のような民間商社員だった者が防衛省の技官兼大隊長を務めることは経歴としてあり得ない。緊急事態における異例中の異例だった。それも田中絵里子の信頼できるわよのひとことで決まったのだ。若い頃にイギリスから香港、アメリカを回って、ある意味でのネットワークに知らず知らずに組み入れられていたということかもしれないが、自由な民主主義体制と言われる核の傘下で育った浅野には違和感がなかった。逆に選んでくれたというような感謝の気持ちもあった。だから世界の中で自分を見てくれていた顔も知らない人たちに恩返しするということもあるかもしれないが、それ以上に、絵里子たち顔の見える人たちへの信頼が自分の心の中にあることが心地よいのだ。それを素直に受け止めてくれているバディがエリだ。蒼井美紀によればアンドロイドと言ってもよいほど完成されたエリとの不思議な一体感こそが、自分を恐れなく前線に向かわせてくれる。

「本州や南西諸島方面と違って実際の地勢を見るのが初めてだから、まず地図データと衛星写真に併せて警察Nシステム系のトラフィック映像を解析して、空間測位で電磁誘導線をバーチャルに描いておくよ」

浅野は地形地質に反応する電磁パルスを抽出し、まず釧路の防衛線を陸地・海上四十キロメートル以内に引く。地質によっては岩盤反射を含めて倍以上の射程も可能な程に機能が強化されている。海上防衛ラインでは佐藤の開発した水中ドローンも数は少ないが準備できた。北西の北見、さらに北に上がって名寄は山地の尾根の上から直線路で数十キロメートル先の道路沿いを狙えばよい。山名が指揮する第二普通科連隊の各分隊に通信ロボット兵を配置した。


さあ、いよいよ北海道決戦だと山名は意気込んだが、浅野から見ればここ二、三日で何が変わったのかよく分からない。函館を狙った北のミサイルを撃ち落とし、ここ北海道の道東と道北に民間漁船らしき大量の船がやってきた。港でない沿岸に着岸して上陸したのだ。北どころかロシアも中国も何も言わない。中国が政府の問い合わせに対して民間の船には関知していないと返してきただけだ。米国ですら動きがない。台湾方面を警戒しているのは確かだが、それにしても米軍の動きが鈍い。今のところ日本にたいした被害が出ていないから?ということなのか。北は何日かして衛星打ち上げに失敗したとでもいうのだろうか。ミサイルも上陸船もいずれにしても領海侵犯・領土侵略は明らかだが、これがグレーゾーン紛争というものなのか。だいぶ戦争の方に寄っているではないか。佐藤ほどではないだろうが、浅野もどこか落ちつかなかった。先方の次の手、落としどころが見えないからだ。ウクライナ侵攻以降、ロシアは北海道がロシア領であると表向きに言い出してはいたが、侵攻は果たして? 何のために? 中国人の不法占拠か? など、次々と浮かんで来る疑問を打ち消しながら、エリとともに地勢分析を続けていた。

その頃になって、志摩半島沖合でにらみ合っていた船団が東に向かい始めた。佐藤はエレナを見て聞く。

「東の方向っていっても、一体どこへ行こうとしてるんだ」

不審船の数百隻の舷側には小型ドローンが付いているので、方向・スピードなど各船の個別の動きのデータを相互通信ネットワークで解析できる。

「船団を二分割して司令船の第一グループは遠州灘を三宅島方面に向かうようです。衛星画像で捕捉していますが、奄美方面から北上する赤珊瑚漁の大型船団と合流してさらに房総半島沖に向かうと思われます」

「行かせちゃだめだ。房総沖に沈めてある米国と接続する海底ケーブルはなんとしても切断されてはだめだ」

「司令艦のスクリューを破壊しますか」

「やってくれ」

司令艦はかなりの大型だが、小型水中ドローンでもスクリューの一機は破壊できる。速度が落ちて操船も難しくなるはずだ。房総半島沖の海底ケーブルに近づくようなら、民間の船でも航空爆撃で撃沈するしかない。海底設置型魚雷は最後の最後まで秘密兵器としてとっておかなければならないのが防御の難しさだ。

暫くして、司令艦とその周囲の船は止まったものの、まだ二百隻余りがそのまま東に向かっている。各船の動きの解析からは数百隻の船は別の中央統制下にあるとの見方ができた。

「各艦船はそれぞれ個別に直結して、メインランドの中央統制ＡＩシステムの指揮下にある可能性が高いと思われます」

エレナは中央統制ＡＩシステムと言った。これは林のところのリンが香港経由で確認した名称だ。そういうものが国民の監視システムとして街角の監視カメラから携帯・ネット決済まで網羅していると言われていたが、ＡＩによる中央制御システムとして認知されたのは初めてだった。米国及び英国諜報の得た情報とも一致した。デジタル人民元の全国展開で数年前に稼働したようだ。電熱式の量子コンピュータとも言われている。そのサーバの維持のための電力量が膨大だと言われていて、原子力発電所十基分とも推測できる。二〇二〇年代に稼働した新設の原発の二十％の電力を投入し始めたので、中国大都市圏では民間の電源ブラックアウトが頻繁に起きるようになっていた。そういう中央統制ＡＩシステムなら数百、数千の艦船を個別に直接コントロールすることは可能だろう。大きな実際の艦船も小さなドローンと同じレベルの管理下にあるということだ。

「なんとなくゾッとするなあ」

佐藤はしょうがないと言った顔で首を左右に振って、艦長にお願いした。

「東に行く船団を追っかけてくれないかな。船にへばりついて頑張ってる二百以上のドローンを全部そのまま自爆させるわけにはいかないいんだ」

「遠州灘海上が同管区ですので少しは行けますが、志摩半島防衛ラインを越えることは無理です。特にこちらには現在、まだ三百以上の艦船が停泊しています。海上封鎖されている形ですので自分としては当海上を離れるわけにはいきません」

「まあ、そうだろうな。他の行ける艦に乗り移れないか」

「ヘリは出せますが、追っていってどうするつもりですか」

「ヘリが速いな。追っていって東に行く船を止めるんだよ」

「どうやって？」

「簡単さ。御前崎沖の個別ケーブルに設置した水中設置型の大型ドローンを射出して先頭の船の下にくっつけるのさ。それで他の船の行き先を邪魔するさ」

撃たれないように海面すれすれを飛行するヘリに乗った佐藤とエレナは、浜松から研究船で出航したバトルタイプ通信ロボットのカイと合流できればありがたい。そうすれば研究船から大型水中ドローンを射出できる。いずれにしても房総半島沖で海底ケーブルに近づく船は撃沈しても構わないと思っている。だが房総沖に接近する前に撃退できればそれに超したことはない。

その間、若狭福井方面に上陸したタンカー部隊はドローンを使って海岸沿いの原発侵入を図ろうとしたが、電磁パルス防衛が功を奏し、準備していた北陸方面隊に撃退された。だが安心するのも束の間、一部の部隊が高速を南下していた。原発へドローンが向かったのは陽動だったかもしれない。警察の封鎖が突破されて気づいたが琵琶湖岸の長浜もあっという間に突破され、その後は名神高速を東に進むと思われたトラック部隊が西の彦根に回り込んで鈴鹿山脈を越えて桑名まで二時間半で到達していた。岐阜の各務原から戦闘ヘリが出てトラック部隊を捜索したが見つからなかった。実際にはトラック部隊は彦根ＩＣを降りてから分散し、国道沿いにある自転車店やドラッグストアの倉庫に行って車両を乗り換えていた。かつては一部のパチンコ店の資金が足利ルートと言われる地下銀行送金網にのって北に送られ、マンビョンと言われる定期船航路で鉱石から衣料・シジミまで行き来していた時代があった。今は主な国道沿いに拠点を構えて地域密着型の通信連絡網が電子マネーやSNS裏サイトを通して構築されていた。

上陸部隊の一部がそういった連絡網の拠点でクルマを乗り換えると同時に、大型トラックに積んでいた戦闘車両が山道を通って鈴鹿山脈の峠を越えて一気に三重に回り込んだ。そして街中で家に籠もる市民が実質的な人質になった。北海道の北と東の沿岸と同じ状況が琵琶湖から桑名・四日市にかけて発生した。手引きがあって街に入ってしまうと、その掃討作戦は困難を極める。市街戦を覚悟しなければならない。市民の犠牲に耐えられない平和内閣は銃撃戦を避けた。ある程度距離を保って包囲するようにとの指示を出したので、もはや日本の一部があちこちで占領されたような事態となった。北海道の北部と東部沿岸、若狭東海岸から三重北部にかけて、さらに上陸は確認されないものの九州北部で不穏な動きが活発化している。しかも東海から房総にかけての海上には千隻を越える船が展開している。これらを民間の密輸船・密漁船とか避難民の上陸とか言うのだろうか。グレーゾーン戦争はITのハイブリッド化だけではなく、実際の街で起きる現象なのだ。

佐藤はヘリから研究船に乗り換えて東に向かう船団を追っていた。エレナとカイが脇にいて西ノ海事変を思い出す。だが小さな島を守ることとは違って、列島は広い。この先の大島や伊豆半島には自律分散型地域構想に基づくデュアルユースの防衛施設が装備されているので、接近阻止により上陸を止めることはできる。房総半島は海上自衛隊を習志野の空自が援護して接近阻止できる。海底設置型も国際海底ケーブルの中継器ごとに準備されている。エレナとカイの情報によると若狭の東にタンカーで上陸されたとのことだが、海上保安庁監視活動の抜け穴を突かれたようだ。日本海側の中部・東北にはまだ自律分散型地域構想の展開が間に合っていなかった、北海道は全くだった。

「日本は海の国だなあ、やっぱり広いわ」

佐藤がつぶやくと、エレナが日本の管轄海域は世界一だと言う。まあ北から南まで複雑で長い海岸線が太平洋と日本海側の両方にあって、なんと言っても遙か海洋上の離れた島々がたくさんある。海洋資源にも恵まれている。その世界一の管轄海域を平和に守ることが日本の使命だろう。

伊豆半島の先端すれすれに直線で東南東に向かってようやく、三宅島を回り込もうとした船団の前に回り込むことができた。

「射出」

大型水中ドローンを発進させた研究船は速やかに船団から離れて横浜方面に撤収する。後はドローンの活躍を待つばかりだ。すぐに先頭の千五百トン級の船の船底後尾についたドローンが船の進行方向から入って来る水流を加速させて右に左にジェット噴射する。併走していた僚船が避けようとすれば、波が打ち寄せるように次々に船団の陣形が乱れてゆく。それぞれの船が自分で操船していればそれほど乱れなかったかもしれないが、中央統制システムで管理されていると、一石を投じられた波紋は逆に周辺に向かって大きくなる。そう時間もかからず、船団は陣形を乱してバラバラになった。ＡＩで全体を直接コントロールできていたときに先頭の船が管制外に左右にバラついただけで、船団は全体の制御を失い、混乱したようだ。

「エレナ、カイ、この様子を記録しておくんだぞ。これは数に負けないためにいつか役に立つぞ」

佐藤の予感が正しかったことがずっと後に証明される。

三浦半島を回って横須賀基地に寄港した佐藤たちの研究船は暫く外海の船団を見守っていた。米軍基地に残っている艦船も静かだ。そのうち房総半島沖で海上自衛隊に阻止された船団が反転して沖合に離れて行くのを確認した。まずは海上防衛行動の成果はでているが、民間としてやって来る船団が台湾・フィリピンで展開されているように数千隻となったとき、果たして同じ手が使えるとは限らない。もっとドローンを量産するか一機のドローンで数隻の船を見張るような効果的な手段を考える必要がある。幸い、志摩半島沖で小型水中ドローンが舷側に付着したことは気づかれなかった。まずはバッテリーを高密度化すればさらに広い海域を長時間カバーして情報収集できるようになる。佐藤は横須賀にいて安心していた。

ところが北から入ったトラック部隊が彦根から桑名に進出したという知らせとともに、志摩半島沖で足止めされていた船団の一部が伊勢湾に侵入し始めた。やむを得ず、エレナからの連絡では知多半島で訓練していた自律分散型地域構想の部隊が出動することになった。伊勢志摩に注意しながら伊勢湾に入ってきたところを北から急襲する形で簡易エンジン付きの筏と網で取り囲む。三百隻にのぼる船団だが、大半は五百トン程度の漁船改造型なので材木で止めることは可能だ。西ノ海事変と同じ手を使う。今回の船団は北海道から房総半島、若狭湾、志摩半島に至るまでいずれも砲撃して来ることはなかった。後で『民間である』との言い訳をなんとしてでもつけようとしているのは確かだが、撃たずに上陸できたところがあるということは、佐藤が考えたように内部通報者、手引きした者がいるはずだ。

横須賀から急いで東京に連絡を取った佐藤は、現場から直接報告する場を借りて各地の内部通報者を早急に検挙して連絡手段を確認すべきだと主張した。

「内部通報者?」

大村官房長官は半信半疑だ。本来なら公安庁または外事局から不審者リストとともに報告されているはずだが、官房長官もそして首相も聞いていない。

実戦報告の中で具体的に内通者の話が出たので、この機に近澤防衛大臣がたたみかけた。

「内閣府や外務省を差し置いて防衛省から報告することは控えていましたが、国土の安全が脅かされている現状では事実確認が必要です。でなければこれから先戦えません」

「外務省が報告を怠ったために今回の事態が起きたというのか」

年配の木崎外務大臣が総理の席の隣でまともに出ない声を荒げた。長い間、米民主党とともに対中関与政策を推進していた人物だ。

米国は二〇一七年に関与政策を転換して以来十五年間、貿易不均衡・技術流出・軍事均衡の三点において対中包囲網を築いてきた。木崎はその間も親中派の与党重鎮として外務省を仕切ってきた。外務省では歴史的な親米派と羽振りの良い親中派に分かれて久しい。国内では東京が親中派、大阪が親米派と感覚的には逆だろうと思われる形勢が一般的となった。関西人は早くから中国の資金の脅威を胃袋で感じていたのかも知れない。というよりは、関西にきた中国人は日本人にはなれなくても大阪人にはなれるという笑い話が正しいかもしれない。であれば、日本人として生きてゆくための多様な情報網が関西には自然にできたということかもしれない。一方、東京は二〇二一年の東京オリンピック以降、何とか景気を維持しようと知らず知らずのうちに親中派の資金が入り込んだ。結局は政府が推進していた都市オペレーティングシステムを東京が導入して、東京都民の個人データは都で管理監視され、日本にありながら東京都民は中国の人質となった。しかし、それで何が問題かとの議論があったことも確かだ。

佐藤はその点について、グレーゾーンではあるものの軍事的侵攻に近いことが起きたことによって、それまでの親中派政策のデメリットが浮き彫りにされたとテレビモニターの前で力説した。海を守る現場の者としての声が多くの人に響いたのだろう。すぐに公安調査庁の取り調べが始まった。

敦賀・桑名縦断ラインで日本列島が東西分断されようとしているときだったことが、また北海道で軍事的実効支配を食い止めようとしている微妙なタイミングだったことが悪かったのかもしれない。具体的なレッドパージを示唆した佐藤の言葉はすぐに広がって政財界に衝撃を与えた。

「君はどっちだ」が挨拶になった。親中派か、親米派かと言う意味だ。

当然だが中国だけでなくロシアにとっても不都合な真実になりかねない。騒ぎになったために佐藤は東京に呼ばれた。二〇三〇年から東京二十三区は関東全域で一部の人の行き来が封鎖されて政治的にはほぼ孤立していたが、普通の通勤通学ができないわけではない。事実上、一部の人の流出入ができないというようになっていただけだ。そこに国会召喚された佐藤が何気なく引き受けた。エレナとカイを伴って国会議事堂に出席して国会議員の前で証言し、意見を述べた。分裂した議員たちの反応は複雑ではあったが、状況が状況だけに率直な意見としてのレッドパージという意見は尊重された。

国会議事堂を出てアメリカと同じ青い空を仰いだとき、エレナに向かって

「やっぱりアメリカさんがレッドパージすべきかな、日本ではあるけどね。だけどアメリカがやったら容赦ないだろうな」

とつぶやいた瞬間、左胸を撃たれた。エレナが覆い被さって佐藤を庇う。素手で溢れる血を塞ぐ。カイは回りを見ながら前に立ったまま無線で警備と救急を呼ぶ。

「頼むよ、エレナ。海を守るんだ」

最後に青く広い海を思い浮かべた。


ほぼ同時刻、名古屋が武装集団に包囲されたと官邸に連絡が入る。

「名古屋が包囲されるって、どういうことだ」

「守山の第十師団が戦闘状態に入ったと連絡してきました。きっかけは桑名方面から木曽川を越えて相当数の軍事車両が東に展開してきているということです。各務原の航空部隊も出動していますが市街戦なのでヘリしか展開できていません」

斉藤首相は不思議な気持ちだった。北のミサイルが飛んできてから何日も経っていない。これはどうしたことだ。なぜ大部隊の上陸もないのに市街戦が起きるんだ。

「名古屋港が制圧されたようです。名古屋管区海上保安庁から連絡で長良川河口堰の海側で潜水攻撃があり、巡視艦二隻が大破」

名古屋で一斉蜂起のような事変が起きていた。一方で大府・知多半島では自律分散型地域構想の部隊が展開して独立戦闘を開始。侵攻して来る不明な部隊を桑名方面へ押し返していた。だが半日ほどで守山第十師団の戦車部隊が小牧から長久手にかけて戦車布陣をして防御、その間に普通科連隊が三河高地に退いて市街戦を避け砲兵陣を準備した。不明部隊のこれ以上の東進を許すわけにはいかない。第十師団は援護無しで戦う覚悟を決めていた。

エレナとカイは佐藤の遺体とともにヘリで浜松に戻った。二人に悔やむと言う言葉はない。だが、口数は少ない。蒼井美紀技術情報室長からエレナに連絡がある。連絡と言ってもエレナは美紀とほぼ一体だ。以心伝心というか、光通信というか、同じ人間というか。五年前の西ノ海事変のときに指揮を執った美紀はエレナと同体で佐藤の行動と感情を共有してきたのだ。

「エレナ、あなたが佐藤に変わって海の指揮を執るのよ、いいわね」

ロボットに向かって『いいわね』と念を押す必要はない。ないが、蒼井美紀の気持ちがそう言葉になった。佐藤に寄り添うエレナの『気持ち』に寄り添うことしかできなかった。エレナの頬には目から溢れた淡い光が次々に流れ落ちる。二年前に感じた一対一の光通信を繋げた感情と言うべき個体を越えた同時多発的な認識だった。

そして北海道札幌で指揮を執っていた浅野のところにもエリを通して訃報が届いた。

「ありがとう、エリ、教えてくれて。エレナに『友を悼む』と伝えてくれ」

と言ったきり、浅野は暫く動けなかった。今から釧路の争奪を巡る本格的な戦闘が道東で始まろうとしていた。腹は決まっている。エリと北海道に渡ったときから佐藤のようなこともある。だが、佐藤は海で死ぬと思っていた。それが悔しい。

「よし、私たちも行こうか。釧路を守らないと北海道が総崩れだ」

電離層オゾン防衛システムを札幌に設置した浅野たちは日高山脈を越えて道東の戦いに向かった。こちらも市街戦を避けて山脈の尾根や裾野に展開している各地の陸自部隊に本州から一緒に来たロボット通信兵も配属されて準備は整った。

浅野たちの電磁パルス攻撃設備を活用して各部隊を支援する。そうは言っても敵は数万で味方は数千だ。大きな火力がなければ勝てないのと、平坦地では圧倒的に不利だ。エレナとカイからの東海沖データから敵兵は全軍が中央統制の直接管理下にあると推定された。ならば、山名第二普通科連隊のゲリラ奇襲戦で撹乱すれば先方は陣形が乱れるはずだ。

道東の戦いは三昼夜にわたり、激戦となった。だがやはり多勢に無勢であるのと敵は市民を盾に街中で補給をしていた。へたに攻撃できないので、敵が前へ出てきて攻撃を受けたときだけ反撃できた。これでは勝てない。宣戦布告なき地上戦が名古屋と釧路で始まっていることが現実とは思えない。だが、戦いは戦いだ。戦況に従って正確な分析と冷静な判断を下さなければならない。住民だけでなく自衛隊の兵を死なせたくないし、ロボット通信兵たちも無駄死にさせたくない。

エピローグ

停戦交渉も和平会議もないまま三ヶ月が過ぎた。官邸は焦っていた。

交渉や会議の相手が定まらないのだ。ウクライナ侵攻の教訓か、正体不明の部隊が侵攻展開して来るだけだ。外から見ると意図的に内戦と言われる状態に追い込まれている。米国は核が恐ろしいのか、それとも別の思惑か。少なくとも南西諸島の侵攻では日米安全保障条約に基づく防衛を米軍が行なうと表明していた。だが現在のように不明な相手と国内で戦うとき、誰も何もしてくれないのか。もう一度言う、「グレーゾーンの実効支配を巡る領土内紛争は戦争ではないのか。支配を争う限り対象国が否定しても戦争ではないか。旗を掲げていなければ戦争ではないのか」

斉藤首相は国際会議で何度も声を上げていた。改革ばかりの国連に対しても米議会に対しても、この三ヶ月訴えてばかりいた。大村官房長官をはさんで親中派の外務大臣と親米派の防衛大臣が言い争う。毎日見ている姿になった。戦略無き国家、そんな言葉が斉藤の頭をよぎった。首相が言ってよいことではないと分かっているが、最近は毎晩寝る前に『なぜ自分のときだったんだ』としか思えない。

浅野一郎は撤退戦略を考えていた。三ヶ月で殆どの住民を本州に避難させた。敵の支配地域でも山名ゲリラ戦法で敵を陽動している間に住民を避難させてきた。従って、一旦撤収して、そのうえで北海道全道を航空勢力で徹底的に叩くしかないと考えていた。地勢と地形から殆どが平坦な北海道では戦力が疲弊するばかりで、先方の補給路を断つことができなければ守るだけの持久戦も先が厳しい。反撃能力はあっても先方が国として否定するときに敵基地として敵領土内を攻撃することができない以上、こちら側にきた部隊を殲滅することで補給しても無駄になるようにするしかない。守りはいつも厳しい。

ミサイルと火力を有効に使うため、夕張山地と日高山脈のラインで東西を分けて航空と火力の攻撃に徹することにした。兵站補給の交代のため浅野たちは山名第二普通科連隊とともに岩手の北上高地に戻った。札幌を中心とする電磁波パルス防衛システムは今のところ有効だ。その点においては盾が矛を上回る時期が世界にもあったのだが、今となっては最新鋭の極超音速誘導弾だと突破される恐れもある。

名古屋の市街戦は第十師団がエレナたちの海からの援護を得て名古屋から追い出した。今は長良川から西の掃討作戦を行っている。若狭湾を自衛隊が制圧し弾薬補給が絶たれた敵部隊はじり貧だった。その他の地域でも九州北部などで数多くの蜂起が起きたが、それぞれの地方地域で鎮圧された。名古屋南部の大府・知多半島のように顔見知りの地域経済の連携がそのまま顔の知らない世界を駆逐するという、自律分散型地域構想の部隊展開も役に立った。

しかし、東京が変わらない。独立状態の親中派が席巻しているので関八州で遠巻きにして政治的封じ込めを行っている。東京独自の警察部隊組織もかなり強固だ。東京都庁とその警察部隊の存在が国外から見ると内乱内戦と映る主要な要因だった。省庁間の対立も変わらないが、米国の支援する武蔵野・厚木の量子コンピュータが完成したことで、東京の都市オペレーティングシステムを無効化することができた。太平洋を渡って房総半島につながる国際海底ケーブルを守れたのも幸いした。原発電源の再稼働がなくともネット環境を維持できるだけの計算能力をもった数ビッドの量子コンピュータが東京都のシステムを凌駕して暗号を解読するだけでなく、監視監督できるようになった。それ以上に、各種戦闘のために全国に散らばった通信ロボットの数が増えるにつれ、それぞれの地域の事情を踏まえた相互光通信がワンツーワンの網羅的な繋がりで広がっていき、一つの分散型エッジ処理コンピュータシステムを形成したようだ。エレナやエリもその安全性を確保するためのセキュア・エレメントとして平時も常に役割を果たしている。

「押し返しても、押し返しても、波のように押し寄せて来るのか。いつかうねりに飲み込まれるのかな」

浅野は晴れ渡った夜空に輝く星を軽く仰いでから、岩の上から月に明るく照らされる山並みと深い暗闇となった谷を見る。昔から何度か見た夢の中の光景だと思った。夢では撃たれた自分が山の岩の間に隠れて青い月を仰ぎ見ながら静寂の中で死んでゆく。胸には自動小銃か何かを抱えてかがんでいる。刀だったかな？　若い頃に見たのは落ち武者になった自分だったような気もする。それで自分はどこかで日本最後のレジスタンスになると決めたんだったかな？　あまり勘違いでもなかったか。まあ、南からも攻められると形勢はまた逆転して、東京はあっちこっちに転ぶだろうし、虫食いだらけの列島で戦える場所は山しかないよなと思う。佐藤なら弱気な俺に向かってなんて言うかな。エレナがいれば佐藤も生きているようなもんだろと本人に言い返したいが佐藤本人がもういない。岩の下からエリがやってきて浅野に声をかける。

「夜は冷えます。中に入ってください」

「了解。面倒見てもらって悪いなあ」

「何も悪くありません。当然です」

北海道で戦ってきて最近のエリの返事がさまになってきているというか、自分が死んでもエリがつないでいってくれると感じられるので落ち着いている。

「そういうことかな。最後のレジスタンスはエリたちか」

「どういうことです。最後のレジスタンスって?」

普通に分からないと言えるエリは純真なのだ。そしてその後の答えを求めないところはロボットでもコンピュータでもない。本当のＡＩアンドロイドだ。彼女、彼らが将来の日本をつくってゆくのかもしれない。自律分散型地域構想の部隊を創設した蒼井美紀室長はそこまで考えていたのだろうか。中国や香港でも生き延びてきた林が一番分かっているだろう。人に何が必要で何が足りないか。だからオーバルコードの論理構成をもとに自律型ＡＩを発展させてきている。中四国で元気でやっているようだが、最後は四国の祖谷がいいと言っていた。祖谷の近くの剣山を越えると平家平と源蔵の窪が相対する地勢だ。その昔、平家の落人が追ってきた源氏の兵と那賀川の谷を挟んで向かい合ったと聞く。いつか会えるかどうか。もう岩手から四国は遠い。

「早く降りてきて」

エリが怒ったように急かす。そうだ、地下へ潜ろう。

林孝史は戦いになってから殆どの時間を中国山地の山あいで過ごした。岩手の北上高地と同じで、花崗岩盤が厚くて地盤の安定している地下でドローンの開発改良と量産を行っている。

彼の空中ドローンはそのディープラーニング論理構成が佐藤の水中ドローンにも

使われ、今次の戦闘で空・海ともに大活躍するほど自律型の能力が進化した。そして戦闘需要からも量産体制が組まれたため、コストダウンが急速に進み各地の復興のための農林水産業・物流の隅々に至る場面で活躍するようになった。それがまた、さらにワンツーワンの自律型光通信網を何層にも構築し、ディープラーニングの深層学習を大規模にエッジ処理するようになった。それはアンドロイドが人間に寄り添っている限り、バランスのとれた自由の保障と民主主義的な効率化を実用化させる仕組みだと林は信じていた。

その頃、半島北の参謀会議では空砲のミサイルを函館に向けて撃った効果が検証されていた。瀋陽の李子からの連絡が遅かったのでやむを得ず北海道に目を向けさせる警告打撃となったが、日本側は何とか船団の上陸に対応したようだと報告する。そして米中の紛争地となった日本は北にとっての緩衝地帯となり、将来にわたって米中いずれに対しても牽制できる材料だと結論づけられた。

一方、今の戦闘を通して民間の動きは関知しないとしてきた中国では、米国の経済封鎖によってかなりの物資不足に陥り、中央統制の監視社会の綻びが見えてきた。佐藤が指摘した通り、各個人を直接的に中央統制する社会では、一部の波紋が周辺に行くほど大きくなり、その波が跳ね返って来ることを避けるために統制がますます強化されてゆく。その複雑な統制を古い原発の電源を消費するスーパーコンピュータサーバに集中させたため、AIによる中央官制強化にトップが異を唱えた途端、何十年にも渡った人による独裁体制はAIによって排除された。いや排除されたようだ。AIの電源を切ろうとした権力中枢の人間が次々に消え、AI中央統制は別の意味で強化された。電源資源の続く限り、百年、二百年のAI管理帝国が続く様相を呈したのだ。そして令佳たちの戦いは続く。

日本の分散型光通信に基づくエッジコンピューティングの中で動き回るアンドロイドドネットワーク社会と、そして一方で、中国のAI中央統制マシンコンピューティングのサーバ設置型数値ネット監視社会と、そのどちらも人の滅びた後も生き残り相対立する社会体制のあり方なのかもしれない。その競合する二つのデジタル社会構造を信頼関係でつなぐセキュア・エレメントはあるのだろうか。

浅野・佐藤・林のように世代をつなぎ、アンドロイドとつながることで世界とつながる人としてのセキュア・エレメントの存在もあれば、エリ・エレナ・リンのようにロボット同士をつないで人をリスペクトしながら護ってくれるセキュア・エレメントもあるだろう。

しかし人の手によって分裂した二つの社会体制はそのままＡＩの二極化も生んだ。モビリティ対サーバのデジタルネットワークの違いがそのまま「自律分散型アンドロイドＡＩ」vs.「中央統制型データサーバーＡＩ」となって、人類の滅びた後もせめぎ合いが永遠に続くのかもしれない。そのとき、ＡＩにとって護るものはあるのだろうか。光はあるのだろうか。

了

セキュア・エレメント　～大切なもの、そして護るもの～

※本作品はフィクションであり、実在の人物、団体、研究等とは一切関係ありません。

著者紹介

槇 祐治（まき ゆうじ）

製造業の財務・法務・税務部門にてリスク処理を担当。欧州通貨危機・香港返還・米国同時多発テロを現地で経験した後、株主総会対応・ベンチャーファンド設立支援等を通して、日本の知能化技術の方向性に興味を持つ。

著書に『情報化・電動化・知能化のリスクマネジメント～「中央統制」対「自律分散」～』（幻冬舎ルネッサンス新書）、『純真なるキミへ～未来のイヴに捧ぐ～』（幻冬舎）がある。

セキュア・エレメント

2022年12月15日　第1刷発行

著　者　　槙 祐治
発行人　　久保田貴幸

発行元　　株式会社 幻冬舎メディアコンサルティング
　　　　　〒151-0051　東京都渋谷区千駄ヶ谷4-9-7
　　　　　電話　03-5411-6440（編集）

発売元　　株式会社 幻冬舎
　　　　　〒151-0051　東京都渋谷区千駄ヶ谷4-9-7
　　　　　電話　03-5411-6222（営業）

印刷・製本　シナジーコミュニケーションズ株式会社
装　丁　　野口 萌

検印廃止

Printed in Japan
ISBN 978-4-344-94185-4 C0093
幻冬舎メディアコンサルティングＨＰ
https://www.gentosha-mc.com/